PLONGÉE

Du même auteur :

Notre petit secret (Prix Douglas Kennedy du meilleur thriller étranger ; Hugo Thriller, 2017, Hugo Poche, 2019)

La sentinelle (Hugo Thriller, 2020, Hugo Poche, 2022)

L'ouvrage original a été publié par Simon & Schuster sous le titre *The Hunted*

34-36, rue La Pérouse, 75116 Paris
Collection Hugo Thriller et ouvrage dirigés par Bertrand Pirel
Conception graphique Hugo Thriller et mise en page : Emmanuel Pinchon
Visuels de couverture : © Shutterstock & Trevillion

ISBN : 9782755694345
Dépôt légal : novembre 2022
Imprimé en France

ROZ NAY

PLONGÉE

Traduit de l'anglais par Nathalie Guilbert

Hugo Thriller

Pour maman, qui a pris un jour un bateau
chargé de bananes en direction de la Libye.
Et pour papa, qui a toujours aimé rester à la maison.

Je suis réveillée par une main plaquée sur ma bouche, une peau salée, métallique. Je sursaute en lâchant un cri étouffé. Jacob est là, son visage tout près du mien, les yeux dilatés, le regard hanté. Avec ma moustiquaire drapée sur ses épaules, il a l'air d'émerger d'une toile d'araignée.

« Stevie. » Il murmure, la voix altérée. « Nous ne sommes pas en sécurité ici. Tu es en danger. » Il couvre toujours ma bouche de sa main au goût de sel. Je la repousse et me redresse.

« Qu'est-ce qui s'est passé ? » Je chuchote. « Qu'est-ce que tu fabriques ? »

Il est essoufflé. Ses cheveux collent à son front et son short est trempé. Derrière lui, les galagos lancent au milieu des arbres leurs glapissements hystériques. Depuis plus de deux semaines que nous sommes dans ce centre de plongée, je ne me suis toujours pas habituée à leurs cris.

« Il faut partir. » Jacob enfile une chemise et pose un doigt tremblant sur ses lèvres. « Tout de suite. Ne fais pas de bruit. »

Il doit être près de minuit : la cabane est silencieuse, la troupe de volontaires dort profondément – certains à même le sol de béton, d'autres sur des lits délabrés rapportés du village voisin. Jacob se relève et fourre tout un tas de choses dans mon sac à dos. Un livre, mon journal, mon haut de bikini. Son sac gît, tout gonflé, à terre. Qu'est-ce qui lui prend ? Il n'a jamais été aussi pressant, aussi fébrile. Il est plutôt du genre placide, un caméléon en toute circonstance.

« Jacob, arrête ! Laisse ça ! » Je m'extrais tant bien que mal de mon sac de couchage et lui arrache le T-shirt de Tamsin des mains. Je jette un coup d'œil vers son lit, en face du mien, mais je ne distingue aucune forme sous le duvet.

Jacob ferme mon sac d'un coup sec et me le colle entre les bras, me forçant à reculer d'un pas. Au bout de la rangée de corps endormis, quelqu'un s'agite et pousse un cri – un cauchemar au Lariam, la malédiction nocturne de ceux qui prennent ces pilules anti-palu. Jacob déglutit. Bizarrement, son menton est criblé de sable. Une coulure de sang luit sous son oreille, comme s'il avait arraché un hameçon du lobe, mais quand j'approche la main de son cou, il se dérobe.

« Allez, viens », insiste-t-il. Je sors de la cabane avec lui et le suis dans l'obscurité dense, l'esprit embrumé et figé.

Le générateur s'est éteint depuis longtemps pour la nuit. Là-haut, les étoiles scintillent sans entrave. Jacob dépasse le foyer fumant, le four en terre et la longue table sous l'abri métallique où nous prenons nos repas. Dans le bureau de Duran, un rai de lumière brille. Il doit être encore debout, en train de terminer sa paperasse à la frontale. Si un danger existe, ne devrait-on pas l'avertir ? Mais Jacob va droit à la jeep de Duran, jette son sac à dos à l'arrière et me fait signe d'en faire autant.

« Tu empruntes sa voiture à Duran ? Jacob, dis-moi ce qui se passe. » Je m'accroche à mon sac dans l'air saturé d'épices et de touffeur. Depuis sept ans que nous sommes ensemble, je ne l'ai jamais vu aussi agité. Ses gestes sont saccadés ; quel que soit le problème, il a changé jusqu'à sa façon de bouger.

« Il y a eu… » dit-il, la gorge serrée, engluée. Il s'interrompt et se baisse, les yeux fixés sur le sentier noueux qui conduit à la plage. Je suis son regard, mais il est impossible de savoir ce qui vient vers nous et ce qui ne vient pas. Quand il se remet à parler, sa voix est tellement calme que c'en est terrifiant.

« Il vient te chercher. Monte. »

Il lance mon sac dans la jeep, saute derrière le volant et fouille pour trouver la clé. Elle tombe du pare-soleil sur ses genoux. Il l'introduit dans le contact en tâtonnant. J'essaye d'ouvrir la portière mais elle est bloquée. Je tire une fois, deux fois, pendant que Jacob démarre le moteur, dont le grondement est tellement incongru que le jeune chien du camp, Crusoé, se lève sur les marches du bureau de Duran, déployant le faisceau moiré de ses côtes saillantes.

« Attends ! » Je crie parce que j'ai peur tout à coup qu'il parte sans moi. Jamais auparavant je n'ai eu une telle pensée. Je grimpe sur le marchepied et m'introduis par le haut de la portière en me tortillant et en m'éraflant les côtes et les hanches tandis que Jacob recule dans une giclée de gravier, les mains crispées sur le volant. Derrière nous, l'entrée du dortoir, sombre et béante. J'ai toujours le T-shirt de Tamsin à la main.

« Qui me cherche ? » Je hurle pour couvrir le vrombissement du moteur tout en me démenant pour attacher ma ceinture de sécurité, mais Jacob serre les dents et enclenche la première. Je lâche la ceinture qui m'échappe en serpentant dans ma main. « C'est Leo ? »

Là, Jacob se tourne, le regard lourd et rempli d'effroi. À sa droite, dans la pénombre, les combinaisons se balancent comme des corps suspendus à des crochets.

I

Tous ceux qui errent ne sont pas perdus

1

Stevie

À la descente de l'avion, en septembre, l'Afrique nous explose à la figure comme un cri, une lumière. Après dix-sept heures de voyage et trois arrêts dans des lieux dont j'ai à peine entendu parler, j'ai l'impression d'avoir changé de planète. Et nous ne sommes même pas arrivés à destination. La Tanzanie est encore à des heures de bus et de train.

C'était le moyen le moins cher que nous avions trouvé pour voyager du Maine au Kenya. À chaque atterrissage, les compartiments à bagages s'ouvraient et déversaient leur contenu. La température empirait à chaque étape. À Abu Dhabi, on nous a fait sortir de l'avion et on nous a distribué des dattes et du thé à la menthe alors qu'il était trois heures du matin pour nous. Et à Aden, au Yémen, dans la queue aux guichets des passeports, une vieille femme en burka m'a tapé sur les genoux parce que j'étais en short.

« Ah, grave erreur, a dit Jacob. Ça va, Stevie ? Quand je pense à tout le soin que nous avons mis à préparer ce voyage et nous avons oublié de vérifier le code vestimentaire à respecter dans les zones de transit du Proche-Orient.

— Ça va, ai-je répondu. » En réalité, j'avais les jambes qui tremblaient, ahurie d'avoir à ce point choqué cette femme. « On s'y fera. Ça fait partie de l'aventure. »

Les taloches de vieilles matrones ne correspondent pas à l'idée que je me fais de l'aventure. Mais je n'ai rien dit pendant que nous avancions main dans la main sur l'asphalte brûlant de la piste vers l'avion qui devait nous emmener à Nairobi.

Jacob s'est fait engager comme plongeur sur la côte de Tanzanie. Le poste lui a été proposé un an plus tôt mais, sur le moment, il l'a refusé parce que, à l'époque, nous étions bien installés dans notre petite routine à Anchorite Bay, avec ses falaises et ses tempêtes. C'était avant que tout s'écroule et que notre monde se dérobe sous nos pieds.

Il y a six semaines, je dirigeais le vieux pub aux murs de pierre de ma grand-mère, Jacob et moi habitions le studio au-dessus et Jacob travaillait avec son père comme plongeur dans leur société de services, Jones Boys' Boats, une entreprise de nettoyage de bateaux dont ils sont tous deux propriétaires. Ils grattent des anatifes, principalement, et les bons jours, des mollusques. Ce n'était pas une vie très excitante, mais c'était la nôtre et nous la connaissions sur le bout des doigts.

Et puis ma grand-mère est morte et tout a changé. Elle m'avait toujours promis qu'elle me laisserait sa part du pub, ainsi que le studio, mais elle en parlait si souvent comme d'une chose naturelle qu'elle ne l'a jamais écrit. Comme elle est morte intestat, comme disait le notaire, en plus du déchirement de sa disparition, je me suis soudain retrouvée au chômage et à la rue. Pour être franche, je ne suis pas sûre d'avoir tout bien digéré. J'ai essayé, mais plus je creuse, plus j'exhume de souvenirs. Jacob a dit qu'un changement de décor nous ferait du bien, alors pour nous éviter d'avoir à batailler contre les associés de Nattie dans une petite ville aux airs de foire d'empoigne, ou de fourrager comme des vautours dans ses affaires, il a repris contact avec le centre de plongée de Tanzanie. Le job dure trois mois. *Nous avons besoin de nous changer les idées, Stevie. Pense soleil, bains chauds et noix de coco. Nous allons chasser la noirceur, respirer un grand coup et revenir comme neufs.* Cela semblait tellement merveilleux quand il l'a dit.

Une fois passée l'immigration, après que le fonctionnaire a léché un timbre pour le coller sur nos passeports, Jacob se tourne vers moi.

« Prenons un taxi, déclare-t-il en fourrant nos papiers dans une poche latérale de son sac à dos, hermétique grâce à une fermeture Éclair. On va aller tout de suite à l'hôtel. Prendre une douche. Nous poser.

— D'accord », lui dis-je en considérant la cohue du hall des arrivées.

Il saute aux yeux qu'à vingt-quatre ans, nous sommes plus vieux que la moyenne des routards et pourtant, ils se baladent dans l'aéroport comme s'ils avaient le plan des lieux en tête. Jacob et moi n'avons jamais voyagé hors des États-Unis, non par manque de goût pour l'exploration, mais simplement par manque de moyens. Et nous voilà en Afrique. L'entreprise n'a rien d'une première tentative pour tâter le terrain. Ce n'est pas comme si nous avions d'abord essayé de pousser jusqu'au Canada. Non, nous avons tout de suite visé le niveau dix sur l'échelle des voyages et dans les moments où je suis seule avec moi-même, je sens la panique déclencher ses sirènes dans ma tête.

Pourtant Jacob et moi méritons cet intermède, cette occasion de décompresser. C'est vrai, si nous nous éloignons l'un de l'autre, que me restera-t-il ? Et le changement, c'est des vacances, comme disait Nattie, même si elle faisait tout pour m'obliger à rester tranquille, à ralentir, à me poser. *Anchorite Bay et Jacob Jones. Qu'est-ce qu'il te faut de plus, ma fille ? Pourquoi aller courir ailleurs ?* Elle a passé sa vie à essayer d'effacer l'empreinte génétique héritée de ma mère, une virtuose dans l'art de la spontanéité, même si Nattie lui donnait un autre nom. Aussi, si, adolescente, j'avais quelque chose qui bouillonnait dans mon sang, une petite voix tout au fond de moi qui me murmurait que la vie était plus vaste que la ville où j'habitais, je l'ai étouffée. J'ai étouffé beaucoup de choses.

Mais nous sommes ici, nous sommes ensemble, et Jacob est gonflé à bloc. À l'extérieur de l'aéroport, dans la file d'attente des taxis, il écarte de son front une mèche brune. Il a un beau visage, des yeux marron clair, avec juste ce qu'il faut de tragédie au fond du regard. Au lycée, il aurait pu sortir avec des centaines de filles s'il était allé plus souvent en soirée.

« Si quelqu'un le propose, me chuchote-t-il, son souffle chaud contre mon oreille, on refuse de partager la course. J'ai vu un film là-dessus : ils repèrent l'endroit où on va et ils reviennent plus tard nous braquer.

— Qui ils ?

— Je ne sais pas. » Il hausse les épaules. « Des voyous. »

J'observe la foule des autres Occidentaux qui attendent avec nous. Colliers de perles fantaisie. Sandales à brides velcro. Tatouages enjoués. « Jacob, il n'y a pas de voyous ici. Tu vois trop de films d'horreur. »

Malgré tout, je m'assure que la portière du taxi est bien fermée avant d'indiquer l'adresse de notre hôtel au chauffeur.

Nous arrivons en ville, freinant brutalement aux feux rouges, virant aux angles de rues en frôlant les véhicules garés. Le conducteur a accroché des CD à son plafond en guise de décoration. Chaque fois qu'il change de voie, ils se balancent et lui cognent la tête. La radio diffuse des airs de guitare ensoleillés et la ville est toute de klaxons, femmes portant du bois sur leur tête au bord de la route, hommes en pantalons de nylon vendant du maïs et des œufs durs.

À l'arrivée à l'hôtel, le chauffeur de taxi appuie pour nous sur le minuscule bouton de sonnette à l'entrée.

Jacob le paye avec de l'argent sorti d'une pochette sécurisée accrochée à sa taille. Il compte les billets contre sa cuisse avant de les lui tendre. Près de nous, un déclic annonce le déblocage d'une serrure. Nous poussons la porte barrée de métal et pénétrons dans une cage d'escalier humide.

« Bon, eh bien allons-y », dit Jacob en chargeant son sac sur son épaule. Il avait trouvé l'auberge de jeunesse sur Google, mais nous ne savions pas exactement à quoi nous attendre. Nous aurions bien réservé un hôtel, mais le job de Jacob ne commençant que dans quatre jours, d'ici là, nous avons un budget serré.

« Nous y voilà », dis-je, le sourire un peu mouillé alors que défilent dans mon esprit le visage de Nattie, l'infaillible furie de la mer d'Anchorite Bay, l'odeur du café dans notre cuisine au-dessus du pub. Nous avons été littéralement bannis.

Mais je dois être courageuse, alors je respire et nous montons l'escalier, où nous croisons deux garçons bronzés en polo Ralph Lauren qui, bizarrement, s'écartent pour me laisser passer en se poussant du coude et en bombant le torse. Jacob leur adresse un signe de tête complice.

« C'est moi, dit-il une fois que nous nous sommes éloignés, ou tous ces jeunes ont l'air de gosses de riches ? »

J'acquiesce tout bas parce qu'il a raison : tous ceux qui se trouvent dans la salle commune de l'auberge ont l'air tout droit sortis des écoles privées des pays occidentaux. Ils portent les cols de leurs chemises remontés, des bracelets tressés au poignet et des Keds aux pieds. Et ils semblent tellement au fait des divers aspects de la vie en pays émergent que c'en est affolant. Derrière le bureau de la réception, un gamin qui paraît avoir douze ans fait la démonstration de sa compétence africaine.

« Ah, mon Dieu, ouais, au *Zim*, pérore-t-il avec l'accent australien en passant un fruit inconnu d'une main à l'autre, t'as déjà de la chance si le bus arrive. Y a pas d'horaire. C.C.A, les gars, C.C.A. Tu peux poiroter jusqu'à la saint-glinglin. » Tous les autres garçons aux allures de pré-ados rigolent. « Sa-alut, dit-il en me remarquant soudain. Tu es très blonde avec des yeux très bleus. Je m'appelle Elijah. Et toi ?

— C'est quoi, C.C.A ? l'interrompt Jacob en tendant la main pour qu'il lui donne une clé.

— C.C.A ? C'est Ça l'Afrique ! Tu l'avais jamais entendu ? Ouah, vous êtes vraiment des bleus.

— On vient d'arriver, lui dis-je en jetant un coup d'œil à Jacob qui semble avoir les lèvres sèches. Chaque chose en son temps. On doit signer pour s'enregistrer ?

— Ici. » Elijah désigne un registre placé devant lui. « Une seconde. Je vais te chercher un stylo. » Il pose l'étrange fruit ovale et se met à farfouiller dans les tiroirs du bureau. « Je vais aussi vous donner des bracelets d'identification pour prouver que vous résidez ici. Il y a eu récemment un… resserrement de la sécurité.

— Pourquoi ? je demande.

— Pour rien. »

Un type à ma droite me passe un feutre Sharpie. Il le retient une demi-seconde plus longtemps que nécessaire, me semble-t-il, au point que je dois presque le lui arracher, mais je le prends en marmonnant un vague merci et je signe le registre. Nattie serait effarée. *Six semaines que je suis partie et tu as atterri où ?!* Nous devrions peut-être recharger nos cartes de crédit et prendre une chambre dans un hôtel digne de ce nom. Mais en me tournant vers Jacob, je vois qu'il est en train de prendre une clé au comptoir.

Nous nous frayons un chemin à travers la salle commune en croisant au passage un jeu de Uno abandonné et une mappemonde. Dans le coin, près de la bibliothèque, une fille lit un exemplaire défraîchi de *La Plage*. Je l'ai lu – ma grand-mère m'a transmis sa passion pour les auteurs anglais – et j'ai adoré la dernière phrase. J'ai envie de le lui dire, mais j'ai peur de lui gâcher la fin. À notre passage, elle reste concentrée sur sa lecture et ne lève pas les yeux.

Notre chambre, quand nous la trouvons, est un cube équipé de quatre lits, tous bien bordés et intacts. Il y a des barreaux à la fenêtre ; j'ouvre l'un des battants en le poussant aussi loin que possible. Une bouffée d'air chaud s'engouffre, aigre et poussiéreuse.

« À ton avis, que voulait dire le type de la réception quand il parlait de resserrement de la sécurité ? je demande à Jacob.

— Rien sans doute. » Il pose son sac contre le mur en le maintenant avec son genou jusqu'à ce qu'il soit disposé à rester à la verticale. « Je crois qu'il n'a pas inventé la poudre.

— Mais tu penses qu'il s'est passé quelque chose dans cette auberge ?

— Non, sinon je l'aurais vu sur Internet. » Il vient derrière moi et m'enveloppe de ses bras. « À ta place, je ne m'inquièterais pas. En plus, on ne reste que deux nuits.

— Exact. Quel est le pire qui pourrait arriver ? » *Ne pense pas à la mort, Stevie. N'y pense pas.*

Ensemble, nous tendons le cou pour observer la rue. En bas, c'est un méli-mélo de gens affairés, les uns tirant des charrettes, d'autres distribuant des prospectus aux touristes qui passent. Des chiens courent dans la rue.

« C'est tellement différent, dis-je en veillant à garder un ton neutre. Ça va nous faire du bien.

— Attends d'être arrivée à l'île de Rafiki. Ce sera le paradis là-bas. »

L'employeur de Jacob est GoEco, un centre de plongée accueillant les écotouristes désireux d'aider à la protection du récif contre la pêche à la dynamite. Il se trouve sur une île, à une quinzaine de kilomètres de Zanzibar. Le camp est géré par un de ses vieux amis, Mike Duran. Ils se sont entraînés ensemble quand ils suivaient la formation de plongeur professionnel. Duran est plus âgé, trente ans et quelque, et c'est un ancien militaire, à ce qu'il paraît. Jacob dit de lui que c'est un pragmatique, mais je ne l'ai jamais rencontré. À entendre Jacob, il est plus dans l'action que dans le sentiment, ce qui me convient parfaitement. Je n'en peux plus des gens qui me demandent si je vais bien. Il n'y a rien qui me déstabilise davantage. Combien de fois j'ai fondu en larmes à l'épicerie d'Anchorite Bay parce que quelqu'un dans la file de clients m'avait adressé un sourire compatissant. C'est une des raisons pour lesquelles Rafiki semblait une bonne idée : là-bas, personne ne connaîtrait mon histoire. En plus, le centre de plongée avait l'air idyllique sur les photos que Duran avait envoyées : au bout d'un chemin défoncé, des kilomètres de sable blanc désert et un bateau en bois solitaire dodelinant dans une anse inondée de lumière. *Ne pense pas, contente-toi d'avancer,* n'ai-je cessé de me répéter pendant tout le mois dernier. Cette île sera clémente. En swahili, *Rafiki* veut dire « ami ».

« GoEco est une organisation reconnue, m'avait dit Jacob alors que nous étions tous les deux assis dans le lit de la chambre d'amis de ses parents. On trouvera dans le camp une communauté déjà constituée. C'est un travail rémunéré. Et je ne peux plus supporter ça. »

Parlait-il de la maison de ses parents, du grattage de coque quotidien ou des choses et des gens que nous avions perdus ? Un bien triste bilan auquel j'avais moi-même du mal à faire face, sombrant dans des silences qui duraient des jours, pleurant le soir dans la baignoire. Jacob lui-même ne savait plus comment me prendre.

Alors l'Afrique. Pourquoi pas ? Ça ou autre chose.

Quelque part une modulation plaintive, islamique, jaillit d'un haut-parleur enroué tout proche. Je me cale contre la poitrine de Jacob. Il est si grand et mince, bâti pour courir, nager, escalader – rien qui lui ait jamais permis de se constituer une équipe.

« C'est l'appel à la prière, explique-t-il en me posant un baiser sur la tête. Nous devons être près d'une mosquée.

— Tout est formidablement nouveau, dis-je en tentant de cacher mes doutes.

— Bien. » Après un autre baiser, il s'éloigne vers un lit et s'assied sur le mince matelas dans un crissement de vieux ressorts. « Nous avons bien joué, Stevie. Grand chelem. » Il rebondit plusieurs fois sur le lit bancal avec un froncement de sourcils comique. « Au fait, pour ton information, il y a des puces de lit dans des tas d'auberges. Je l'ai lu sur TripAdvisor. Alors on ferait mieux de sortir nos sacs de couchage, au cas où. »

Ne pense pas, Stevie, contente-toi d'avancer. Ça fait partie de l'aventure.

Il est trois heures du matin quand je me réveille. J'ai bu tellement d'eau dans l'avion pour éviter la déshydratation que j'ai la vessie gonflée comme une outre et je n'en peux plus. Jacob dort d'un sommeil agité dans son lit : je l'ai entendu se tourner et se retourner toute la nuit sur les ressorts rouillés. Je me lève et j'entrouvre la porte de notre chambre en me demandant si quelqu'un est encore debout. Mais la grande salle est silencieuse. Il n'y a pour toute lumière que la lueur ambrée d'un tue-mouche électrique qui doit être allumé dans la cuisine commune.

La salle de bain se trouve au bout d'un couloir au sol de ciment craquelé. Je m'y dirige sur la pointe des pieds, tout juste capable de distinguer les silhouettes des fauteuils affaissés en passant. Aurais-je dû mettre des chaussures ? Je marche en m'appuyant au mur d'une main pour m'équilibrer et j'ai soudain un mouvement de recul en sentant frétiller sous mes doigts. Il y a un interrupteur à l'entrée de la salle de bain. Je le presse avec soulagement. Quelque chose file près de l'émail des lavabos, sans doute des cafards, mais je préfère ne pas y penser et continuer à avancer sur les carreaux glacés vers l'une des deux cabines au fond de la pièce. Quelqu'un a laissé une serviette mouillée par terre.

Je choisis la cabine de gauche parce que c'est la seule qui ait un siège, un détail qui, une fois que je suis assise, me conduit à me demander si je n'aurais pas mieux fait de me tenir à moitié debout. Au-dessus de moi flottent d'épaisses toiles d'araignée en entonnoir. J'essaye de ne pas songer aux bestioles qui pourraient tomber.

Quand j'ai fini, c'est à l'instant où je me lève que j'entends les pas dans le couloir. Ils approchent, ralentissent en franchissant la limite du carrelage. La personne, qui qu'elle soit, fait encore deux ou trois pas, puis s'arrête. J'entrevois le bout usé d'une chaussure noire sous la porte de ma cabine.

« Hello », dis-je en tendant la main vers le verrou pour le maintenir en place.

Derrière la porte, c'est le silence. Un silence soutenu, délibéré.

Le bruit de quelqu'un qui essaye de ne pas faire de bruit.

Je reste immobile, les oreilles bourdonnantes, les yeux fixés sur la chaussure puis sur l'espace en haut de la paroi, redoutant de voir un visage s'y précipiter.

Puis j'entends bouger à nouveau, un frôlement de pas, et la lumière s'éteint.

Je suis plongée dans le noir, avec pour seul bruit celui, intermittent, des gouttes s'écoulant du robinet et l'affreuse certitude que l'intrus est en train de revenir vers moi. La porte de la cabine a-t-elle été poussée vers l'intérieur ? Le pêne est-il en train de coulisser ? J'attends, une main crispée sur ma bouche, l'autre sur le verrou, tandis qu'à deux doigts de ma tête filtre une saccade de sons feutrés, graves et veloutés. Dans la salle de bain, quelqu'un rit.

2

Leo

J'ai vu Stevie pour la première fois quand je lui ai tendu un stylo à la réception. Elle était très occupée. Il y avait fort à faire. Il est très compréhensible qu'elle ne m'ait pas regardé. En revanche, moi, je me suis assis et j'ai observé son visage avec fascination, le flot de pensées contradictoires qui le traversaient, souvent d'un gris orageux et fragmentées comme des nuages. *Ouah*, me suis-je dit. *Tu es si facile à reconnaître. D'une tristesse familière. Quelle est ton histoire ?* La détresse est une senteur, je l'ai découvert, et la sienne était immanquable. J'en ai été subjugué.

Elle était renversante, tout en angles, avec ces grands yeux et ces cheveux blond blanc en pagaille, la conséquence sans doute de longues heures d'avion. Et le bleu glacier de ses yeux – un peu comme ceux de ma mère, je dirais – avec le même mélange troublant de chaleur et de vacuité. Mais ce que j'ai le plus aimé dans ces premiers instants, c'est la petitesse de cette fille, la précision de ses mouvements. Comme un oiseau, peut-être. Ou une petite souris blanche. Une souris de magicien, rien que des yeux masquant le corps, secrète, habile, vigilante. *C'est ça*, ai-je pensé. *C'est elle. Ce n'est même pas à moi d'en décider.* L'homme qui l'accompagnait était grand et fort, mais pas à la manière d'un membre de club de gym. Beau, sans en avoir conscience.

Ils avaient l'air novices. Vulnérables. Je dois l'avouer, j'ai tout de suite éprouvé de l'affection pour eux.

Stevie Erickson et Jacob Jones, arrivés des États-Unis d'A., leurs noms en capitales sur les étiquettes de leurs bagages, avec leurs adresses bien en vue. Pas mariés apparemment, à en juger par l'absence d'alliance à l'annulaire. Pendant près d'une minute, ma Stevie a étudié les caractéristiques du fruit que tenait Elijah derrière le bureau de la réception, comme si elle n'avait jamais vu de papaye. Elle manifestait une curiosité si profonde que je n'ai pas pu m'empêcher de rire et elle s'est retournée, vive, attentive, presque comme si elle tâtait l'air du bout de ses vibrisses. *C'est bien, intéresse-toi*, avais-je envie de lui crier. *Carpe diem. Tant que ça t'est possible.* Chaque moment est un cadeau, après tout. Ma mère m'a appris qu'il est mal élevé de le renvoyer sans l'avoir déballé.

Pendant que je l'observais, à aucun moment Stevie ne m'a remarqué. C'est un art que j'ai cultivé : un mètre quatre-vingt-treize et je sais me fondre. Je me suis éclipsé dans le couloir de l'hôtel, sans cesser d'épier depuis un poste d'observation plus sûr. Naturellement, Tamsin n'a pas tardé à me retrouver. Elle a surgi près de moi, avec un débardeur sur sa peau sombre, parfaite, ses longs cheveux noués au sommet de sa tête.

« Qu'est-ce que tu fais là, Leo ? » Elle grignotait des noix de cajou sorties d'un cône de papier qu'elle avait acheté plus tôt depuis la fenêtre du bus.

« Rien », ai-je répondu. *Va-t-en.*

Trop tard : ses yeux verts avaient suivi la trace de mon regard.

« Qui sont-ils ? a-t-elle demandé.

— Aucune idée. Ils viennent d'arriver.

— Ils sont trop mignons. Ils ont l'air d'être vraiment ensemble. » Elle s'est penchée vers moi, m'a plaqué un baiser sur la joue. « Tu devrais aller leur dire bonjour. Ils ont l'air sympas. Nous serons peut-être amis.

— J'en doute », ai-je dit, sans quitter Stevie des yeux. Parce que je savais, je savais déjà. Il ne faudrait pas longtemps pour que nous devenions bien plus que cela.

3

Stevie

Les secondes s'écoulent dans le noir, j'essaye de ne pas hyperventiler. C'est ma grande terreur : me retrouver piégée seule dans un endroit horrible, sans rien voir, avec une présence au bout des doigts.

« Hé ! je lance dans l'obscurité. Je suis là ! Quelqu'un peut allumer ? » Je presse mon épaule contre la porte, mais je ne peux pas savoir ce qui bouge au-dessus de moi ou en dessous. Des bouffées d'air brèves, sifflantes, s'échappent de ma poitrine. Et me voilà en train de bourrer de coups de pieds la paroi de la cabine, ma peur muée en fureur.

Je ne sais pas depuis combien de temps je crie quand la lumière revient. Le silence, de nouveau. Je me fige.

« Hello ? appelle, timide, une voix féminine, américaine, jeune. Ça va là-dedans ? »

Prudemment, j'ouvre la cabine et je sors, les jambes tremblantes, la vision brouillée par les larmes. Devant moi se tient une fille d'environ dix-huit ans aux membres graciles, en T-shirt rose, aux yeux aussi écarquillés que doivent être les miens. C'est elle qui lisait *La Plage* sur le canapé.

« Il y avait quelqu'un, dis-je, haletante, en scrutant tous les recoins de la pièce, quelqu'un qui se moquait de moi. Tu n'as vu personne ? »

Elle tire sur un pan de son T-shirt. Je dois lui paraître folle. Mais elle s'avance vers moi d'un pas.

« Un homme ? demande-t-elle à voix basse. À quoi ressemblait-il ?

— Non, je ne sais pas. Je ne voyais rien…

— On ne peut faire confiance à personne. Je ne dors plus dans les dortoirs. Mon Dieu, qui ferait une chose pareille ? Si je séjourne dans cette auberge, c'est seulement parce que Elijah m'a assuré qu'il donnait des bracelets d'identification. » Elle jette un regard furtif à mes poignets.

« Je n'ai pas… Nous n'en avons pas eu. » Je me dirige d'un pas chancelant vers le lavabo et m'asperge le visage. Dans le mauvais miroir terni, je suis hagarde.

« L'Afrique n'est pas sûre pour les filles comme nous. » Derrière moi, elle enroule ses bras autour de ses côtes, les coudes saillant en pointe. « Tu es jolie. Tu sors du lot. Mon amie était pareille, elle est blonde et elle est… elle était… c'est à elle qu'il s'en est pris.

— Qui ça ? » Je me retourne, une main sur le lavabo, l'autre crispée sur ma gorge. « De quoi tu parles ?

— L'agression à l'auberge de jeunesse, à l'autre bout de la ville. Tu n'en as pas entendu parler ? »

Je secoue la tête. Tout s'entrechoque à l'intérieur.

« Mon amie prenait une douche dans la salle de bain des filles, mais aucune serrure ne marche ici. Les règles sont différentes. » Elle avance encore de deux pas vers moi, une tension dans tout le corps. « Elle se faisait un shampooing, elle avait les yeux fermés. Quand elle les a ouverts, il y avait un homme…

— Qu'est-ce que vous faites ? » Jacob se tient dans l'encadrement de la porte, en caleçon, les cheveux en broussaille.

La fille sursaute, agrippe mon poignet.

« Qu'est-ce qui ne va pas ? » Il se frotte les yeux. « Je me suis réveillé et tu n'étais plus dans le lit.

— Tu es son petit ami ? demande la fille, protectrice. Elle hurlait tellement fort que je l'ai entendue de ma chambre.

— Elle hurlait ? » Jacob se penche pour examiner mon visage. « Stevie, qu'est-ce qui s'est passé ?

— Je ne sais pas. » Il m'attire dans ses bras. « J'étais toute seule ici et la lumière s'est éteinte.

— On n'est pas en sécurité dans ces auberges, dit la fille, les bras ballants. Nulle part. D'ailleurs je reprends l'avion aujourd'hui même, avec deux mois d'avance. Soyez prudents, vous deux. » Elle croise mon regard. *Surtout toi,* disent ses yeux.

« Merci, lui dis-je.

— Bon, je vous laisse. Bonne chance. »

Jacob et moi la regardons s'éloigner.

« Bonne *chance* ? répète Jacob en s'écartant pour mieux m'observer. C'est quoi, son problème ? À l'entendre, on croirait qu'on se prépare à une course d'obstacles.

— Elle a eu une frayeur, j'explique en essayant de surmonter la mienne. Son amie a été agressée en ville.

— Mince alors ! » Jacob secoue la tête. « Bon, en effet, c'est terrible. Mais ça n'est pas… enfin, ça ne s'est pas passé ici, si ?

— Non. » Je déglutis. J'ai la gorge irritée à force d'avoir crié. « Dans une autre auberge de jeunesse.

— Stevie, je sais qu'ici, ce n'est pas le Ritz, mais ce n'est pas non plus un coupe-gorge. Tu n'as rien. C'est sans doute le veilleur de nuit qui a éteint la lumière. Il a dû croire qu'il n'y avait personne. »

Je le regarde, étonnée. « Le veilleur de nuit ?

— Je l'ai croisé dans le couloir. Un blanc, la vingtaine. Je ne l'ai pas examiné en détail, mais il est cinq heures du matin et il était habillé et chaussé. J'ai pensé qu'il devait assurer la garde de nuit. » Il se mordille les lèvres, pensif. « Tu sais quoi ? Retournons nous coucher. Dans la matinée, nous pourrons nous renseigner sur le veilleur de nuit à la réception. Leur raconter ce qui s'est passé, si tu veux.

— Oui, j'aimerais bien. » Demain, je tâcherai de le convaincre de changer d'auberge. Pas question de passer une nuit de plus dans celle-ci.

« En attendant, allons nous blottir tous les deux dans le même lit et dormir encore un peu jusqu'à ce qu'il fasse jour. »

J'acquiesce, je sors avec lui de la salle de bain et le suis dans la grande salle en guettant du coin de l'œil les ombres et les moindres mouvements. Il n'y a rien, personne. En tout cas personne de visible. Dans notre chambre, Jacob ferme la porte à clé et vérifie deux fois que la serrure tient. Peut-être qu'il pense comme moi, finalement. Qu'il y ait ou non un gardien, quelqu'un s'est amusé à me faire peur dans la salle de bain. Et il y a de bonnes chances que ce quelqu'un soit encore dans le bâtiment.

4

Leo

Pauvre Stevie. Quelle nuit ! La lumière qui s'éteint dans la salle de bain. Le récit de l'agression dans la douche. Et tout le discours sur le thème on-n'est-pas-en-sécurité. Mais l'Américaine qui l'a mise en garde a raison : la petite souris n'est pas du tout en sécurité. Et le Jacob à la tignasse rebelle qui s'est auto-proclamé son protecteur n'est pas à la hauteur.

Assis, la tête appuyée à la mince paroi de notre chambre, je les entends qui reviennent tous les deux se recoucher dans la pièce voisine. N'est-il pas étonnant qu'on nous ait attribué des chambres contiguës ? Ma maman parlait toujours d'heureuses coïncidences. C'est à croire que l'univers a décidé de nous raccorder l'un à l'autre. Je les ai écoutés s'agiter et se tourner dans leurs lits jusque tard dans la nuit, tandis que Tamsin feuilletait mollement les pages d'un magazine. Il est normal que je me sois réveillé en même temps que Stevie. Je savais bien sûr qu'elle allait à la salle de bain.

Près de moi, sous un drap de mousseline, Tamsin bouge et se retourne. Elle est paisible : les traits détendus, le visage serein, aucun souci à se faire, réveillée ou endormie. Elle est métisse – mi-anglaise mi-nigériane – et semble parfaitement à l'aise sur ce continent. Mais ce n'est pas tout : j'envie sa façon d'évoluer dans le monde en général, de prendre ce dont elle a besoin comme on prend ses vitamines, sans jamais se démonter, naturellement. Depuis trois mois que nous voyageons ensemble à travers l'Afrique, elle laisse le choc culturel glisser sur elle, où que nous allions. Les hommes qui se tiennent par la main dans les rues parce qu'ils sont amis, les femmes qui chantent en chœur en rapportant l'eau et le bois chez elles, les enfants qui shootent dans des ballons faits de détritus et de ruban adhésif. *C'est un continent de fraternité, Leo,* répète-t-elle à l'envie, épaules droites, mains jointes, comme pour m'inciter à entrer dans le jeu.

Mais je ne peux pas. Elle sait que j'ai renoncé à la vie que j'avais en Angleterre – échangé mes costumes contre des bermudas, mon Audi contre des bus avec des poulets sur les genoux, mes exposés et présentations contre le reggae – mais elle ne perçoit pas la profondeur de mon exil intérieur. Il m'est difficile de m'adapter alors que je sens encore le sang bouillonner en moi, tout ce venin continuer à battre dans mes veines.

Quand j'étais plus jeune, avant tous les problèmes, j'étais encore enclin à de longues périodes d'isolement. L'ennui, je suppose, surtout en été, mais ma mère et moi partagions cette léthargie, comme un lieu où nous entrions ensemble tous les jours. Seuls au bord de la mare aux carpes koi, nous nous asseyions près des rosiers, dont le parfum lourd et entêtant flottait entre nous. *Mon héros magnifique*, disait-elle en lissant de la main mes cheveux sur ma nuque. *Beau garçon. Un jour, tu trouveras une fille que tu adoreras encore plus que moi. Tu te rends compte ?* Je ne savais jamais si c'était un encouragement ou une crainte de sa part.

Tout doucement, silencieusement, je tends la main vers mon portable, j'ouvre Instagram et je tape les nom et prénom de Stevie dans le moteur de recherche. Je me demande ce qu'elle est en train de faire à côté. Elle ne doit pas dormir, pas après ce que nous venons de vivre ensemble. Nous sommes tous les deux trop excités. Derrière les barreaux de nos fenêtres, les premiers rayons roses commencent timidement à éclairer le ciel. L'a-t-elle remarqué ? Les regarde-t-elle, elle aussi ? La journée s'annonce caniculaire, Stevie, mais il y a tant de tendresse dans la façon dont elle débute. Je roule sur le côté, tournant le dos à Tamsin, en caressant mon téléphone comme la tête d'un enfant. Les secondes passent, l'écran se stabilise, et la voilà. Stevie Erickson. Il y en a plusieurs, mais celle-ci est la mienne. @StevieE. Deux cents abonnés sur Instagram, cent posts – une modeste visibilité sur le réseau – et son compte est entièrement public. Là encore, c'est une invitation à entrer dans son monde, à la suivre, à observer.

Il y a tant à apprendre de la manière dont les gens exposent leur vie. Tant d'informations derrière les hashtags. Stevie aime les tempêtes, les corbeaux et les murs de pierre. Sous l'onglet « Bibliothèque », des couvertures de livres, tous anglais, ce qui est un très bon signe pour moi. Elle prend des cafés et les photographie avant de les boire. Elle aime les mains de sa grand-mère. Hashtag VraieFamille, hashtag Nattie, hashtag MonRoc. En fait, pendant plusieurs semaines en juin, elle s'est concentrée exclusivement sur grand-maman, avec des photos de vieilles mains noueuses, de chevilles épaisses, de chaussures lacées ; et puis, plus rien. Plus rien du tout de tout le mois de juillet. Et soudain, en août, changement de direction. Je scrute l'écran en plissant les yeux, cette image est granuleuse. Stevie a publié la photo d'une photo, un vieux cliché datant du lycée à en juger par le teint pur des deux filles, l'échancrure de leurs T-shirts, la jeunesse de leurs coupes de cheveux et de leur maquillage. On y voit Stevie avec une brune, jolie, piquante. À côté d'elle, Stevie ressemble à un elfe arctique. Hashtag TuMeManques, hashtag Cassia, hashtag ToujoursEnsemble.

Cassia. Le cou tendu, je reviens sur la mosaïque de photos. Je note avec intérêt qu'il n'y a aucune autre allusion à cette fille et également, tout aussi révélateur, qu'on trouve très peu de photos de Jacob dans le flux de Stevie. Quand il apparaît, il est mince, athlétique, avec un air innocent sur tous les clichés, comme inconscient de la présence de la caméra. Elle ne le tague nulle part et tous les tags sont hétéroclites. Liés au travail. Stoïques. Ternes.

Je reviens sur la dernière photo. Postée il y a deux jours, le 25 septembre, après un nouveau silence radio d'un mois. C'est une plage. Hashtag RafikiIsland. Hashtag VoiciLeParadis. Hashtag GoEco Tanzanie. Je retourne un instant le téléphone, songeur, et mon regard tombe sur mon reflet renvoyé par la coque brillante – yeux bleu foncé, visage tanné, incisives – quand j'entends la voix derrière moi.

« Bonjour. » Tamsin se dresse sur un coude, sa voix aux inflexions britanniques me fait sursauter. « Tu es réveillé depuis longtemps ? »

J'éteins le téléphone.

« Tu consultes tes mails ? Je croyais qu'il n'y avait pas de wifi.

— La connexion est aléatoire, dis-je en me tournant. Salut. »

Elle bâille, étire toutes ses articulations une à une. « Je n'ai pas très bien dormi. La vache ! les lits font un de ces boucans. On dirait un massacre de corneilles. »

Je souris. *Corneilles. Corbeaux. Cassia. Grand-maman.*

« Quel est le programme aujourd'hui ? » Tamsin repousse son drap, découvrant des dessous en dentelle blanche et une mini chemise de nuit. Elle s'agenouille sur le matelas, exposant la peau finement lignée de son ventre, sans une once de graisse.

« J'ai deux ou trois choses à faire.

— Ça va ? Tu as l'air... absent.

— Moi non plus, je n'ai pas très bien dormi. » Je la regarde, en me demandant à quel moment mes sentiments pour elle ont changé.

« Bon, cette auberge n'est pas super. Pourquoi on l'a choisie ? Il fait sec ici. » Elle tend le bras vers son sac à dos, en sort un petit pot de crème pour le visage, dévisse le couvercle. « Tu crois que les crèmes hydratantes tournent à la chaleur ? Comme la mayonnaise ?

— Aucune idée... »

Elle s'en met une noisette sur le nez et rampe vers mon lit. « Embrassons-nous, comme ça tu pourras me dire si ça sent le rance. »

Je me penche sur elle, pose mes lèvres sur les siennes. Elle sent bon, elle est appétissante, si seulement j'arrivais à me concentrer. Nous nous embrassons deux fois, trois, des petits bécots plus que des baisers passionnés, comme si nous cochions les cases d'une liste.

« Ta crème est parfaite. » Je me lève, enfile un short. « Je m'apprêtais à sortir pour aller nous chercher un petit déjeuner. Je meurs de faim.

— Oh, très bien. Mais quand tu reviendras, on pourra peut-être préparer notre programme. Prévoir la suite. » Elle sourit, en suspens.

« Ouaip », dis-je en m'arrêtant à la porte. Ma suite pourrait bien être très différente de la sienne.

« On pourrait peut-être continuer vers la Tanzanie, suggère-t-elle. J'ai lu quelque chose sur ce centre de plongée qu'ils ont ouvert là-bas. GoEco, un nom comme ça, sur l'île de Rafiki. Ça a l'air génial sur les photos. »

La main sur la poignée, je vacille. *Elle a lu ça où ?* Cela ne peut pas être qu'une heureuse coïncidence.

« Leo, tu es sûr que ça va ? » Elle a les sourcils levés, le visage ouvert.

« Je vais très bien. On discutera à mon retour. À tout à l'heure. »

J'ouvre la porte d'un coup sec et je sors en la refermant derrière moi. Dans le couloir, je m'immobilise, mon sang pulse dans mes oreilles. Ce n'est pas possible que ça continue ainsi. Que Tamsin ait surpris une conversation, qu'elle ait regardé les hashtags par-dessus mon épaule ou qu'elle soit tombée par hasard sur un article parlant du centre de plongée dans un magazine, l'univers me pousse en avant. Il ne devrait pas. Parce qu'en vérité, je ne suis pas du tout un héros magnifique. J'appuie mon front contre le mur près de la chambre de Stevie. Elle est allongée dans un lit à l'intérieur, à quelques pas de moi. Je prends une autre inspiration, ferme vigoureusement les yeux. *Ne va pas à Rafiki, Leo. Tu sais où ce chemin te mène.*

En Angleterre, avant de venir ici, j'ai vu une psychiatre. Je l'avoue. Je n'ai pas honte. J'avais perdu la notion des choses et j'avais besoin d'un peu d'aide professionnelle. Il y avait beaucoup à dire ; j'étais devenu une célébrité, une aubaine pour les tabloïds, le garçon riche au physique de star de cinéma qui avait fait toutes ces horribles choses à son père. Ma thérapeute était assise si près de moi pendant les séances que je sentais son parfum sur sa peau. *Il faut trouver la voix dans ta tête*, m'a-t-elle dit au cours de la troisième semaine, en croisant l'une sur l'autre ses jambes vêtues de bas. *Trouve cette voix, Leo, et écoute-la.* Mais de quelle voix parlait-elle ? Sûrement pas de celle qui me disait de coucher avec elle car lorsque, écoutant cette voix-là, je l'ai prise sur le divan, je ne suis jamais revenu.

Il y a trop de panneaux fléchés dans ma tête, trop de directions à prendre. Je suis du bout des doigts les veines du stratifié sous la poignée de la porte de Stevie. Le désir est si compliqué. La nuit dernière, les yeux fermés dans mon lit, j'ai imaginé diverses manières de me débarrasser de Tamsin. C'était presque thérapeutique d'y penser, secret vertigineux d'un plan bien agencé. C'était une chimère que je chérissais en silence dans le noir. Ce n'est plus désormais qu'une flammèche, mais je sais ce que je fais de ces flammèches. Il n'y a jamais de voix pour me dire d'arrêter. Jamais à temps. Non, quand ces flammèches dansent, je les suis, tel un papillon à la tombée du soir. Je les suis jusqu'au bout et à la fin, je les étouffe.

5

Stevie

Je mets un temps fou à me rendormir. Même blottie dans les bras de Jacob dans le lit étroit, je ne me sens pas en sécurité. Il y a quelque chose qui ne va pas dans cette auberge. Pendant une heure, je surveille la porte en espérant qu'elle ne s'ouvre pas.

Mais elle ne s'ouvre pas et tout est calme. Enfin, vers six heures du matin, je laisse les prémices roses de l'aube tracer leur chemin irisé sur le mur et m'accorder un sommeil inquiet. Dieu merci, je ne rêve pas. Je sombre trop profondément et quand je me réveille, tard, l'air est suffocant dans la chambre, un voile de sueur imprègne mes jambes et celles de Jacob collées aux miennes.

« Bonjour, la belle », dit-il. Je pose ma tête sur sa poitrine. « Tu as vu où on est ? »

Pendant un instant, cela ne semble pas exaltant. Cela ne semble rien du tout. Je souris en le serrant plus fort dans mes bras.

« La nuit a été bizarre, dit-il. Et si on s'en allait et qu'on n'en passait pas une deuxième ici ? »

Je me redresse en me frottant les yeux, touchée qu'il sache ce que je veux sans que j'aie eu à le dire. « Pour aller où ? Directement à Rafiki ? » Au moins, ce serait organisé là-bas. Ce serait balisé.

« Je commence dans trois jours. Nous devions prendre un train pour Mombasa demain, mais pourquoi ne pas partir plutôt ce soir ? Il y a cet hôtel au bord de la plage que nous avons vu dans les guides. Diani Beach. Nous pouvons passer quelque temps dans une hutte, nous la couler douce, nous baigner.

— Oh, oui. S'il te plaît.

— La mer, c'est notre élément. Le train de nuit part à dix heures du soir. Nous passerons la journée à visiter, à manger de bonnes choses, à prendre des photos. Et ensuite, on quitte la ville.

— Et cette auberge sinistre.

— Absolument. Tu as raison. Elle est sinistre. Ce ne sera pas le cas de Rafiki. »

Derrière la fenêtre, j'entends le brouhaha de la ville. Ce doit être le milieu de la matinée, maintenant. Je me demande brièvement si la fille de la salle de bain est déjà repartie en Amérique.

« Tu veux bien qu'on ne traîne pas trop ? demande Jacob. On n'a rien mangé depuis des siècles. »

Je n'ai pas faim. Pourtant, je devrais. « J'ai besoin de me doucher, dis-je, hésitante. De me décrasser un peu.

— OK. » Il me serre le genou. « Tout va bien, Stevie. Nous avons seulement eu un départ difficile. »

La douche est froide, mais efficace. Toutes les cabines sont occupées par des filles. Je repère leurs pieds sous les rideaux avant de trouver la mienne. À aucun moment, pendant que je me savonne et me shampouine, je ne ferme les yeux. En tout cas, ça fait du bien de se sentir propre et quand Jacob et moi quittons l'auberge, l'air est revigorant malgré la chaleur et le bruit. Nous n'avons pas fait trois pas que des locaux nous assaillent pour tenter de nous vendre des safaris, tandis que des enfants en maillot de corps d'un blanc éclatant tirent sur les poches de nos shorts.

Au début, c'est mignon, mais au bout de quelques minutes, Jacob écarte sans ménagement un type qui lui barre le passage avec un plateau plein de lunettes de soleil. « Je n'en veux pas. Viens, Stevie, on traverse. »

Visant une trouée, il descend dans la rue, au milieu des voitures rouillées qui le frôlent à vive allure, en vrombissant comme si leur pot d'échappement était percé. Les mobylettes klaxonnent, ignorant l'usage des clignotants ou des freins. Je ne vais pas aussi vite que Jacob : je traverse la rue deux mètres derrière lui et c'est au moment où j'atteins le trottoir que je vois le corps. Un homme gît dans le caniveau, le pantalon tenu par des ficelles. À voir ses orteils, on dirait qu'il est mort depuis belle lurette. Suis-je censée l'enjamber et poursuivre mon chemin ? Je ne sais absolument pas s'il est vivant ou non. Je devrais me pencher pour lui venir en aide, mais je reste paralysée au milieu de la circulation, incapable de bouger, incapable même de déglutir. Un flot de souvenirs me submerge, bouillonne dans ma tête, occultant tout ce qui m'entoure à part cette vision.

L'été précédant notre entrée en première, j'ai eu un accident de voiture avec ma meilleure amie, Cassia Duchene. Nous nous promenions avec deux garçons qui venaient de passer leur bac. La nuit était chaude, comme l'air qui m'environne à cet instant, le ciel nocturne constellé de poussière argentée, tandis que nous roulions vers les hauteurs qui surplombent Anchorite Bay. Nous écoutions des tubes d'été, des lapins filaient dans le faisceau des phares et Josh Hollander enchaînait les zigzags pour essayer de les écraser pendant qu'ils détalaient.

« Tu l'as eu ! » Sur le siège passager, Cody Oakes a lâché un rot en levant la main pour faire un high-five. « J'ai bien entendu les tendons craquer. » À dix-huit ans, il était la star de l'équipe de foot du lycée. Il devait intégrer l'université de Duke à la rentrée.

« Néandertal », a murmuré Cassia. À l'époque, elle était celle avec qui tous les garçons voulaient sortir, celle que toutes les filles voulaient être. Elle avait de longs cils noirs, une peau parfaite, et portait des baskets qui me faisaient rêver. En sixième, elle m'avait choisie pour être sa « meilleure amie pour toujours » – un choix très probablement dicté en réalité par l'emplacement des casiers – et nous sommes vite devenues inséparables. Elle m'avait dit que nous étions comme les deux doigts de la main et m'avait offert un bracelet de l'amitié qu'elle avait fabriqué elle-même et que j'ai porté tous les jours que Dieu fait jusqu'à ce qu'il casse. Quand nous n'étions pas au collège, nous dormions l'une chez l'autre et nous regardions *Gossip Girl*. Elle s'endormait toujours avant moi. Je restais éveillée, avec la télévision toujours allumée qui jetait des éclats de lumière mouvante sur ses joues.

Le soir de l'accident, elle était assise à côté de moi à l'arrière de la voiture, le front appuyé contre la vitre, les doigts sur le menton. Nous avions seize ans. Nous n'aurions jamais dû nous trouver dans cette voiture. La route grimpait en lacets, bordée de touffes d'herbes et d'arbres inclinés à l'opposé de l'asphalte, inquiets du prochain retour de l'hiver.

« Les arbres sont rigolos, m'a dit Cassia. Ils sont voûtés comme s'ils redoutaient un malheur. »

C'était ça le truc avec Cassia : elle voyait les choses de la même façon que moi. Cody n'a pas réagi et a augmenté le volume de la radio. Je me souviens que je ne connaissais pas les paroles de la chanson que les garçons braillaient à tue-tête. C'était Cassia et moi contre eux.

Quand la voiture est sortie de la route, elle s'est renversée et j'ai vu des bribes de temps se balancer devant moi, comme suspendues à un fil. Je n'avais aucun système de référence pour appréhender le fait d'être tête en bas et de voir passer des objets devant moi au ralenti. Une boîte de CD, un briquet, un chapeau. J'étais la seule à avoir attaché ma ceinture, qui me cisaillait l'omoplate comme un câble d'acier. Nous nous sommes écrasés contre quelque chose qui a pulvérisé toute la partie gauche de la voiture. Une tête a heurté la fenêtre en faisant un bruit sourd, étrange. Nous avons encore rebondi et je me souviens du bras de Cassia appuyé, main à plat, sur mon buste, comme si elle faisait la roue au-dessus de moi.

Quand la voiture s'est enfin immobilisée, j'étais clouée sous Cassia, dont les cheveux balayaient mon menton. Il n'y avait qu'elle et moi. Le pare-brise avant avait disparu. Il y avait le ciel, les étoiles. Un calme impressionnant. Avec seulement, pendant un long moment, le cliquetis du moteur en train de refroidir. Un son délicat, léger, féerique, comme si on pinçait de toutes petites cordes. Cassia a respiré un peu au-dessus de moi avant de s'arrêter. Comme un jouet dont les piles s'épuisent. Et puis, rien que le noir, et un poids mort, et l'horrible chaleur d'un liquide qui s'écoule.

« Stevie ! »

Au bruit de ce cri, je suis ramenée brutalement dans cette rue, ce chaos, devant ce cadavre. Jacob accourt vers moi.

« Qu'est-ce que tu fous ? »

Une voiture, klaxon hurlant, passe en manquant me percuter avec son rétroviseur. Agrippant mon T-shirt, Jacob me tire sur le trottoir, mais j'ai les membres raides comme un pantin. Tout ce que je peux faire, c'est désigner le corps. Jacob suit la direction qu'indique mon bras.

« Oh mon Dieu », s'écrie-t-il. Il s'accroupit au bord du trottoir. « Hé, mec ! » Il secoue l'épaule de l'homme en tiraillant à petits coups secs sur sa chemise crasseuse. « Réveille-toi, mon gars. »

Le corps bouge un peu. Un pied remue.

« Il ne faut pas rester là », insiste Jacob. L'homme ouvre les yeux sur des orbites vitreuses et larmoyantes. Il se redresse sur des coudes calleux. Une bouteille de bière roule sous lui. Jacob le hisse en position assise sur le trottoir et se tient debout devant lui, les mains sur les hanches. Une tache foncée s'étend à l'entrejambe du pantalon de l'homme. Il est en train de se pisser dessus. Les gens passent dans la rue sans un regard.

Jacob se tourne vers moi, l'air perplexe. « Je ne sais pas quoi faire. Il faut qu'on appelle quelqu'un ? Tu penses qu'il est bien, là ? »

Je suis toujours incapable de prononcer un mot. C'est trop. Cet endroit est trop pour moi. J'ai cru qu'un changement d'air me ferait du bien, un voyage ailleurs, mais cela fait ressurgir toutes les choses enfouies. Je ne peux pas bouger, je ne peux pas penser, c'est impossible.

« Stevie... » Jacob m'entraîne à l'ombre de l'auvent d'une boutique vide. « Le bonhomme n'est pas mort. Il est saoul. Il cuvait. Regarde... il s'en va. Il va bien.

— Je sais. J'ai été prise au dépourvu, c'est tout. »

Jacob balaye la rue du regard. « Écoute, on va aller chercher quelque chose à manger et trouver un endroit tranquille où nous poser quelques heures.

— D'accord. » Je hoche la tête, en essayant de me ressaisir. « C'est une bonne idée. »

Plus bas dans la rue, il y a des marchands ambulants derrière des chariots en verre. Jacob observe, les yeux plissés, incertain. « Viens, dit-il. Allons voir ce qu'ils vendent. »

Nous marchons en nous tenant par la main, mais je n'arrive pas à lever les pieds. Le bout de mes Birkenstock accroche le trottoir. Les chariots, quand nous arrivons, contiennent des petits pains – une pâte claire, recouverte d'un nappage grumeleux sur lequel rampe une couche épaisse de mouches et de guêpes. Toutes les pâtisseries grouillent à l'unisson.

« Oh, seigneur. » Jacob se frotte un œil avec la paume de sa main.

« Celui-là est mieux. » J'ai repéré le dernier vendeur de la rangée, dont les pains sont épargnés par les insectes. « On peut acheter ceux-là. » Je n'ai pas du tout faim, mais je me force, pour Jacob. Le marchand se frotte les mains en attendant que nous passions commande.

« Je m'abstiendrais, si j'étais vous », dit une voix derrière nous.

Nous nous retournons, Jacob et moi. Un homme, fin de vingtaine, est là, les mains dans les poches de son bermuda. Il porte une chemise en lin, déboutonnée jusqu'au milieu de sa poitrine musclée, et un chapeau de paille cabossé baissé sur son front.

« Minute. Attendez de voir. » Il a un accent indéfinissable – comme un vague accent britannique, mais que l'on tenterait de dissimuler – et une fossette quand il sourit. Mâchoire carrée, yeux bleu vif, cheveux blonds coupés à ras de son cou bronzé.

Jacob et moi ne savons ni l'un ni l'autre comment réagir. Peut-être parce que nous ne nous sommes jamais trouvés en présence d'un tel physique. Ou que nous sommes désarçonnés par son assurance. Il a l'air d'être chez lui, comme s'il vivait dans ces rues depuis des années. Nous nous tournons à nouveau vers le vendeur. L'argent hésite dans la main de Jacob. Et c'est là, à cet instant précis, que le marchand se baisse et ramasse une bombe de Raid rouillée, crottée, qu'il gardait à ses pieds. Il ouvre le panneau de verre et vaporise un long jet continu d'insecticide chimique sur tous les petits pains du présentoir. Ce n'est que lorsque son étalage est saturé de vapeur qu'il s'arrête. Puis il évacue les insectes morts restants d'un coup de doigt, referme le panneau et repose la bombe de Raid. Le brouillard s'éclaircit dans le présentoir. Les pains sont moites. Immaculés. Prêts.

« Vous en voulez toujours ? » L'homme s'approche pour regarder par-dessus nos épaules. « Si vous avez faim, le café au coin là-bas sert de délicieux chapatis. »

Il pointe le menton vers une petite entrée à notre droite. Quand nous nous retournons pour le remercier et lui demander son nom, il est parti. Il n'est plus qu'une chemise blanche qui se faufile à travers la foule, désinvolte et nonchalant, comme s'il vivait tous les jours des moments comme celui-ci, toujours fortuits.

6

Leo

Après le petit déjeuner, Jacob et Stevie sont allés au Hilton Nairobi et se sont installés au bar, près du pianiste qui jouait une version feutrée de « La Fille d'Ipanema ». Je les ai rejoints. Je n'ai pas très envie d'aller retrouver Tamsin là tout de suite. Ils ne m'ont pas remarqué alors que j'émerge à peine de l'exaltation de notre rencontre, dont l'excitation se voit encore au frémissement qui agite mes doigts. Il est important de m'éloigner à nouveau. Tout est dans le timing.

Ils sont assis l'un en face de l'autre, sur des sièges légèrement éloignés. Jacob consulte la carte des boissons. Stevie, elle, est perdue dans ses pensées. Les mains sur les genoux – des mains petites, concises –, elle gratte la peau de son pouce.

La vue de ce corps il y a une heure l'a perturbée. Ses tics en sont le témoignage. Pourquoi Jacob n'y fait-il pas plus attention ? La grand-mère défunte, la meilleure amie probablement morte (hashtag ToujoursEnsemble), le presque cadavre au bout de sa chaussure. Tout ce qu'il faut pour être perturbée, sans parler de l'incident de la nuit dernière dans la salle de bain des filles. *Allez, Jacob. Reprends-toi. Tu laisses la porte grande ouverte.*

Je vais m'installer à une table située de l'autre côté d'une colonne ornementale que les architectes de l'hôtel ont plantée dans le décor en pensant sans doute que cela faisait européen. Il y a en a plusieurs dans le bar, toutes ornées de feuillages verts et de frondes de palmier. Je déteste ce genre d'hôtels. Ils me rappellent mon père qui les choisissait systématiquement quand il nous arrivait de voyager hors de la grandeur auto-proclamée de l'Angleterre. Des chaînes hôtelières qui s'accrochent encore aux vestiges de la soi-disant splendeur coloniale, en reproduisant l'ambiance des pays qu'ont quittés leurs clients au lieu de celle des pays dans lesquels ils se rendent. Autour de moi, des serveurs attendent, tous vêtus du même uniforme amidonné. Même la position de leurs bras est identique. Tout cela est d'une impeccable précision militaire. Exactement le monde de mon père. Quand j'étais adolescent, il organisait des réceptions à la maison dès qu'il pouvait, les pelouses étincelaient de lumignons et de rires élégants, le personnel du traiteur, en gilet à boutons, allait et venait parmi les invités, servant le champagne dans des bouteilles sanglées dans des serviettes blanches. Je ne me souviens plus des occasions qui motivaient ces réceptions. En fait, mon père n'avait pas besoin d'autre raison que celle de sa propre existence pour réunir quelques flagorneurs autour de sa personne.

« Tu parles un peu avec les gens ? » me demandait ma mère en m'effleurant brièvement le coude en passant. Pendant ces soirées, elle portait toujours ses cheveux blonds relevés, retenus par des épingles lui tenant lieu de bijoux impromptus. Ses clavicules saillaient sous sa peau, tendues comme des poutrelles. « Ta chemise pend derrière, mon chéri. Arrange-moi ça. »

En y repensant, je me dis que c'était peut-être sa façon de me montrer son affection – les petits détails qu'elle remarquait sur moi – même si elle ne prêtait attention qu'aux défauts. « Rentre dans le jeu, chéri, sois combatif, me murmurait-elle à l'oreille. Tu es le meilleur ici. »

Mais contre quoi étais-je censé me battre ? S'il y avait une compétition à la clé, comment pouvais-je espérer la gagner ? Tous les cercles qui l'entouraient lors de ces réceptions étaient composés d'hommes éminents qui ne la quittaient jamais du regard quand elle me présentait.

« Connaissez-vous mon fils ? » Elle me caressait la joue de ses doigts frais. « N'est-il pas adorable ? Il ne va pas falloir longtemps avant qu'il brise les cœurs tous azimuts.

— Je dirais qu'il tient cela de vous. » L'homme qui reluquait ma mère à l'opposé du cercle avait un nez qui ressemblait à un gros orteil écrasé. Il portait une ceinture de smoking tout aussi violette.

« Général ! Vraiment ! » Ma mère l'observait en triturant l'unique perle de son collier entre son pouce et son index. « Vous êtes incorrigible ! »

Cependant les amis de mon père étaient toujours d'un parfait conformisme – leur masculinité affirmée, leur culte du sport élitiste et supérieur. « Voici mon fils, Leopold. » Mon père me présentait avec une bourrade virile. « Mais il grandit, n'est-ce pas, fiston ? Un homme de science. Et pas trop maladroit avec le ballon ovale. »

Je ne joue même pas au rugby, me disais-je alors. *Je me demande avec qui il me confond.* Ses amis avaient tous les mêmes têtes au carré et les mêmes largeurs de poitrine qui parlaient des jours passés à transporter de lourds équipements militaires dans des zones de guerre. Aujourd'hui encore, à vingt-huit ans, je ne supporte pas les uniformes. Peut-être que nous sommes tous perturbés à notre manière.

Je tire sur le col de ma chemise. Il fait trop chaud dans cet hôtel chicos malgré les ventilateurs en acajou qui tournent au plafond et l'élégance tranquille. À ma droite, au-delà de la grande voile formée par une fronde de palmier, je vois toujours Stevie. Si je me levais brusquement, je serais exactement dans son champ de vision. De temps en temps, elle se penche en avant, disparaissant de ma vue par intermittence, comme si elle oscillait au gré de la brise dans un bateau.

Jacob pousse la carte des boissons vers elle. « C'est trop tôt pour l'alcool ?

— Non, répond Stevie avec un sourire. C'est encore le début de la nuit dans le Maine. »

Son sourire est triste, pourtant. Éperdu. J'ai envie d'aller la mettre en garde. *Si tu te mets à boire, Stevie, tu risques de faire entrer le loup dans la bergerie.*

Quand j'avais quinze ans, j'ai volé une bouteille de champagne à l'une des réceptions de mon père. On me négligeait. J'étais en colère. J'en ai soustrait une dans la rangée de bouteilles strictement alignées épaule contre épaule givrée sur la table et l'ai emportée dans le bureau de mon père en la tenant par le col.

Je n'aimais même pas le champagne. Ni mes vêtements, ni mes manières, ni ma maison quand mon père y était. Pendant tout l'été, je passais des journées entières seul dans l'enceinte murée à observer mes parents feindre la camaraderie. Tous les ans, papa passait neuf mois en poste à l'étranger. Quand elle ne se focalisait pas sur moi, ma mère consacrait son temps au shopping et à l'aquagym. Mais chaque année, quand arrivait le congé accordé à mon père et que nous étions contraints de vivre tous les trois ensemble sous le même toit, aucun de nous ne connaissait vraiment la bande-son de la vie des deux autres – ou du moins la façon dont elles s'harmonisaient ensemble. Parfois, le congé de mon père tombait pendant le trimestre scolaire. Les jours de semaine apportaient une trêve.

Cet été-là, nous étions tous coincés dans la maison. Je n'aurais pas dû me montrer à la réception. Je n'aurais pas dû boire toute la bouteille de champagne. Mais en ce temps-là, je ne comprenais pas encore grand-chose à la colère. Je ne voulais pas prendre le briquet sur le bureau de mon père, ni l'approcher des pages poussiéreuses de ses chères biographies de Churchill rangées par ordre chronologique dans sa bibliothèque. Je n'imaginais pas qu'elles prendraient feu aussi vite.

La rangée entière était embrasée quand mon père est entré. Appuyé au rebord de la fenêtre, j'ai ri en le voyant bondir et taper sur les flammes, jeter les livres à terre et piétiner leurs squelettes noircis. Comme j'étais fier de ma rébellion, de toutes les choses qu'elle ferait changer. Mais mon père n'a pas fait dans la dentelle. *Très bien,* a-t-il dit quand le feu a été éteint. *Tu me déçois beaucoup.*

Un mois plus tard, il m'envoyait en pension. Et quand je suis revenu, j'étais bien pire encore.

Un serveur surgit près de ma table, m'obligeant à me reculer sur ma chaise et à parler bas. Je commande un café, noir sans sucre. Le serveur hoche la tête comme si j'avais choisi le meilleur des vins et s'éloigne vers la table voisine. Jacob commande une bière – sans verre – et Stevie opte pour un Coca-Cola. *Gentille fille, bien joué. Gardons un semblant de résistance.* Ils restent un instant silencieux après le départ du serveur, puis Jacob s'éclaircit la voix.

« On peut rester ici tout l'après-midi, qu'en penses-tu ? dit-il. Ce n'est pas tout à fait... notre genre de bar, je sais. Pas comme chez nous ! » *Tu te goures, Jacob. Tu n'as pas vu son compte Instagram ? Tous les détails sur sa vie à la maison, tout le confort qu'elle y avait.* « Mais nous pouvons nous reposer ici un moment. Ensuite, nous irons emballer nos affaires et de là, à la gare. »

Je me redresse sur ma chaise. *La gare, quelle gare ?* Mais Stevie reste impassible. L'espace d'un instant, elle ressemble beaucoup à ma mère pendant les dîners de famille. Taciturne. Tout un monde en mouvement à l'intérieur.

Jacob soupire. « Tu penses encore au bonhomme dans la rue, c'est ça ? »

Stevie croise les bras sur sa poitrine. Elle a l'air abattue, comme si elle n'avait pas dormi depuis des semaines. Je parierais qu'elle fait des cauchemars la nuit. « Ce n'est pas seulement lui. C'est tout. Tout l'ensemble. »

Nouveau gros soupir de Jacob, qui fait racler sa chaise en bougeant. « Nattie, tu veux dire ? Je sais, mais si nous sommes ici, c'est justement pour nous aider à…

— Pas seulement Nattie. »

Un silence. « L'héritage. Oui, mais il faut qu'on regarde encore ce que Nattie a signé. Si on trouve quelque part un document qui a l'air légal, tout n'est peut-être pas perdu. » Je vois sa main se tendre vers celle de Stevie.

« C'est Nattie, c'est le bar et c'est autre chose. J'ai beaucoup pensé à Cassia. » C'est comme si Stevie l'avait frappé. J'entends distinctement une exclamation étouffée.

« Comment ça, tu y penses ? » Ses doigts se retirent.

« C'est que… apparemment, je n'arrive pas à surmonter un deuil sans être hantée par un autre. C'est comme une chaîne de papier dans ma tête. Et puis, le type dans la rue… et la frayeur dans la salle de bain la nuit dernière… »

Derrière nous, le pianiste de jazz achève un riff. Tout le monde applaudit gentiment, sauf eux.

« Hantée ? répète Jacob.

— Je refais tous ces rêves – Cassia, l'accident, la chute… »

Nous y voilà, me dis-je. Je peux repérer des voies neuronales à cinquante pas. Et on m'a interdit d'exercer en Angleterre !

« Cet accident de voiture a eu lieu il y a huit ans !

— Je sais bien. » Voilà qu'elle pleure maintenant, de grosses larmes qui semblent trop grandes pour son visage.

« Oh, mon Dieu, ne pleure pas. Je n'aime pas te voir pleurer. » Il se lève pour venir s'asseoir à côté d'elle. « Je croyais… je croyais qu'on avait dépassé tout ça.

— Je veux rentrer à la maison.

— Non, mais, l'aventure que nous vivons va nous…

— Je n'aime pas cet endroit. Je ne veux pas vivre d'aventure.

— Mais tu… je pensais que tu… » Il secoue la tête, la mâchoire serrée. *Dis-le, Jacob. Vas-y.* « Tu détestais aussi être à la maison.

— Ouah. J'ai du mal. Je suis désolée d'être rabat-joie.

— Non, c'est juste que… Je me donne beaucoup de mal, Stevie, pour essayer d'améliorer les choses pour toi. Pour nous. » Il gratte l'étiquette de sa bière. Arrache un minuscule morceau de papier, le roule en boule. « Tu ne crois pas qu'on peut mettre tout cela simplement sur le compte de l'adaptation ? Nous avons atterri dans un pays inconnu. Nous ne savons pas ce qui se passe. Attends quelques jours ! » *Quoi, merde*, aurait-il pu ajouter. « Une fois que nous serons au centre de plongée, tout s'arrangera. »

Vraiment ? me dis-je. Là, je me lève, je jette de l'argent sur la table, avec un gros pourboire parce que cela me semble approprié. Je me dirige vers la sortie pour retrouver la chaleur et la clameur de la rue, en me souriant à moi-même. Je ne m'étais pas trompé au sujet de Stevie : elle est beaucoup trop intéressante pour la laisser échapper. Elle a rougi quand elle m'a vu tout à l'heure devant le marchand ambulant. Je suis un battant. Jacob la persuadera de rester en Afrique, lui vendra l'idée de s'évader de la ville ce soir et ils rejoindront leur précieux centre de plongée. Je traverse la rue, en rabrouant au passage un type qui essaye de me vendre une fausse Rolex. Il faut que je rentre à l'hôtel et que je fasse mon sac, que je discute d'un plan avec Tamsin tout en en mettant un autre à exécution. *Tout le monde a sa chaîne de papier dans la tête, Stevie. Je suis en train de raccorder discrètement la mienne à la tienne.*

7

Stevie

« Tu veux jouer au Uno dans la grande salle avant qu'on parte ? propose Jacob. Il y a un peu de monde en ce moment. »

Il est près de neuf heures du soir. Je suis en train d'écrire dans mon journal sur le lit de l'hôtel. « Non, c'est bon, lui dis-je en levant les yeux. Mais vas-y, toi. Je vais rester ici un moment. »

J'ai accepté de donner encore une chance à l'Afrique. J'ai accepté de tenter de m'adapter. Mais je ne peux pas y arriver dans cette auberge.

« Oui, je vais peut-être faire ça, dit-il, hésitant. Mais je me disais que tu pourrais avoir envie de voir des gens.

— Je suis bien.

— Et si j'allais emprunter un paquet de cartes pour que nous jouions ensemble ici ? » Il tape du pied.

« D'accord. » Je pose mon journal. « On fait ça. »

Jacob sort en coup de vent pour aller chercher le Uno. C'est une discussion difficile que nous avons eue au Hilton. Je me suis sentie déloyale envers lui en lui parlant de Cassia, de la façon dont elle a refait surface. Mais depuis des semaines, je lui cache mes rêves. Il dort enlacé à moi – c'est incroyable qu'il ne ressente pas ma trépidation intérieure à travers ma peau.

Si je lui en avais parlé dès que les cauchemars ont recommencé, il n'aurait de toute façon pas voulu entendre prononcer le nom de Cassia. Il ne l'a jamais aimée. Au lycée, elle était inaccessible : tous les garçons avaient le béguin pour elle, mais rares étaient ceux qui osaient lui parler, surtout pas Jacob, qui était vaguement connu comme coureur de fond, un personnage à l'arrière-plan, le genre d'élève sur qui les professeurs comptent pour connaître toutes les réponses en classe. Cassia et moi n'étions rien de tout cela. Nous allions et venions dans le lycée enfermées dans un champ de force de sweats à capuche cool, de coupes de cheveux à la mode et de répliques du tac au tac. Nous séchions les cours, séchions les devoirs, cultivions le je-m'en-foutisme. Truffions nos dissertations de jurons, quand nous les rendions. Échangions nos noms si nous avions un prof remplaçant. Chahutions les intervenants en éducation sexuelle. Nous étions insupportables.

Monsieur Jeffers, qui enseignait les sciences humaines, nous gardait après les cours presque toutes les semaines. Il laissait toujours la porte ouverte.

« Est-ce que tout va bien chez vous ? nous demandait-il, la cravate squattée par Buzz l'Éclair en train de crier quelque chose.

— Pourquoi ? répondait Cassia. Chez vous, tout ne va pas bien ? »

Était-ce la colère qui nous unissait, Cassia et moi ? Il y avait sous notre peau un tel bouillonnement, et qui ne trouvait pas d'issue. Pendant toute l'année de seconde, nous ne nous sommes souciées que d'étalage et d'apparence pour nous détourner des sujets plus profonds. Prenions à longueur de journée des selfies sur lesquels nous n'étions pas nous-mêmes. Sortions avec des garçons populaires et insignifiants. Surtout, qu'on ne nous pose pas de question trop épineuse, qu'à Dieu ne plaise ! Cassia est morte avant que nous puissions vraiment grandir ensemble. Mais même alors qu'elle est partie, la mention de son nom continue de mettre Jacob mal à l'aise. Comme moi, il n'arrive pas à bien identifier la nature de notre relation.

Il revient dans la chambre avec le jeu de Uno, s'assied en face de moi sur le lit et commence à battre les cartes. Il ne m'a pas interrogée davantage à propos de mes rêves ni demandé pourquoi ils étaient apparus, et il ne le fera pas. Il sait qu'il ne faut pas me bousculer.

J'ai jeté mon dévolu sur lui en première parce qu'il était discret. Il était le seul à ne pas me harceler de questions après l'accident, quand j'ai fini par retourner au lycée. J'ai manqué tout le mois de septembre, mais tous les élèves de ma classe grouillaient autour de moi à la première occasion, tous plus impatients les uns que les autres d'entendre le récit du drame depuis la minute où j'étais revenue à moi. Je suis passée de l'hôpital au poste de police, de la maison au lycée, et partout, les questions étaient les mêmes. *Comment est-ce arrivé ? Qu'as-tu fait ? L'as-tu vraiment vue mourir ?* Je n'avais qu'un sanctuaire où me réfugier. Il est là, toujours aussi calme, en train de distribuer les cartes sur la couverture. S'il était plus sournois, il aurait pu facilement lire mon journal, mais il est trop intègre pour cela. Il y a certaines choses dans ces pages dont je sais avec certitude qu'il ne les a pas lues. Cela changerait son point de vue du tout au tout.

« Tu as déjà dormi dans un train ? demande-t-il en classant ses cartes dans sa main. Moi, jamais. »

Je secoue la tête négativement. Ce qu'il demande vraiment, c'est *Pourrais-tu, s'il te plaît, avoir l'air plus enthousiaste ?* Je voudrais bien. J'essaye. Surtout, je ne veux plus être la fille qui est toujours en train de chercher un abri. Je ne suis pas cette fille, ou si je suis elle, je veux le trouver en moi.

Quand Jacob et moi avons pris des cours d'art plastique ensemble en première, je suis arrivée timide et méfiante, petit animal émergeant de la sécurité de sa tanière. Chaque semaine, j'avançais de table en table, sans un mot, pour me faufiler jusqu'à lui au fond de la salle. Tout ce que je dessinais n'était que fusain charbonneux – griffures épaisses, intenses, amères sur le papier. Il ne dessinait que la mer. Il suscitait en moi un intérêt auquel je n'étais pas habituée. À partir d'avril, il allait toujours me chercher un crayon alors que lui avait le sien. Il le posait sur ma table où je le laissais rouler avant de l'attraper. Mes tableaux ont commencé à changer : la couleur s'y est invitée. Et puis un jour, en mai, il m'a attendue à la porte à la fin du cours. Il a laissé le flot d'élèves s'écouler, les yeux fixés sur moi. Je me souviens d'avoir rangé maladroitement mes affaires.

« Tu devrais me laisser faire ton portrait, m'a-t-il annoncé quand je suis arrivée à sa hauteur dans l'embrasure.

— Tu ne peins que des mers démontées. » Je l'ai regardé au son des claquements sourds de la porte.

« Justement. » Il n'a pas cillé.

En face de moi, sur le lit, le genou droit de Jacob se trémousse. « C'est ton tour, dit-il.

— Oh, désolée. » Depuis combien de temps attend-il ? Je pose une carte sur la pile. Il la prend et me la rend.

« Elle doit être verte. Tu veux revoir les règles ?

— Non, c'est bon. » J'abats un quatre, qui oblige l'autre à piocher et à passer son tour. J'ai toujours été impitoyable au Uno. Mais là, je m'amuse moins.

Je me souviens du premier jour où je suis rentrée à pied avec lui, sur le sentier herbeux qui mène au port, le long des devantures de boutiques à la peinture écaillée et des casiers à crabes près du quai, au bruit des mâts des bateaux claquant au vent. J'éprouvais une sorte de quiétude à être simplement avec lui. Nous ne parlions pas beaucoup, mais nous nous sentions bien à marcher du même pas. J'observais le balancement de ses mains, appréciant la courbe de ses doigts quand ils étaient relâchés. Avec une bonne synchronisation, nos bras auraient pu se cogner et se rejoindre. Je n'ai pas osé.

« Je n'étais pas sûr que tu viendrais », a-t-il dit alors que nous avions quitté la ville et montions à flanc de colline vers la ferme de ses parents. Le vent ébouriffait ses cheveux, plaquait son mince T-shirt contre ses côtes.

« Je grimpe une colline, ai-je répondu. Je n'ai encore rien accepté. »

En haut du coteau, nous nous sommes retrouvés devant une vieille barrière brune solidement tenue fermée par une chaîne reliée au pilier d'un mur de pierre.

« Comment se fait-il que tu sois si peu bavard au lycée ? » J'ai relevé la chaîne, libérant la barrière qui s'est ouverte et a fini plantée dans la pelouse. « Aujourd'hui, c'était la première fois que tu m'adressais la parole.

— Qu'est-ce que tu voulais que je te dise ? »

J'ai hésité. « C'est que je ne sais pas grand-chose de toi.

— Personne ne sait grand-chose. Même pas moi. »

Je n'avais rien entendu d'aussi vrai depuis longtemps. « J'ai lu un livre une fois, ai-je dit en l'observant attentivement. Un de la série des Narnia. Tu les as lus ?

— Oui, bien sûr.

— Celui dans lequel ils passent dans un autre monde grâce à l'armoire magique.

— Je l'ai lu. Et j'ai vu le film.

— Je crois que les gens sont comme ça. Comme l'armoire. Il faut passer au travers pour voir ce qu'il y a derrière. »

Il a tiré la barrière pour la refermer. « Il est difficile de bien connaître les gens. Mais ça vaut toujours la peine d'essayer. »

Il a reculé de quelques pas vers le haut de la pente, les mains coincées sous son sac à dos. Quand on s'est retrouvés côte à côte, il m'a pris la main et l'a gardée dans la sienne. La peau de son bras droit était encore couverte de la craie du cours d'art plastique. Le soir, j'en ai découvert la trace sur mon poignet. Je ne l'ai pas effacée.

Jacob se racle la gorge et pose une carte quatre sur la mienne. Sans croiser mon regard.

« Je dois en piocher huit ? » je m'exclame, incrédule. C'est nouveau. D'habitude, cela ne le gêne pas de me laisser gagner.

Il jette un coup d'œil à sa montre. « Tu sais, en réalité, nous n'avons pas vraiment le temps. Allons-nous-en. Ce serait bête de rater le train.

— OK. Allons-y. »

Nous empaquetons nos affaires dans un silence étrange. Est-ce qu'il m'en veut ? Il en aurait le droit. Pourtant, je crois que nous essayons tous les deux de faire de notre mieux. Il ne m'attend pas en haut de l'escalier de l'auberge, ne me tient pas par la main dans la rue. Il m'a dit tout à l'heure que nous devions nous adapter, mais le nouveau territoire dans lequel nous sommes semble n'être pas seulement géographique.

Nous marchons d'un pas décidé vers la gare. Rues et routes sont beaucoup plus calmes à cette heure tardive.

Les gens s'amassent devant les boutiques. Il y a le vendeur aux denrées louches, la voiture au klaxon hystérique. Arrivés au guichet, nous achetons des allers simples, réservons un compartiment couchettes privé et montons à bord. Le quai grouille de monde, de familles qui vont et viennent, mais personne ne semble décidé à embarquer. Un chef de gare arpente le quai en donnant des coups de sifflet.

« Nous y voilà. » Jacob se fraye un chemin jusqu'à notre compartiment, tout lambrissé de chêne et équipé de deux lits. « Tous les couloirs se ressemblent. Nous devons nous rappeler que nous sommes dans le septième wagon. »

Il a raison : l'intérieur du train est partout beige et ciré et les huit voitures sont identiques. Une secousse et nous démarrons, la locomotive crache des bouffées de vapeur, des lanternes s'allument au-dessus des portes. Nous nous habituons peu à peu à l'allure cadencée du train, penchés à la fenêtre, quand il s'arrête, au bout d'une demi-heure, à la première bicoque faisant office de gare plongée dans l'obscurité. Une femme attend, seule, sur un carré de terre au bord des voies. À ses pieds, un gros sac de grain.

« Regarde, dis-je. Depuis combien de temps elle attend, à ton avis ? Il fait nuit noire et il n'y a personne à des kilomètres à la ronde.

— Tu crois que je devrais aller l'aider à porter son truc ? »

Mais elle ne fait pas mine de monter dans le train. Ce n'est pas celui qu'elle attend. Nous repartons, la laissant seule dans la nuit.

Vers dix heures et demie, nous allons dîner dans l'antique wagon-restaurant, la voiture numéro huit, à gauche en sortant de notre compartiment. Nous sommes les seuls voyageurs. Des serveurs en gants blancs nous apportent un dessert sur lequel ils versent de la crème contenue dans une saucière en argent. Cela fait tellement colonial, c'est dérangeant.

« Que font tous les autres ? je demande. Aurions-nous pris des billets de première sans le savoir ?

— Je ne sais pas. Je ne crois pas. Ils ont peut-être déjà mangé.

— Ou alors, c'est un train fantôme. » J'écarquille les yeux. « Lancé à pleine vitesse avec nous seuls à bord. »

Il sourit, enfin. « C'est pour ça que la femme au sac de grain n'a pas voulu le prendre. Nous voyageons à bord du Vaisseau des Damnés. »

Un silence plus serein retombe entre nous.

« Stevie, reprend-il en s'emparant de la salière, qu'il fait rouler sur la table. Je n'ai pas décrété que l'Afrique devait être *la* solution pour nous. »

Je hausse les sourcils. Qu'entend-il par *la* solution ?

« La boîte pour laquelle je vais travailler – GoEco – a des centres dans le monde entier. » Il aligne un filet de poivre le long du chemin de sel. « Ce que je veux dire, c'est que si le job marche bien là-bas, cela peut nous ouvrir des tas d'opportunités.

— Oh, super », dis-je. Mais j'ai déjà le cœur en berne. *Il est donc encore moins question de rentrer à la maison.*

« Pourquoi crois-tu que nous sommes restés à Anchorite Bay à la fin de nos études ? demande-t-il comme s'il avait perçu ma panique. Tous ceux avec qui nous avons passé le diplôme sont partis. Ils sont tous allés en ville.

— Je ne sais pas. Parce que c'est ce que nous voulions ? »

Il profère un « ouais » qui, manifestement, veut dire « nan ». Je ne fais que tirer des plans sur la comète. « Si tu cherches quelque chose à quoi te raccrocher, raccroche-toi à GoEco. Cela peut être une ressource solide. »

Me raccrocher ? C'est ce que je fais ?

Jacob repousse sa serviette en tissu. « Il est tard, déclare-t-il. Retournons dans notre cabine. »

Mais tandis que nous rebroussons chemin, dans l'étroit couloir, je ne peux effacer de mon esprit l'image qu'il a de moi. Je suis écrasée de solitude dans ce train plein de fantômes, dans lequel nous sommes, Jacob et moi, les seuls passagers visibles. Nous passons dans le wagon suivant sans croiser âme qui vive.

Cependant, au moment où nous atteignons notre compartiment, la porte attenante à la nôtre se referme avec un déclic.

« Tiens, finalement, nous avons des voisins », remarque Jacob en se retournant.

À l'intérieur, les draps des lits ont été repliés et une petite lampe surmontée d'un abat-jour moutarde a été allumée près de la glace. Des grains de poussière flottent dans le halo de lumière.

« Bizarre, dit Jacob. On doit vraiment être en première classe. Il ne manque plus que les chocolats sur les oreillers.

— Cela dit, en première classe, on n'est pas censé fouiller dans nos affaires. » Mon sac à dos est renversé, les emballages en aluminium de nos comprimés anti-palu de Lariam sont éparpillés sur le sol poussiéreux. Je remets les médicaments dans une poche latérale et je redresse le sac.

« Ils n'ont pas *fouillé*, Stevie. C'est tout le charme de l'ancien monde. Tu sais, les trains à vapeur, la vaisselle en argent, les lits préparés pour la nuit. » Il salue d'un coup de casquette imaginaire. « Le personnel est sans doute en train d'en faire autant pour les occupants du compartiment d'à côté. »

Je lâche un soupir, détends mes épaules. La porte est fermée à clé désormais. Tout va bien. Jacob a raison et je m'affole pour un rien. C'est le veilleur de nuit qui a éteint la lumière, l'homme affalé dans la rue était un poivrot et c'est le service en chambre qui a rabattu nos draps. Mais depuis quand y a-t-il un service en chambre dans les trains ?

À ma gauche, Jacob déboutonne sa chemise et commence à enlever son short. Je vais vers lui et, le prenant par la main, l'entraîne vers la couchette du bas. Il faut revenir à plus de simplicité. J'ai besoin de me sentir proche de lui, là, tout de suite. Nous nous serrons dans le lit étroit pendant que le train file à grand fracas sur l'antique voie ferrée, nus comme des vers à la lumière tamisée de la lampe, dans le confort douillet de notre antre privé. *Il ne s'agit même pas de sexe*, me dis-je, les yeux bien fermés, *il s'agit de nouer un lien familier*. Mes mains suivent le long tracé des muscles de Jacob, le doux galbe de ses pectoraux, ses triceps, ses abdominaux. Plus je descends, plus sa respiration devient hachée. Je connais cela. C'est un rythme que j'ai appris par cœur.

« Je t'aime », murmure Jacob. Je l'étreins plus fort comme si je le croyais. Il m'aime, moi, son petit rat évadé d'un navire en perdition, accroché à une planche dérivant entre les vagues d'une mer huileuse. Quand il s'est endormi, comme il fait à la maison, je reste un moment à le regarder, appuyée sur un coude. Je n'ai pas encore envie de dormir. L'un de nous est en train d'échapper à l'autre, mais je ne sais pas lequel de nous deux.

Je tends le bras pour attraper mon oreiller sur la couchette supérieure quand j'entends un bruit dans le couloir, un éclat de rire un peu plus loin dans le train, le déclic d'une porte qui se ferme. Où étaient ces autres passagers tout à l'heure ?

Enfant, avant que ma grand-mère me prenne chez elle, je restais éveillée la nuit en me demandant à qui appartenaient les voix qui résonnaient dans l'appartement. Je n'ai jamais connu celle de mon père, mais je reconnaissais celle de ma mère. Elle était rarement seule dans le salon. J'avais cinq ans et le bruit des hommes était tonitruant. Un bruit de monstre. Dans mon lit à portée de centaines d'étrangers, je ne suis pas à l'aise sous les draps. Parce que je ne sais pas qui se trouve derrière la porte. Je ne sais pas qui pourrait manipuler la poignée. Je ne suis pas sûre de pouvoir affronter celui qui entrerait.

Derrière la vitre du train, d'étranges formes défilent – des buissons bizarrement adossés à un arrière-plan ténébreux. Allongée contre Jacob, la tête sur mon oreiller, j'observe les formes comme s'il s'agissait de personnages sur un écran, incapable de me défaire de l'impression d'être au cœur d'un scénario que je n'ai pas choisi, entourée d'acteurs que je n'arrive pas à voir.

8

Leo

Nous sommes montés dans le train avant eux parce que je sais exactement où ils vont. Hashtag DianiBeach, hashtag TrainDeNuit, hashtag Aventure. Malgré tous ses soucis, Stevie tient son Instagram à jour. Il s'agit, comme toujours, de faire la publicité de son existence.

Tamsin a emporté de la nourriture : du poulet, du riz et des bananes plantain achetés au café où j'ai envoyé Jacob et Stevie cet après-midi. *Dans le train, il y aura de la nourriture anglaise*, a-t-elle dit. *Mieux vaut manger local.* Cela relève d'un processus de parfaite assimilation. Lorsque nous avons débuté notre voyage au Zimbabwe il y a trois mois, nous étions tous les deux choqués par le spectacle de la pauvreté, les mendiants aux membres tellement déformés qu'on ne comprenait même pas qu'ils soient encore en vie. Il y avait tellement de saleté, de maladie, de bruit ! Mais en poursuivant notre périple à travers le Mozambique et le Malawi, nous avons fini par nous y habituer. Cela ressemble dangereusement à de l'indifférence. C'est peut-être simplement que j'ai renoncé à mon bagage génétique, mon penchant presque congénital pour le luxe. Je suis éminemment adaptable.

Une fois installés dans notre compartiment – juste à côté, encore, même si cette fois, j'ai dû parlementer abondamment pour y parvenir –, nous laissons Stevie et Jacob dans leur chambre pour nous diriger vers la voiture-bar, qui se trouve à l'autre bout du train, juste derrière la locomotive. Les Occidentaux vont rarement manger au restaurant. En revanche, ils se retrouvent en foule à l'avant du train pour boire des dawas – un cocktail apprécié des voyageurs, constitué d'un mélange de vodka, de citron vert et de miel du Kenya. La voiture-bar est un secret bien gardé, qui n'est mentionné dans aucun guide de voyage ou site internet mais que les routards se transmettent de bouche à oreille. Manifestement, personne n'en a parlé à Jacob. Une quinzaine de personnes se pressent dans un espace surchauffé de six mètres sur trois. On se croirait dans une soirée en boîte un jeudi à Londres.

« Eh bien, annonce Tamsin en se frayant un chemin jusqu'à moi au bar, j'ai officiellement abjuré mes dernières exigences en matière d'hygiène. Ma mère serait horrifiée. En fait de toilettes, il n'y a qu'un trou dans le sol. Je voyais les rails à travers. »

Je porte mon verre à mes lèvres en souriant. Tamsin est plus proche de sa mère que de son père et elle est un peu snob, comme moi – élevée dans le système de classes britannique, qu'elle semble avoir bien intégré. Sa mère était sans conteste une princesse nigériane avant que le père de Tamsin ne mette le grappin dessus. Dieu seul sait où ils ont pu se rencontrer, quoique, d'après ce que je sais, le père de Tamsin est dans l'import-export.

« Il y avait du… » Elle m'interrompt, la main dressée.

« J'ai toujours du désinfectant pour les mains avec moi, Leo. N'en parlons plus. » Elle grimpe sur un tabouret de bar chromé, avale une grande gorgée de sa boisson. Sur le comptoir, à sa droite, se trouve un bol décoratif rempli de papayes. J'en prends une, saisis le couteau bien aiguisé que je garde dans ma poche et commence à la découper.

« Tu as le droit de te servir ? demande Tamsin.

— Personne n'a l'air de vouloir m'en empêcher. » Je lui passe un morceau du fruit. C'est le fruit de Stevie, naturellement, et il en sera toujours ainsi. Mais c'est sympathique de lui rendre ce petit hommage maintenant qu'elle est prisonnière dans le train. Ni Jacob ni elle n'en sortiront – pas avant moi, en tout cas. Il y a quelque chose de très réconfortant à le savoir.

« Tu crois qu'ils auront un pub au club de plongée ? demande Tamsin en mâchouillant. Sur le site internet, ils semblent bien organisés.

— Je crois qu'ils s'intéressent plus à l'écosystème qu'à l'alcool.

— C'est ballot. » Elle prend une autre gorgée. « J'ai appelé le Mike Duran en question. Duran, comme il se fait appeler. Il a l'air assez… macho.

— Ah oui ?

— Il a pris nos inscriptions, mais il veut voir nos brevets de plongée à notre arrivée sur place.

— Pas de problème. » Tamsin et moi avons obtenu nos certificats de plongée en milieu naturel au lac Malawi. À l'époque, j'ignorais à quel point ils nous seraient utiles.

« Je me demande si le nom de Duran marque un retour aux années quatre-vingt, dit-elle. Il a peut-être *une faim de loup*, comme dans la chanson de Duran Duran. Tiens, en parlant de ça, regarde ce que j'ai reçu aujourd'hui. » Elle fouille dans sa poche arrière, dont elle sort son téléphone qu'elle brandit à dix centimètres de mon visage comme si c'était une cochonnerie qu'elle venait de ramasser sur la table.

« Qu'est-ce que c'est ?

— Un email. De mon paternel. Pour m'annoncer qu'il va encore se remarier. » Elle pose son téléphone face contre la table, à côté de son verre, dont elle se saisit. « Encore et encore et encore. »

Pendant tout le temps que nous avons passé ensemble, elle m'a beaucoup parlé de son père. De la façon dont il avait malmené sa mère, l'avait dépossédée jusqu'à la dernière miette de son héritage africain, forcée à travailler alors qu'ils avaient les moyens, et fini par la laisser tomber comme une vieille chaussette pour se remarier dès qu'une aubaine plus jeune s'était présentée. J'ai recueilli toutes ces confidences sans jamais, jamais évoquer le comportement de mon propre père. Ni le fait qu'il était mort, ni dans quelles circonstances.

« C'est madame Numéro Quatre. Pour qui se prend-il ? s'agace Tamsin. Pour Henry VIII ?

— Au moins, il ne les tue pas. » Elle me fixe du regard. « Si ?

— Non, bien sûr qu'il ne les tue pas, Leo. Qui ferait une chose pareille ?

— Personne. » J'attrape mon verre.

« Mais c'est un prédateur. Et il est là, à se donner des grands airs et à nous régenter du haut de son piédestal. Incroyable. Toujours est-il que je lui ai répondu, je lui ai dit qu'il pouvait se foutre son mariage au cul-de-basse-fosse. Je l'ai remercié pour ses belles leçons de vie. » Elle s'interrompt. « Comment il a fini, Henry VIII ?

— Il est mort de causes naturelles.

— Mince. Mais il était gros, non ? Quasiment obèse ?

— Je ne sais pas. » Je commence à me disperser à nouveau. Son indignation est difficile à suivre.

« Il en a l'air, sur les tapisseries. » Elle soupire en balayant du regard l'espace bondé et désigne soudain de la tête un jeune couple – des adolescents – enlacé bras dessus bras dessous dans un coin. « Quelle peut être leur histoire ? » C'est son grand jeu, inventer une vie à des inconnus. Elle l'a fait dans tous les pays où nous sommes passés, elle attribue des noms, des nationalités, des métiers, des animaux de compagnie, à des gens dont elle ne sait rien. « Oscar et Freya, annonce-t-elle en touillant la menthe de son cocktail, tout juste diplômés en Études des médias et Anthropologie de l'université de Copenhague, propriétaires d'un vieux chat qu'ils ont adopté en deuxième année.

— Qu'ont-ils fait du chat ? » Question posée mollement : je n'ai pas envie d'observer les couples à part celui que j'ai déjà repéré.

« Confié à sa mère à elle. Le chat a pour nom le mot danois qui veut dire biscuit. Malheureusement, il va mourir pendant qu'ils sont en voyage. » Elle vide son verre. « C'est toujours ce qui arrive. »

Je sens tout à coup la fatigue au moment où le couple s'avance vers nous pour poser deux bouteilles de bière vides sur le bar.

« Bonjour, leur dit Tamsin.

— Sa-alut », répond le garçon avec l'accent chantant typique des Scandinaves. Mais il ne s'attarde pas. Son amie et lui s'éloignent et quittent la voiture-bar. J'exhale un soupir audible.

« Tu en as assez ? On y va ? demande Tamsin en se levant.

— Quoi ? On les suit ? »

Elle ouvre de grands yeux. « Non, Leo, on retourne dans notre compartiment. Qu'est-ce qui t'arrive ?

— Rien. » Je me lève à mon tour. « Il y a une heure qu'on est là-dedans. Je commence à être un peu pompette.

— Forcément, tu bois tes verres comme du petit lait. Trois dawas et tu ne sais plus qui tu es », et elle sort du bar en riant, m'entraînant à sa suite dans le couloir vrombissant. Nous nous cognons plusieurs fois aux parois. À cause des verres que nous avons bus ou de la vitesse du train.

Notre cabine est sombre, à peine éclairée. Il est plus de onze heures. Tout est noir derrière la fenêtre. Nous pourrions aussi bien nous trouver dans un tunnel. En me dirigeant vers le lavabo pour allumer la lampe qui est au-dessus, je bute dans un sac à dos qui se renverse. Derrière moi, Tamsin pousse un grognement. Le sac n'est pas à moi, ni à Tamsin.

« On est où ? je demande.

— Merde ! » Elle se tourne vers la porte fermée. « Notre chambre, c'est la une, non ? »

J'allume la lampe près du miroir. « Tamsin, ce n'est pas la nôtre ! C'est celle d'à côté. »

Mais du coup, elle est intriguée. Elle n'est pas pressée. Elle observe. Elle se penche pour examiner les étiquettes des sacs.

« Oh-ho, Jacob et Stevie, de… Anchorite Bay, Maine ! Bon sang, où est-ce que ça peut bien se trouver ? » Elle se redresse, je lui agrippe les bras et la tourne vers la porte. « Il est fermier, elle est serveuse de bar. Ils ont un âne qui vit dans un champ. »

Alors que j'essaye de la pousser vers la porte, elle s'incline vers la gauche. « On va rabattre leurs draps, dit-elle. Faire comme si nous étions des femmes de chambre.

— Allons-nous-en, Tamsin. » Je la pousse encore, mais mon pied rencontre un objet qui vole à travers la pièce, un carnet relié en cuir. Il termine au pied du lit avec un bruit sourd. Tamsin s'accroupit pour le ramasser.

« Oh mon Dieu, Leo, regarde ! » Elle tient dans ses mains un journal, avec une tête de mort et des tibias croisés sur la couverture. Tamsin feuillette les pages, presque toutes couvertes de notes manuscrites. « Stevie est une pirate ! Non, c'est une espionne… la gardienne de secrets internationaux…

— Pose-le sur le lit. » Mais soudain elle se fige, l'oreille aux aguets.

« Quelqu'un vient, dit-elle, le visage éclairé d'une lueur espiègle. Vite ! » Elle me colle le carnet dans les bras et je le garde serré contre ma poitrine pendant que nous sortons précipitamment. Nous arrivons juste à temps dans la cabine voisine, dont nous refermons la porte une seconde avant que Stevie et Jacob atteignent la leur.

« Merde alors, on l'a échappée belle, s'exclame Tamsin. Qu'est-ce qu'on aurait fait s'ils étaient revenus ?

— Rien. On aurait expliqué. » Mais je ne suis pas content qu'on soit entrés chez eux. Je ne suis pas content qu'on y soit entrés ensemble.

« Tu m'en veux ? Ben quoi, Leo, c'était une erreur honnête. Ce train serait flippant si nous étions *sobres*. Tout est cloné. » Elle se débarrasse de ses tongs, enlève sa chemise, s'avance vers moi.

« Qu'est-ce que je vais faire de ça ? » Je brandis le journal. « Stevie va s'apercevoir qu'il a disparu.

— *Stevie ?* » Elle pose sur moi un regard d'où la malice se retire. « On en est à l'appeler par son prénom, maintenant ? La bonne vieille Stevie du réseau d'espionnage du Maine ?

— Tamsin…

— Oh, pour l'amour du ciel, détends-toi. » Elle me repousse et je me retrouve assis sur le couvre-lit violet près de la fenêtre. « Nous la rattraperons demain matin et lui dirons que nous avons trouvé son journal par terre dans le couloir ou quelque chose comme ça. Qu'il est tombé de son sac. » Elle grimpe sur moi, les cuisses de part et d'autre de mes jambes et pose le journal sur le siège près de moi.

Si les gens se retouchaient sur Photoshop, ils voudraient ressembler à Tamsin. Son corps est tellement parfait contre le mien que je ne peux m'empêcher de bander, surtout maintenant que je suis ivre et qu'elle se fond dans tout ce bavardage au sujet de Stevie.

« C'est mieux, murmure-t-elle, le nez contre mon oreille. Tu t'inquiètes trop. Les beaux garçons sont toujours tellement dangereux. Toi, tu es une âme sensible. »

Je ne réponds pas. Il vaut mieux qu'elle ne sache pas. Quand je l'embrasse, sa langue a goût d'agrumes et de vodka. Elle tire sur la boucle de ma ceinture, relève ma chemise et nous nous glissons l'un dans l'autre, muscle contre muscle, mon souffle contre ses lèvres jusqu'à ce que tout devienne un bruit blanc dans ma tête et que je fasse de mon mieux pour garder la main sur le cuir doux et velouté du journal de Stevie.

Après, Tamsin se relève, va au lavabo, met ses mains sous l'eau. Elle projette des gouttes sur sa gorge et dans son dos.

« J'ai tellement chaud, déclare-t-elle tandis que je reboutonne mon short sur le lit. C'est entièrement ta faute.

— Ah oui ? »

Elle sourit et saisit une brosse à dents qu'elle nappe généreusement de dentifrice. « Je prends la couchette du haut. Ça te va ? Il fait trop chaud pour dormir collés l'un à l'autre.

— C'est parfait. » Je caresse la couverture du journal du bout des doigts. « Nous serons à Mombasa dans six heures à peu près. Nous devrions dormir un peu. Demain matin, en arrivant, nous prendrons un taxi pour nous conduire à Diani Beach. Comme je l'ai dit, c'est le meilleur endroit.

— Tu sais ce que j'aime chez toi, Leo ? » Elle crache du dentifrice dans le lavabo. « Tu as toujours un plan d'attaque. »

Une fois Tamsin endormie, je m'assieds sous la lampe pour lire les secrets que Stevie a confiés au papier, tout en écoutant, dans la chambre voisine, les échos de ses ébats appliqués avec Jacob, le petit ami qu'elle n'est pas sûre de vouloir épouser et pas sûre non plus de *pouvoir* épouser. Il est impossible qu'il ait lu ces pages. Je reviens au début qui concerne Cassia – son lien le plus solide, vénérée à l'égal d'un premier amour perdu – et les questions qu'elle se pose au sujet de l'accident et qui grouillent dans sa tête comme une armée de cafards. *J'ai vraiment fait ça ? Est-ce que je l'ai voulu ? Est-ce que j'agirais différemment si cela se reproduisait ?* Pendant que le train continue de foncer à grand bruit dans le noir, je me rapproche de la lampe et je lis les mots sur sa mère, l'abandon, la somme de trahison, de colère, de douleur. Je chancelle sur mon siège, le cœur en feu, tout en moi criant à l'absolue parité, au point que j'aurais pu écrire moi-même chacune de ces phrases. Vers minuit, j'en suis à passer un bras fantôme à travers la paroi de bois derrière moi, prendre la main de Stevie, nos doigts entrelacés, l'embrasser doucement dans le cou.

9

Stevie

Mombasa apparaît, tôt le matin, lumineuse, encore une orgie de bruit. Jacob et moi emballons nos affaires à la hâte et descendons du train. Une foule se presse autour de nous tandis que nous nous démenons pour accéder à un taxi. Nous montons dans la voiture sans très bien savoir combien nous allons payer ni où nous conduit le chauffeur. Au-delà de la ville, la route se transforme en un chemin de terre défoncé. Il n'y a aucune maison, aucune pancarte.

« Je suppose que nous n'avons plus qu'à nous laisser porter », déclare Jacob en essayant de ne pas avoir l'air de jouer au maître d'école. Je tends la main pour baisser la vitre et faire entrer un peu d'air, mais la poignée a été arrachée.

Une heure plus tard, le taxi se faufile entre deux grilles tordues et s'arrête devant une paillote. Un panneau indique « *Diani Beach. Hamna Tabu.* »

« Ça veut dire zéro stress. » Le chauffeur sort de la voiture. « Laissez vos soucis dans l'eau. »

C'est ça, me dis-je. *Et si les soucis ne veulent pas vous lâcher ?*

« Ça marche », acquiesce Jacob en prenant nos sacs.

Nous payons au chauffeur ce qu'il demande, Jacob entre à la réception et je l'attends dehors sur les marches de bois. Il est près de midi. Des touristes en sarong arpentent la plage, ramassent des coquillages, trempent leurs orteils dans la brisure des vagues. Pas le moindre signe de hâte ou de stress. Un groupe de quatre filles plus jeunes que moi font du yoga dans une clairière au milieu des palmiers. Elles ont toutes des tatouages, des volutes, des motifs qui attirent l'attention sur l'intensité de leur hâle. Je regarde mes bras, leur pâleur, leur nudité. Quelqu'un joue de la guitare au loin.

Jacob réapparaît et tente de fermer la porte de la cabane qui branle sur ses gonds. « Bon, c'est réglé. Nous sommes dans le bungalow 8. Sur le sentier, à gauche.

— Tu sais jouer de la guitare ? je lui demande, en pensant que nous aurions sans doute dû apprendre. Tu ne jouais pas dans un groupe au lycée ?

— Je sais plonger, répond Jacob. C'est bien mieux. »

Je l'observe en le suivant sur le sentier de la plage, frappée par son assurance, qui grandit à mesure que la mienne diminue. Comme un retour de balancier. Nous passons près de bungalows délabrés qui penchent et semblent bien frêles, tous peints d'un bleu délavé. Toutes les entrées sont jonchées de tongs éparpillées. Certains bungalows ont des hamacs de fortune accrochés aux poutres des vérandas.

« Le type de la réception dit de faire attention aux singes. » Jacob se retourne vers moi. « Je pense qu'il veut dire qu'il ne faut pas les nourrir. Voilà : numéro 8. C'est nous. » Il tente d'introduire la clé dans la serrure, laquelle clé paraît ridiculement petite. « Je ne comprends pas. C'est celle qu'il m'a donnée. » Il réessaye, en faisant tourner la clé dans le trou comme une cuillère dans une jatte. Et soudain, il se passe quelque chose – on entend un déclic – et Jacob appuie sur la poignée. Nous pénétrons dans une pièce minuscule, basse de plafond, meublée d'un lit, d'une moustiquaire, d'une chaise qui n'a presque plus d'osier, avec une salle de bain cachée derrière une cloison en feuilles de palmier tressées, haute d'un peu plus d'un mètre.

« Bon, baisse-toi bien quand tu feras pipi. » Jacob se dirige vers la fenêtre et ouvre les volets de bois en passant son index à travers une large déchirure du grillage anti-insectes.

Je pose mon sac et m'étire. Après notre conversation de la veille au dîner, je dois impérativement dissimuler mes craintes. Je ne veux pas être un boulet, l'emmerdeuse de service. « On va se baigner ?

— Oui, dit-il en regardant à nouveau autour de lui. Oui, bonne idée. »

Dès que nous nous plongeons dans l'océan Indien, toute ma confiance en miettes – la crasse et l'angoisse de la ville, l'auberge de jeunesse flippante, le train bizarrement désert et l'attitude un peu hautaine des touristes que nous venons de croiser – s'évanouit. L'eau est tellement plus claire que dans le Maine, d'un bleu tranquille, tropical, qui enveloppe notre peau comme de la soie. Nous barbotons dans l'eau, tout sourire.

« Deux nuits ici et ensuite, Rafiki Island, dit Jacob. Tu ne voudras jamais rentrer chez nous. »

J'écoute Jacob, mais je ne le regarde plus. Les yeux plissés, je scrute la plage, plus spécialement l'arbre au pied duquel nous avons laissé notre fourbi.

« Qui est-ce ? » je demande. Nous nous dressons dans l'eau, en battant des paupières pour évacuer le sel de nos yeux. Un homme est agenouillé, le dos tourné vers nous, les mains hors de vue. « Ce sont nos affaires ? Qu'est-ce qu'il fabrique ? »

Jacob se met à nager vers la plage. Il avance vite, avec détermination. Le temps que je le rattrape, il est déjà sous le palmier.

« Qu'est-ce qui se passe ? je demande, haletante.

— Tout va bien, affirme Jacob en secouant la tête, faisant voler des gouttes d'eau autour de lui. Ça va. Je te présente Leo. »

L'homme qui est là, à côté de Jacob, est celui qui nous a sauvé des mouches à l'assaut des petits pains la veille. Cette fois, il porte un débardeur, qui laisse voir les muscles de ses bras, et une sorte de figurine au bout d'un cordon noir autour du cou. Son hâle est lisse et soutenu.

« Salut », dit-il en tendant la main. Ses doigts sont chauds contre les miens. « Tu me suis ?

— Non, je… » J'écarte des mèches de cheveux mouillés de mon front, soudain intimidée.

Il sourit, révélant des dents blanches et bien rangées. « Je plaisante. Je crois que nous nous suivons mutuellement. C'est le charme des parcours touristiques.

— C'est une chance que Leo se soit trouvé là, explique Jacob en inclinant la tête dans sa direction. Il dit qu'un singe a volé la clé dans nos affaires. Il l'a vu grimper dans un arbre en l'emportant. Nous n'aurons plus qu'à aller en demander une autre à la réception.

— Oh, non, je ne pense pas que Wilson ait des doubles, dit Leo. Wilson. Le propriétaire. Le gars de la réception. » Il est toujours en train de me regarder. Je me sens rougir bien que j'essaye de toutes mes forces de m'en empêcher.

« Qu'est-ce qu'on va faire alors ? s'inquiète Jacob, les yeux levés vers le haut du palmier.

— Eh bien, si toi et… » Il attend que je dise mon nom.

« Stevie. » Je bafouille. Je ne sais pas pourquoi je suis aussi troublée.

« Si toi et *Stevie* », il s'interrompt, comme pour savourer la sonorité du nom, « voulez bien m'accompagner, je vous montrerai ce que je ferais à votre place. »

Il nous conduit à notre bungalow. Jacob a dû lui en indiquer le numéro. Nous nous arrêtons tous les trois à l'entrée. L'eau dégouline du short de Jacob, créant une mare à nos pieds. « Donc, en un mot, je ferais *ça.* » Leo enfonce son poing dans le grillage anti-moustique déjà fendu et arrache les lambeaux. « Et voilà. Le tour est joué. Problème résolu.

— Ben ça alors. » Jacob se frotte le sommet du crâne. « Très bien, mais comment on rentre là-dedans ? L'ouverture est minuscule.

— Elle peut passer. » Leo pose franchement son regard sur moi. « Elle est parfaite. »

Et je me remets à rougir. Bon sang. Il faut que je me maîtrise. « Je me faufile. Et ensuite, nous pourrons verrouiller la porte et les volets de l'intérieur. C'est sans doute la meilleure solution. » *Aucune serrure ne marche ici*, la voix de la fille de la salle de bain résonne dans ma tête. *Les règles sont différentes.*

Leo sourit. « Eh bien, vas-y, Daisy Duke. » Les bras croisés sur le sillon de ses pectoraux, il attend que je me glisse par la brèche. Jacob étend sa serviette sur le rebord de la fenêtre. Le passage est étroit et l'exécution assez inélégante, mais j'y arrive, je déverrouille la porte et réajuste mon bikini avant de laisser entrer les garçons.

« Super. » Leo approuve, les deux pouces en l'air. « Et honnêtement, vous n'avez sans doute rien à craindre ici. C'est plutôt paisible, en fait.

— Tu as déjà séjourné ici ? lui demande Jacob.

— Pas vraiment, mais c'est partout pareil. » Leo frappe dans ses mains. « Bien. Affaire réglée. On se reverra dans le coin.

— Attends, le retient Jacob. Qu'est-ce que tu fais, maintenant ? On devrait se prendre une bière. » Il me jette un coup d'œil. Je hausse les épaules, j'espère qu'il m'inclut dans le plan.

« Je suis pris cet après-midi, répond Leo, comme s'il devait assister à une réunion d'affaires sous les palmiers. Mais que diriez-vous d'un dîner à six heures ? Il y a une cabane derrière la réception. Wilson coiffe aussi la toque de chef cuisinier. » La vie à Diani Beach lui semble tellement familière qu'il doit courir le monde depuis un bout de temps. Il sort du bungalow et dévale les marches de la véranda en sifflant, les mains dans les poches.

« Il ne manque pas d'assurance, tu ne trouves pas ? » Jacob paraît plus impressionné que jaloux.

« Absolument. Et de charisme. » *Attention. N'aie pas l'air trop enthousiaste.* « On va vraiment aller dîner avec lui ?

— Pourquoi pas ? » Nous sommes dans notre chambre, dans nos maillots de bain trempés, nos vêtements en vrac autour de nous. « Prenons du bon temps pendant que nous sommes ici, Stevie. Nous le méritons. »

J'acquiesce, parce qu'il a raison : les choses n'étaient pas très drôles ces derniers temps et Leo nous apparaît comme une sorte de cadeau. Il est là, à Diani Beach, calme, détendu, accueillant comme un guide de voyage organisé. On pourrait presque croire qu'il nous attend depuis toujours.

Nous nous retrouvons pour dîner à six heures du soir. Il n'y a pas beaucoup d'autres résidents de Diani Beach dans la cabane qui sert de cantine. Ils ont peut-être déjà dîné et sont repartis ou peut-être qu'ils viendront plus tard. Il est tôt en effet, mais la nuit tombe vite en Afrique. Sur le chemin qui conduit au restaurant, nous nous prenons les pieds dans des racines, Jacob et moi, scrutant le sol dans la pénombre grandissante. À neuf heures, il fera nuit noire. Les éclairages sont rares. Diani Beach n'est pas riche en ampoules électriques.

Nous arrivons au restaurant, des murs de boue sous un toit de paille. Les petites fenêtres, une ouverture découpée de chaque côté, n'ont ni vitre ni grillage. Deux tables en bois brut occupent l'espace, tellement grandes que le serveur doit se coller à la terre des murs pour apporter les plats. Il y a des bancs de part et d'autre des tables, qui me piquent sous mon sarong quand je m'assieds. Pour toute lumière, une petite bougie au centre de chaque table diffuse un halo dont le diamètre n'excède pas celui d'une pièce de monnaie.

« Ah, vous voilà ! » Quand il nous aperçoit, Leo se lève en lissant un T-shirt au logo de la bière Tusker qui ne lui va pas du tout. Même si je viens seulement de le rencontrer, je peux déjà affirmer qu'il est normalement plus soucieux d'élégance que cela. « Comment s'est passée l'opération passe-muraille ? Je suppose que vous avez préféré laisser la porte verrouillée et sortir par la fenêtre ?

— Sans problème, je réponds. Je crois que j'ai pigé la manip.

— Je n'en doute pas. » La lumière jette des ombres sur son visage, mais il semblerait qu'il soit vraiment en train de sourire. « Et toi, Jacob, comment ça va ? Tu prends tes marques ?

— Oui, assure Jacob. Nous avons bien fait de choisir cet endroit.

— Pas le précédent ? » Leo fait signe à quelqu'un dans la cuisine et un jeune Africain apporte deux bières dans des bouteilles brun foncé au col enturbanné d'une serviette en papier blanche. « Santé, Pardon. » Leo attend que le serveur soit parti. « Il s'appelle réellement Pardon. Ce n'est pas extraordinaire ? » Il pousse une bouteille de bière vers chacun de nous. « Que s'est-il passé là où vous étiez avant ?

— Nous avons eu quelques petits problèmes en ville, explique Jacob en me glissant un regard en coin. Mais ça va, maintenant. Être ici, que demander de mieux ?

— Rien, c'est sûr, confirme Leo.

— Tu voyages beaucoup ? je lui demande. Tu as l'air très… à l'aise. Au fait, merci de nous avoir évité les petits pains au Raid hier.

— Oui, c'est vrai ! renchérit Jacob. Nous n'avons pas eu l'occasion de te remercier. »

Leo hoche la tête, joint ses mains devant sa bouteille. « Je me balade par ici depuis quelques mois déjà. On finit par glaner deux ou trois trucs.

— Nous venons d'une petite ville des États-Unis, dit Jacob. Mais nous élargissons nos horizons. »

Leo arrondit les lèvres comme s'il était impressionné.

« D'où viens-tu, Leo ? je demande. Et qu'est-ce que tu fais dans la vie ? »

Une question à la fois, Stevie. Prends ton temps, me dis-je.

« Je suis médecin. » Leo sourit. « Ou plutôt, j'étais. Neurologue en Angleterre. Mais je fais une pause. Un peu comme vous, Jacob. J'élargis mes horizons. »

Je demande : « La neurologie s'occupe du cerveau, c'est bien ça ?

— Elle s'occupe de tout, en réalité. De tous les systèmes et de leurs connexions. Je suis un spécialiste de ce qu'il se passe dans ton corps.

— Dans *mon* corps ? » Je devrais vraiment arrêter de le regarder.

Leo s'esclaffe. « Celui de tout le monde.

— Tu as dû faire des études pendant des années et des années pour arriver à ça ? » Mon ton est trop admiratif. Il faut que je rectifie.

« Sans doute. J'ai commencé à dix-huit ans. Donc dix ans à ce jour.

— Dix ans d'études et de spécialisation ? Difficile de faire une pause quand on est allé aussi loin, non ? remarque Jacob. Mais tu sais ce qu'on dit ? L'homme est né avec des jambes, pas avec des racines. »

Je me trémousse sur le banc à côté de lui. Qui a dit ça ? Certainement pas Jacob.

« Eh bien, ma copine et moi…, commence Leo.

— Tu as une copine ? » Sitôt demandé, sitôt regretté.

« Ouah. » Leo se redresse sur le banc avec un haussement de sourcils ironique. « Je suis si moche que ça ?

— Non, je marmonne. Pas du tout. » Avec l'allure qu'il a, il est probable qu'il en a eu des centaines, mais il me porte une telle attention… Est-il ainsi avec toutes ?

« Est-ce que ton amie va nous rejoindre ? demande Jacob.

— Je ne sais pas quels sont ses projets. On peut déjà commander ; au besoin, elle nous rattrapera. » Leo lève un pouce et deux doigts à l'attention de Pardon qui disparaît derrière une porte bricolée. « Il n'y a qu'un plat au menu, les gars. Apparemment, c'est le ragoût de Wilson. »

La nourriture arrive, servie sur des assiettes en fer-blanc, à l'instant précis où la bougie s'éteint. Elle n'est pas remplacée. On nous donne de grosses fourchettes et d'autres bières. Je ne vois pas ce qu'il y a dans mon assiette, à part que c'est globalement grumeleux. Ça n'a pas de couleur, pas de texture connue. La vapeur qui me monte au visage sent fort la cardamome. La viande que je mâche est compacte, avec une saveur sauvage que je n'ai jamais goûtée auparavant. Sous la table, des chats errants se frottent contre mes mollets, me faisant sursauter.

Je demande à Leo : « C'est quoi, cette viande ?

— Je ne chercherais pas à savoir, si j'étais toi. » Il avale sa bouchée avec une lampée de bière. « Quand j'étais à Harare, j'ai mangé une soupe avec des griffes de poulet accrochées au bord du bol.

— Quelle horreur », commente Jacob, suspendu aux récits de toutes les aventures de Leo.

Leo marque une pause. « Stevie, est-ce que toi, tu es née avec des jambes et pas de racines ? » Il me darde un sourire complice, comme si la citation de Jacob était devenue une plaisanterie entre nous. Je ne sais pas trop comment le prendre.

« Non. » Si c'était le cas, Nattie a veillé à ce que je les remplace.

« Mais tu es contente d'être ici ? Pas de regrets ? »

Je commence à me sentir nauséeuse. Cela tient à la nourriture inhabituelle, mais aussi à la chaleur de la cabane, à la promiscuité, à l'obscurité oppressante. Je prends une grande inspiration.

« Tu vas bien ? » Jacob me retient avec son bras. « Elle… elle est claustrophobe.

— Dommage. C'est navrant. Tu veux prendre l'air ? » Leo se lève à demi. « On peut sortir si tu préfères.

— Tu sais quoi ? » Ma vision se brouille. « Je crois que j'ai surtout envie de retrouver ma chambre. Ça va aller. Je n'ai pas très faim. La journée a été longue. Je suis fatiguée, c'est tout.

— Bien sûr. On va te reconduire à ton lit. » Leo enjambe le banc comme si c'était lui qui allait me raccompagner.

« C'est bon. Termine ton repas, Leo. » Je me dirige vers la porte en me retournant pour constater que Jacob est toujours assis à table. « Oh, tu restes ?

— Seulement si tu te sens de rentrer toute seule.

— Oh, oui. Non. Absolument. » C'est bien la première fois qu'il ne me choisit pas. C'est une si petite chose – ne pas m'escorter sur quinze mètres de sentier de plage –, naturellement, je peux y arriver toute seule. Mais la sensation est étrange. Même Leo a l'air désolé.

Je sors donc de la cantine seule, regagne le bungalow d'un pas mal assuré et me glisse à travers la fenêtre. Je m'allonge sous la moustiquaire, les yeux grands ouverts, en me demandant quand Jacob va revenir. Bien sûr, il peut se coucher plus tard que moi. C'est bien qu'il se fasse des amis. Leo est une personne magnétique : il est normal que Jacob veuille rester plus longtemps avec lui. Moi aussi, j'en ai envie et c'est peut-être là le hic : je suis jalouse. De Jacob ou de Leo ? Des heures durant, je m'agite et me retourne, étrangement mal à l'aise. Dehors, de curieuses bestioles criaillent dans les arbres.

Jacob ne rentre qu'à une heure du matin, ivre. Je les entends ricaner, Leo et lui, à l'extérieur du bungalow, la tête au niveau de la fenêtre comme devant un guichet de banque pour demander des devises.

« Stevie ! appelle Jacob d'une voix suraiguë. La porte est fermée. Viens l'ouvrir. Stevie !

— D'accord, j'arrive. Attends. »

Quand j'ouvre la porte, je tombe sur Leo, appuyé au montant. « Salut, dit-il. Tu es mignonne. »

Mon T-shirt me paraît soudain trop court, mais je ne dis rien. J'aide Jacob à gagner la salle de bain. Les deux garçons s'étranglent de rire.

« Arrête de la draguer. » Jacob lâche un rot en ricanant. Je l'entends soupirer et s'écrouler contre le lavabo.

« Je ne peux pas m'en empêcher ! rétorque Leo. Elle est superbe. C'est de la graine de mannequin.

— O.K., *merci*. » Je pousse Leo dehors et ferme la porte derrière lui.

« Je ne plaisante pas. » Sa tête surgit dans l'encadrement de la fenêtre. « Tu ne serais pas un peu islandaise ? Ma mère est scandinave. Vous êtes toutes chaudes et froides à la fois. »

Derrière moi, dans la salle de bain, Jacob n'arrive pas à fermer le robinet. Il le tourne dans un sens et dans l'autre sans cesser de glousser. « Eh mec, tu trouves que ta *mère* est chaude ? »

Pendant une seconde, à la fenêtre, le regard de Leo semble accrocher le mien. L'instant est chargé de quelque chose de fort, d'une langueur crue qu'il chasse aussitôt d'un battement de paupière. « Non. Je parle de Stevie. Elle est la plus sublime ici.

— Où est ta copine ? » Je me rends compte que je souris. « Rentre chez toi. » Je rabats les lourds volets de bois qui se referment sur son visage. Et j'abaisse le loquet.

Quand je retourne me coucher, Jacob est déjà de l'autre côté du lit en train de s'exciter contre la moustiquaire, qu'il arrache à moitié. Il me donne deux petites tapes sur la cuisse. « Un type super. Vraiment top. Soirée la plus géniale de ma carrière, juré.

— Tant mieux, Jacob. Je suis contente. » Je ne suis pas contente. Je suis agacée, mais il ne s'en aperçoit pas.

Il pousse un soupir béat, se retourne, tapote son oreiller pour le rendre plus dodu. Au bout d'une minute, il dort, évacuant toute la bière qu'il a bue en ronflements réguliers, inhabituels.

Je dors toute la nuit d'un sommeil agité, tracassée par l'indélicatesse de Jacob et troublée par d'horribles rêves. J'y suis clouée dans le noir par des doigts glacés plantés sur moi. À un moment, je me réveille en sursaut, persuadée que quelqu'un m'observe à travers la moustiquaire. Un individu aux dents luisantes, tout proche, assis sur la chaise en paille branlante. Dans la confusion du décalage horaire, du trip induit par le Lariam et de la phase de sommeil profond, l'image disparaît jusqu'à ce qu'en me réveillant le matin, je voie la chaise posée tout près de mon côté du lit. Si près que la personne qui y était assise aurait pu me toucher. Quand je me redresse, la porte du bungalow est ouverte. Grande ouverte.

10

Leo

Je ne peux pas dire que j'aie très bien dormi. Trop de choses à penser, trop de choses à faire. La journée d'hier a été marquante : pouvoir enfin parler à Stevie, réussir enfin à nous rejoindre après toutes ces journées passées à le désirer. Quand j'ai raccompagné Jacob chez lui au bungalow 8, Stevie a flirté avec moi à travers la fenêtre. Avant qu'elle ferme les volets, nous avons eu un moment ensemble. Je sais les reconnaître parce qu'on me l'a appris, mais celui-ci – oh la la, j'y ai vu une tombée des masques réciproque, l'espace d'un instant, et seulement l'un pour l'autre. Dans ces conditions, pouvais-je décemment m'en aller simplement et ne pas revenir ? Elle est indéniable, cette connexion qui s'est nouée entre nous. Elle est surface, elle est âme. L'astuce va être de la dissimuler aux autres.

Après l'avoir quittée, j'ai erré un moment sur la plage, puis je me suis assis le dos contre un arbre et j'ai écouté les vagues et le bruissement occasionnel des palmes au-dessus de moi. C'était comme une berceuse, très apaisante, et finalement, j'ai dû m'endormir parce que maintenant, il est six heures du matin et je viens juste de me réveiller sous le même arbre, avec un crabe qui me chatouille le menton. Je me redresse, enrobé de sable, un goût de poussière dans la bouche, désorienté.

Rien de tel pour remettre un homme d'aplomb qu'un bain matinal dans l'océan. Je le sais depuis que je suis sur ce continent. Cela m'a fait regretter de n'avoir pas passé toute ma vie au bord de la mer. J'aurais su en apprécier la clarté. Je me déshabille et me glisse dans l'eau tiède.

Des poissons filent autour de mes chevilles comme de petites perles d'eau, aussi vifs que mes pensées. Je me souviens de chaque instant de la nuit dernière. Je n'étais pas saoul. Je n'ai pas la gueule de bois. Je buvais un verre quand Jacob en buvait trois. Il y avait en lui une intensité intéressante, un besoin presque maniaque d'aller à l'essentiel. Au début, j'ai été contrarié quand Stevie est partie ; en fait, c'était elle, la grande attraction. Mais je me suis très vite rendu compte que Jacob avait beaucoup à dire. Gentil garçon, totalement transparent. Chaque fois qu'il me posait une question, il me fournissait une pièce du puzzle.

« Tu as couché avec beaucoup de femmes ? » m'a-t-il demandé au bout de trois bières. Pour être franc, la question m'a pris au dépourvu. Habituellement, les hommes ne demandent pas ce genre de chose, surtout pas au tout début d'une amitié naissante. Soit la liste de ses conquêtes était longue, me suis-je dit, et il voulait s'en vanter auprès de moi, soit elle était courte et il voulait y travailler. Je pariais sur la deuxième solution.

« Non, pas beaucoup, ai-je répondu.

— Mais plus d'une quand même. » Il avait les yeux fixés sur le ton brun de sa bouteille de bière.

« Oui, bien sûr. » Il y a eu un silence. « Est-ce que tu commences à te lasser de Stevie, Jacob ? À souhaiter élargir le champ de tes expériences ? » Je parlais d'une voix égale alors que je me sentais offusqué. Protecteur. Excité.

« Non. » Il a ouvert de grands yeux. « Non, ce n'est pas du tout ça. Mais je me demande parfois comment ce serait. Avec une autre femme. Nous sommes jeunes, toi et moi, non ? Et Stevie est ma seule… enfin, tu sais, et au lycée, je n'ai pas eu des tonnes de chance. »

J'ai croisé les bras sur ma poitrine. Non, je ne savais pas. Et il ne servait à rien de parler de nos scolarités. Jacob était assis, là, en face de moi, à faire tourner sa bière centimètre par centimètre, espérant nouer un lien avec moi. Que pouvais-je partager avec lui de mes années d'école ? Je n'avais pas des flopées d'histoires d'amour à raconter. Mon chemin avait plutôt été celui de la rébellion. J'aurais pu lui dire que cela avait été une erreur de m'envoyer dans un collège militaire. Que mon père avait manqué de jugeote. À Whitechapel, l'externat cossu où j'avais été casé à l'âge de sept ans, il y avait au mieux un rebelle par classe. Deux tout au plus. Et leur niveau d'insoumission restait modeste : une punaise sur la chaise du professeur par-ci, une fausse lettre de dispense de sport par-là. Cela n'était jamais assez pour moi.

À Ridings en revanche, l'académie militaire du Kent bien élevé où on m'a expédié à l'âge de quinze ans après l'incendie, les chambres étaient pleines d'adolescents désabusés. Il y avait là tous les gosses de riches qui avaient déçu leurs parents, les enfants à problèmes, jeunes héritiers de fortunes et de dynasties qui n'en avaient rien à faire. Les enseignants étaient peut-être sévères et les journées surchargées, mais personne – mon père moins que tout autre – n'avait mesuré la faculté de défiance, complexe, intelligente, hors du commun, ni le calibre des co-révoltés que j'y trouverais. Un sentiment collectif d'allez-vous-faire-foutre animait l'ensemble du corps étudiant. En termes d'insurrection, c'était un vaste élargissement du champ des possibles.

« De chance ? » J'ai incliné ma bouteille vers celle de Jacob, produisant un minuscule tintement. « Je crois qu'on crée soi-même sa chance.

— On dirait que tu t'en es créé beaucoup. »

Vraiment ? J'ai retiré ma bouteille. *Les apparences sont parfois trompeuses.*

« Ainsi, Stevie est la seule fille avec qui tu es sorti ? » Je pose la question en hochant doucement la tête.

« J'ai aussi embrassé une autre fille. C'était une étudiante française qui assistait à nos cours d'art plastique grâce à un échange en première.

— Tu sortais avec Stevie à l'époque ?

— Non. » Il s'est mordillé la lèvre. « On se voyait déjà beaucoup mais on savait qu'on finirait par être ensemble. Tu sais ? C'est un engagement sans en être un.

— Je comprends. » J'ai souri. « Le stade de l'attente. Toute l'approche.

— C'est ça. J'aimais Stevie, mais on m'a demandé de montrer à cette Française où se trouvait le placard à fournitures et alors que nous y étions, elle m'a embrassé. Mon vieux, je ne vais pas te mentir. C'était super chaud.

— Et tu ne l'as jamais dit à Stevie. »

Il a secoué la tête. « L'étudiante française est repartie chez elle. Cela n'a été qu'un baiser. Une semaine plus tard, Stevie et moi sortions ensemble.

— Qu'est-ce que vous faites ici, Jacob ? ai-je demandé d'une voix un peu lasse.

— J'ai pris un emploi, comme plongeur. Je ne suis pas tout à fait sûr, mais j'essaye de…

— Tu *travailles* comme plongeur ? » C'était nouveau. « Et que va faire Stevie ? »

Il a cligné des yeux, déjà un peu parti. « Pas grand-chose. Du bénévolat ?

— Oh, bien. Parfait. Elle aura beaucoup de temps libre. » *L'oisiveté, Jacob, est mère de tous les vices. Tes parents ne t'ont donc rien appris ?*

« Stevie sait plonger. Je lui ai appris au début de notre relation. C'était romantique. »

Vraiment ? me suis-je dit.

« Mais elle a besoin de vacances. J'ai dit à Duran qu'elle pourrait donner un coup de main. Je suis sûr qu'elle trouvera à s'occuper d'une façon ou d'une autre. »

Je hoche la tête d'un air rassurant. *Oh, je n'en doute pas.*

Je plonge dans l'océan, l'eau glisse sur ma peau, douce et parfaite, tandis que je nage, vingt brasses aller, vingt brasses retour, savourant la saine vigueur des muscles en mouvement. Pendant que je barbote dans l'eau, je remarque deux jeunes filles qui marchent sur la plage en se baissant de temps en temps pour admirer des coquillages. Elles ont quitté leur lit tôt pour assister au lever du soleil. Ensuite, ce sera yoga et petit déjeuner à base de fruits. Je connais par cœur les rituels de la vie routarde. J'en ai appris la langue en trois mois. Ma mère serait impressionnée par ma faculté d'adaptation. Regardez-moi : désormais, je peux dire n'importe quoi et on me croit.

« Tu aimes vivre ici ? m'a demandé Jacob hier soir. Combien de temps peut durer ton congé sabbatique ?

— J'envisage de changer de métier.

— Oh, ouah ! Il paraît que les voyages ont souvent cet effet. » Il a fait signe à Pardon de lui apporter une autre bière. « Ils font prendre un recul dingue par rapport à la vie au pays.

— Dingue ? ai-je répété.

— Et pourquoi as-tu… ?

— Tous ceux qui errent ne sont pas perdus, Jacob », l'ai-je interrompu. Il a levé sa bière à ce leitmotiv cher aux voyageurs. *Amen, mon frère.* Sauf que nous sommes perdus. Tous autant que nous sommes.

« Leo ! » Tamsin a surgi tout à coup dans la cantine, en sarong et T-shirt minuscule. Jacob et moi avons sursauté. « Je croyais qu'on devait dîner ensemble. J'ai attendu des plombes dans le hamac. Tu as changé d'avis ?

— Désolé. C'est un malentendu. »

De l'autre côté de la table, je voyais Jacob admirer les longs bras graciles de Tamsin ; la sveltesse de ses hanches et de son ventre ; la toute beauté de ses cils, de ses cheveux, de ses pommettes.

« Tamsin, je te présente mon nouvel ami, Jacob. »

Tamsin s'est glissée à côté de moi sur le banc. « Jacob. » Ses yeux verts se sont illuminés.

« Oui, c'est moi. » Il a toussé pour chasser une bulle de sa gorge, s'est penché pour lui serrer la main.

« Es-tu fermier ? » lui a-t-elle demandé quand leurs paumes se sont rencontrées.

Il s'est renfrogné, brièvement, mais n'a pas retiré sa main. *Allons-y, Jacob*, me suis-je dit en le voyant secouer la tête. *Attache ta ceinture. C'est là que ça s'emballe.*

11

Stevie

Je réveille Jacob. Il a la gueule de bois. Agenouillée devant le lit près de lui, je martèle chaque mot contre le drap, les poings serrés.

« Il y avait. Quelqu'un. Dans. Notre. Chambre.

— Stevie. Allons ! » Il se frotte les yeux, qu'il a gardés fermés jusque-là. « J'étais dans notre chambre, tu étais dans notre chambre. Leo m'a raccompagné hier soir. C'est ça que tu veux dire ? » Il inspecte le sol au pied du lit. « Tu as une bouteille d'eau ? J'ai la langue scotchée.

— Tu ne m'écoutes pas.

— Nous n'avons peut-être pas verrouillé la porte ! Leo a dit que ce n'était pas nécessaire. » Il s'assied, cligne des yeux.

« Tu n'as pas verrouillé la porte, Jacob. Moi, oui.

— O.K. Donc elle était verrouillée. » Il laisse passer quelques secondes. « Je ne comprends pas vraiment… Bon, écoute, je suis désolé si la soirée d'hier m'a complètement accaparé. C'est ça, le problème ? Je regrette, mais Leo est un type vraiment sympa. C'est très cool de parler avec lui. Dommage que tu n'aies pas pu rester plus longtemps.

— J'ai fermé la porte. Je suis sûre à cent pour cent de l'avoir fait. »

Il se masse les tempes. « La porte. Donc, tu dis… Qu'est-ce que tu dis exactement ? Que quelqu'un est entré avec une clé ?

— Forcément. J'ai bloqué les volets avec le loquet et ils sont toujours fermés. Et il n'y a aucun signe d'effraction. »

Il lâche un renvoi et fait la grimace. « Un singe serait entré, alors ? Quoi, Stevie ? Ce n'est pas plus ridicule que ce que tu racontes. Notre clé a fini dans un arbre, tu te souviens ?

— Oh, Jacob, tu es tellement naïf. Pourquoi y a-t-il une chaise collée à mon côté du lit ? C'est aussi un singe qui l'a mise là, peut-être ?

— C'est sans doute moi. Je ne sais pas. Je souffre du décalage horaire et j'étais bourré et j'en suis désolé. Je ne peux pas dire exactement ce que j'ai fait pendant la nuit. J'ai peut-être ouvert la porte pour prendre l'air et j'ai heurté la chaise en retournant me coucher. » Il a manifestement envie de s'allonger à nouveau.

« Et si ce n'était pas un singe ? » Je mordille une petite peau au coin de l'ongle de mon pouce. « Si quelqu'un avait pris la clé dans notre sac pendant que nous nous baignions ? Nous avons admis l'histoire du singe parce que c'est ce que Leo a suggéré. Mais est-ce que tu as vu de tes yeux ce qui s'est passé ?

— Non, je… Mais qui ferait une chose pareille ?

— Je ne sais pas. N'importe qui.

— Attends, tu suggères que c'est *Leo* qui a pris la clé ?

— Non, pas Leo. Ce ne peut pas être lui. Mais il y avait quelqu'un ici…

— Donc, tu prétends que quelqu'un s'est introduit ici pour… faire quoi d'ailleurs ? Te regarder à travers la moustiquaire ? » Il dit cela comme si c'était inimaginable, comme si cela aurait été une perte de temps. « Stevie, c'est une idée complètement folle. Vois les choses rationnellement. Quand les gens pénètrent indûment quelque part, c'est en général pour voler. D'accord ? Notre argent n'a pas disparu. Nos passeports sont toujours sur la table. Ton journal est là. Mon portefeuille. Ça ne rime à rien.

— Les gens ne sont pas tous des voleurs, dis-je tranquillement. Certains sont simplement détraqués. »

Jacob pose sa main sur la mienne. « Tu es perturbée ? Contrariée ? Je suis désolé. J'aurais dû te le demander plus tôt.

— Non, ça va…

— Parce que si c'est le cas, partons tout de suite. On fait nos sacs, on retourne en ville et on gère correctement la situation.

— Je ne suis pas perturbée. » Je baisse la tête. « C'est juste que ça m'a fichu les jetons.

— O.K. » Il me caresse les doigts avec son pouce. « Tu veux partir ?

— Je ne sais pas. Je ne sais pas ce que je veux. Ni où je veux être. »

Il m'enveloppe de ses bras, m'attire contre sa poitrine. « C'est peut-être encore un effet des circonstances.

— Quelles circonstances ?

— Nous sommes en deuil. Nous ne sommes pas dans notre élément. Nous sommes tourneboulés. Tu l'as dit toi-même hier. Tu es hantée. Tu fais des mauvais rêves. » J'acquiesce avec tristesse. « Quand tu faisais ces cauchemars, tu te levais la nuit et te cognais partout. Tu le sais. Si ce n'est pas moi qui ai buté contre les meubles, c'est peut-être toi. »

Je prends une grande inspiration. « Ce n'était sans doute rien.

— Très probablement.

— La porte est bancale. Le vent a dû l'ouvrir.

— Oui. Elle n'a pas besoin d'être plus solide, d'ailleurs. Personne ne nous espionne, Stevie. Absolument personne.

— Non, je sais. Et je ne parlais pas de Leo. C'est un type bien. Un neurologue.

— Exact. Respecté. Il est ici en vacances. Il a pris un congé. Je ne suis pas sûr qu'il aime son métier.

— Très bien», dis-je, même s'il y a toujours quelque chose qui me tarabuste.

« En plus, tu as un flair pour percer les gens à jour, non ? » Jacob se recule pour scruter mon visage. « Tu devines tout de suite s'ils ne sont pas nets. »

J'hésite. À ce que je sais, les gens dissimulent leurs pensées plus qu'ils ne les dévoilent. Ainsi, mes premiers sentiments à l'égard de Leo. Ou ce moment que nous avons partagé hier soir quand nous étions à la fenêtre, ce regard échangé entre nous qui était chargé de quelque chose de très intime. Mais ce n'est certainement pas une bonne idée d'en parler.

« Tu sais, ce sont peut-être aussi les médicaments que nous prenons contre le paludisme, dis-je. Le Lariam. Tu ne fais pas des rêves bizarres ?

— C'est vrai ! Moi, non. Mais la copine de Leo a dit qu'elle avait des effets secondaires. Elle… euh… elle a tout le temps chaud… elle se sent brûlante. » Il se tait subitement, comme s'il avait perdu le fil.

« Tu as rencontré la petite amie de Leo ? »

Il reprend aussitôt ses esprits. « Elle nous a rejoints pour prendre un verre. Mais elle est partie tôt. Elle s'appelle Tamsin. » *Il évite mon regard. Pourquoi ?* « Je dis simplement qu'il ne faut pas tirer un trait sur toute cette aventure simplement parce que…

— Elle est comment ? » Je me relève tranquillement et vais à la salle de bain où j'ouvre le robinet pour m'asperger le visage.

« Sympa, répond Jacob. Elle a l'air sympa. Elle est anglaise, comme lui. »

Sur le pas de la porte, je plaque mes mains contre mes joues pour me rafraîchir. « On va les retrouver aujourd'hui ?

— Probablement. Enfin, si tu le souhaites. » Est-ce que je le vois rougir ? Il s'affaire sur son bracelet de montre.

« On passe encore une nuit ici et on part demain pour Rafiki Island ?

— Ouais. C'est ce qui est prévu.

— Jacob, as-tu parlé à quelqu'un de notre prochaine destination hier, à la cantine ? »

Le sujet de la porte et de la chaise a beau être clos, je garde en moi l'ombre d'un doute. C'est le même malaise que celui que j'éprouvais enfant quand ma mère me portait du canapé à mon lit à deux ou trois heures du matin. Toute somnolente, je respirais l'odeur de fumée de ses cheveux en suivant des yeux le balancement de mon pantalon rouge pendant qu'elle me portait, accrochée à son cou. Pourtant, au matin, mes pieds étaient nus. Je n'avais plus mes vêtements. Quand était-ce arrivé ? Même à quatre ans, c'était déconcertant. Un changement subtil s'était opéré sur ma personne – le simple passage des habits du jour au pyjama – que je ne parvenais pas à m'expliquer.

Le front de Jacob se plisse, il avance sa lèvre inférieure. « Je ne crois pas avoir à aucun moment mentionné Rafiki Island. J'ai peut-être dit à Leo que j'étais plongeur…

— Il l'est aussi ?

— Plongeur ? Il ne l'a pas dit, en tout cas. Ils sont tous les deux de Londres. Apparemment, ce sont plutôt… des citadins de l'intérieur des terres.

— Pas comme nous alors. Pas des enfants qui ont grandi au bord de la mer salée. » Un souvenir longtemps enfoui de bains de minuit avec Cassia menace de me submerger. Je le chasse et traverse la chambre pour embrasser Jacob sur les lèvres. Sa peau sent l'aigre, comme les vieux tonnelets de bière dans la cave du pub. Mais il ne me regarde toujours pas dans les yeux.

« Ils ne sont pas ensemble depuis longtemps, tu sais. Tamsin a expliqué qu'elle avait rencontré Leo il y a seulement deux mois au Zim. Elle dit "Zim" pour Zimbabwe, comme le type de la réception à Nairobi. Elle vient d'une famille huppée. » Il bâille et s'étire et pourtant sa voix n'a pas la couleur de l'indifférence. « Elle dit aussi "Kiin-yah" pour Kenya.

— O.K.

— Franchement, Stevie. » Il se lève, ramasse son T-shirt par terre et y glisse sa tête ébouriffée. « Tu n'as pas perdu grand-chose hier soir. Seulement Leo et moi qui buvions des coups entre potes. Tamsin n'a passé que très peu de temps avec nous. »

Ai-je demandé combien de temps elle était restée ? Cette pléthore d'informations n'est pas naturelle, tout comme son besoin d'en minimiser l'importance.

« Allez, lance-t-il en enfilant un short de bain. Viens te baigner. D'après Leo, c'est le meilleur remède contre le mal aux cheveux. »

De quoi d'autre avez-vous parlé ? Qu'est-ce qu'il a dit d'autre ? Je me le demande mais réussis à ne pas poser la question à haute voix. Il est temps sans doute d'arrêter d'alimenter les émois de l'âme. J'attrape mon bikini et me change. Nous avons une journée à passer à Diani Beach. Et ensuite, il n'y aura à nouveau que Jacob et moi. Nous allons pouvoir continuer, retrouver nos repères.

C'est une heure ou deux plus tard que je les vois tous les deux venir vers nous sur la plage. Le soleil tape, me cuit le sommet du crâne à travers le chapeau, alors que Leo et Tamsin semblent parfaitement à leur aise. Ce qui me frappe au premier abord, c'est que je ne peux décider lequel des deux est le plus séduisant, parce que Tamsin est littéralement d'une beauté étourdissante. Jacob a oublié de mentionner ce petit détail. Soudain, toute sa nervosité s'explique.

À trente mètres de distance, je l'observe, les yeux plissés face à la lumière aveuglante.

Ses cheveux noirs sont noués en tortillon en haut de sa tête et elle a une grâce dans les membres qui fait penser qu'elle a pris des cours de danse dans son enfance. Elle est vêtue d'une jolie jupe sarong et d'un simple T-shirt blanc bien coupé, aux manches savamment effilochées. Elle est de ces femmes qui évoluent dans le monde avec une parfaite assurance, qui ont conclu en chemin une alliance à laquelle bien peu de gens peuvent prétendre. Un pacte avec le monde, je veux dire – la certitude que tout continuera toujours à jouer en leur faveur. Elle a l'air d'une fille dont la vie est sa meilleure amie.

« Jacob. » Je le secoue alors qu'il somnole sur le sable. « Ils sont là.

— Qui ? » demande-t-il comme s'il avait complètement oublié où nous nous trouvions. Mais dès qu'il aperçoit Tamsin, il s'époussette et se lève.

« Salut », dit Leo quand ils arrivent près de nous. Et nous voilà tous les quatre debout en cercle. « Comment va-t-on aujourd'hui ?

— Plutôt pas mal, affirme Jacob. Tout va bien. »

Je ne dis rien. Je ne peux m'empêcher de dévisager Tamsin. De près, elle ressemble incroyablement à Cassia.

« Comment va la tête, vieux ? » Leo frappe légèrement Jacob à l'épaule. Ils ont tous les deux exactement la même taille, mais Leo est plus musclé. « Tu as un peu forcé sur la bière hier soir.

— Vraiment ? » Jacob pousse un grognement et se passe la main sur le sommet de la tête. Pourtant, n'ont-ils pas bu ensemble ? Leo semble frais comme la rose. Vêtu de son seul short de bain, avec ses pectoraux bien développés, il a l'air de sortir tout droit d'une séance de gym.

« Tu es Stevie ? » Tamsin s'avance, tout sourire. « Je suis Tamsin. On dirait que toi et moi avons manqué une sacrée soirée.

— En effet.

— On a passé un bon moment, confirme Leo en me dévisageant.

— Vous avez pris un bain ? » Tamsin se rapproche. « L'eau est superbe ici. Nous avons été à Cape Maclear. Il y avait des hippopotames dans le lac. Il fallait faire très attention.

— Nous avons fait un safari en canoë au Zim. Une idée de Tamsin. » Leo lève les yeux au ciel d'un air faussement effaré. « Des hippopotames et des crocos partout. Et ce fichu canoë s'est renversé ! Celle-là ! » Il agrippe la nuque de Tamsin et la secoue légèrement. « Elle a le don pour nous mettre dans des situations impossibles.

— Qu'est-ce que vous avez fait ? » Je relève la bordure de mon chapeau. « Quand vous êtes tombés à l'eau. Vous avez cru mourir ?

— Oh », dit Tamsin, surprise par la gravité de la question. Je n'aurais pas dû la poser. Mais il est si rare de rencontrer quelqu'un qui a peut-être frôlé les mêmes sombres abîmes que moi. Peu nombreux sont ceux qui comprennent ce que cela signifie de contempler sa propre mortalité ou de voir d'autres affronter la leur. Jacob, par exemple, n'en a aucune idée.

« Leo et moi avons réussi à rester dans le bateau, explique Tamsin en plongeant son regard vert dans le mien. Mais les autres sont passés par-dessus bord. Nous avons dû former un triangle de bateaux autour d'eux et les hisser à bord. L'un d'eux était plutôt grassouillet et pesait une tonne. Il nous a fallu un moment pour le tirer dans la barque pendant qu'une fille attendait dans l'eau. Elle était complètement paniquée. Elle criait, se débattait. Un vrai barnum. Le guide tenait sa pagaie en l'air, comme ça » – elle mime un marteau brandi comme au jeu de la taupe – « parce que, évidemment, quand on est attaqué par un crocodile, c'est mieux si quelqu'un lui tape sur la tête de temps en temps. »

Nous rions tous en chœur, y compris Tamsin, dont le visage s'éclaire. Ces yeux, cette peau sombre. Son portrait craché.

« Alors, quels sont vos projets pour la journée ? demande Leo. Continuer à vous baigner ? Est-ce que quelqu'un a faim ? Je tuerais pour un sandwich.

— Nous sommes ouverts à toutes les propositions, dit Jacob. N'est-ce pas, Stevie ? »

Je hoche vaguement la tête. Mon cerveau grouille d'images de Cassia, du lycée, qui s'enroulent autour de mes pieds comme une bobine. Tout ce temps passé chez moi à être hantée et me voilà en Afrique, en présence du vrai fantôme.

« On peut aller manger un morceau à la cantine, propose Tamsin. Ou nous retrouver plus tard pour dîner. Plan à quatre ! » Elle sourit à Leo, qui ne lui rend pas son sourire. « Nous deux, nous n'avons plus qu'une nuit à passer ici avant de partir pour Rafiki Island demain matin.

— Partir... pour où ? je demande, sous un soleil devenu soudain plus chaud.

— Rafiki Island, répond-elle. Il y a là-bas un club de plongée dont j'ai entendu parler. Totalement écolo, apparemment. Trois mois sans eau courante ni électricité et on vit tous ensemble dans une grande...

— GoEco ? » Jacob me glisse un regard subreptice. « Je vous en ai parlé ?

— Quoi ? s'étonne Tamsin. Non.

— Vous vous êtes inscrits au camp ? » Il m'adresse un signe de tête du genre *Non, je n'ai pas jacassé.* Je lui retourne son regard en tentant de comprendre ce qui est en train de se passer.

« Nous nous sommes inscrits hier, confirme Leo. Ou avant-hier. Je ne me souviens plus très bien. C'est Tamsin qui s'occupe du planning.

— Il est dirigé par un certain Duran. Quel joli nom ! » Tamsin sourit de toutes ses dents. « Pourquoi ? Vous savez des choses sur cette île ? Oh, non, vous n'avez pas entendu dire que c'était nul ?

— Non, c'est seulement que... eh bien, que nous y allons aussi. » Jacob esquisse un sourire incertain.

« Jacob a trouvé un job là-bas », j'ajoute, les dents collées à mes lèvres. Tout paraît vaguement irréel, chaotique.

« C'est le boulot dont tu m'as parlé ? s'esclaffe Leo, dont les abdominaux se contractent sous l'effet du rire. Putain, le monde est petit.

— Cela veut dire que tu seras notre coach ? Notre *instructeur* ? » Tamsin détache chaque syllabe.

« Sans doute, acquiesce Jacob, les yeux fixés sur ses tongs.

— Bon, alors viens. » Leo l'entoure de son bras et l'entraîne vers la cantine. « Allons boire une pinte et définir les règles permettant de se faire bien voir de la hiérarchie. »

Ils s'éloignent, nous laissant seules sur la plage, Tamsin et moi.

« Ça va ? me demande-t-elle en resserrant son tortillon de cheveux. Tu te ronges beaucoup les ongles. »

J'abaisse le pouce que je mordillais. Souris.

« Tu paniques, dit-elle. Tu es en train de te dire *Oh, merde, mon voyage vient d'être piraté par deux tarés, il faut absolument que je change d'île au plus vite.* »

Je me mets à rire, je ne peux pas m'en empêcher.

« Ne t'inquiète pas. Je crois qu'on va s'éclater. Je le sens. » Elle pose la main sur mon front. Ses doigts sont frais sur ma peau. « C'est ce que j'aime dans les voyages, les facéties du hasard. Les chemins qui se croisent. Je dis au revoir à des gens le matin à l'hôtel. Je roule pendant quoi ? quatorze heures dans un bus qui traverse une ribambelle de bourgades paumées et le soir je tombe sur les mêmes qui débarquent dans le bar où je suis. Cela n'arrive jamais chez nous. »

À mon avis, ce n'est pas seulement cela. C'est plus qu'une simple coïncidence. La présence de Tamsin joue un rôle essentiel.

À cet instant, deux petits enfants s'approchent de nous en nous tendant des bijoux et des colifichets. Ils ont les cheveux en spirales. Tamsin se penche pour voir ce qu'ils ont, en touche un sur le bout du nez, ce qui les fait rire, leur donne l'argent qu'elle cachait dans la ceinture de son sarong. Elle se redresse avec deux bracelets tressés dans les mains.

« Tiens, dit-elle en m'en offrant un.

— Tu l'as acheté pour moi ? » J'ai la bouche sèche au souvenir de Cassia.

« Ils ne m'ont coûté que quatre pence. D'ailleurs, Leo refuserait de les porter. Il me dit tout le temps d'arrêter d'en acheter. Que les enfants sèchent l'école pour fabriquer des babioles pour les touristes. Moi, je trouve que c'est bien pour les locaux. Ça fait marcher leur économie. Leo est un peu rabat-joie. Ne lui dis pas que je t'ai dit ça. »

Je prends le bracelet, tends le poignet et laisse Tamsin l'attacher.

« Là, dit-elle en comparant son bras au mien. Nous voilà comme les deux doigts de la main. »

Une fois de plus, la peau de mon crâne se hérisse et je laisse échapper un petit rire. *Les deux doigts de la main*. On aura beau dire, c'est plus qu'un simple hasard.

« Rafiki Island, ce sera bien, dis-je. On pourra se défouler et envoyer paître les rabat-joie.

— Absolument, approuve-t-elle en riant. Parce que la vie est trop courte. Tu ne trouves pas ? »

Nous remontons la plage ensemble pour rejoindre les autres et pour la première fois depuis que nous avons atterri, je me sens chez moi.

12

Leo

Tout se met en place. Nous sommes quatre maintenant. Mais je ne vais pas tarder à réduire ce nombre. Plan à quatre annulé. Tamsin, à son insu, n'est plus maîtresse du planning.

Jacob et moi sommes à la même table qu'hier soir, assis sur des bancs l'un en face de l'autre. Depuis qu'il a découvert que nous partions tous demain pour la même destination, son impatience est palpable quoique contenue : on dirait un enfant devant un Happy Meal qui se demande s'il a le droit d'ouvrir la boîte.

« Vous allez rester trois mois entiers ? demande-t-il. Duran a assez de place ?

— Apparemment. Il faudra demander les détails à Tamsin.

— Et vous avez vos brevets de plongée ? » Derrière ses questions, je devine une pointe de nervosité. Il n'arrête pas de surveiller la porte.

« Qu'est-ce qui te tracasse ?

— Écoute, je t'en parle vite avant que les filles arrivent. C'est super que vous veniez à Rafiki, mais Stevie a une espèce de… marotte… »

Je croise les bras, incline la tête. *Crache le morceau, Jacob.* Venons-en au cœur du problème.

« Et je… je n'aurais pas dû te dire tous ces trucs hier soir à propos de ma… tu sais. »

Je secoue la tête, feignant de ne pas comprendre. Je n'ai pas l'intention de lui faciliter les choses.

« Curiosité, lâche-t-il.

— Oh, l'envie de coucher avec d'autres femmes ? »

Il ouvre grand la bouche et se penche comme pour dire *Moins fort, mon pote, tu cherches à m'attirer des ennuis ?*

En fait, peut-être.

« Ne t'en fais pas. » Je le rassure. « Ton secret est bien gardé avec moi.

— Ce n'est même pas un secret. » Il essuie le sel pris dans ses sourcils. « Ce n'est pas réel. J'y pense, mais je ne le fais pas.

— N'est-ce pas une question d'étape ? De la pensée à l'action ? Dans mon monde, une chose conduit invariablement à l'autre.

— Non. Pas nécessairement. C'est vrai, au travail, j'ai tous les jours envie de gifler mon père, mais ce n'est pas parce que j'y pense que je le fais. »

Tu devrais essayer, me dis-je. *Regarde où ça mène. Tu n'imagines pas à quel point la pente est glissante.*

« Donc, je te serais reconnaissant de garder cette convers…

— Quel genre de marotte ? »

Il secoue la tête. Il a du mal à suivre. Ce doit être terrible d'être ici avec une gueule de bois. Il ne fait pas loin de quarante degrés dans la cantine et Pardon ne nous a toujours rien apporté à boire.

« Stevie ? Oh, c'est rien, dit-il. C'est seulement qu'en ce moment, elle est persuadée que… qu'on n'est nulle part en sécurité. Bon, je comprends. Nous avons traversé des moments difficiles. Mais elle craignait que je dise où nous allions à tout un tas de gens et comme il s'avère que vos projets sont identiques aux nôtres, elle...

— Oh, quel dommage, ce n'est pas drôle de vivre en étant perpétuellement inquiète. » *J'en sais plus que toi sur elle. Intéressant.*

« Ne lui parle pas de ça non plus. De son anxiété, je veux dire. Et si elle t'interroge, peux-tu lui assurer que Rafiki est ton idée ? »

Pauvre Jacob. Tous ces secrets qui s'amoncellent sur lui comme des décombres. Bientôt, il ne pourra plus respirer.

Les filles arrivent à cet instant précis, Tamsin en tête. Elles s'assoient auprès de nous, aux emplacements prévus, comme pour former deux équipes adverses. En compétition, elles représenteraient deux hémisphères différents : Tamsin, le sud torride ; Stevie, le nord froid, authentique. Je me demande qui gagnerait. À côté de moi, Tamsin ôte son T-shirt, penchée en avant dans son haut de bikini, découvrant le ton ravissant de sa peau sous le vert menthe pâle du tissu. En jetant un coup d'œil à Jacob, je le surprends en train de lorgner. Il s'empresse de fixer aussitôt son regard sur la table.

« Et voilà les bières ! » chantonne Tamsin au moment où Pardon dépose quatre Tusker devant nous. Jacob déglutit comme s'il avait la bouche encombrée de salive.

« Je crois que je vais devoir passer mon tour, dit-il.

— Tu es si atteint que ça ? » Tamsin lui adresse un sourire alangui. « Tu sais ce qu'on dit. Il faut soigner le mal par le mal.

— Avec quelque chose à manger, alors. » Jacob fait signe à Pardon qui revient avec un plat de semoule en sauce. Jacob y plonge un doigt. La semoule se rétracte comme une éponge.

« Tu as acheté des bracelets, dis-je à Tamsin. Assortis.

— Oui. » Elle fait tourner le ruban tressé autour de son poignet. « Ils sont pas jolis ?

— Ce sont des petits écoliers qui les ont fabriqués pour nous », ajoute Stevie, en jetant un regard bleu complice à Tamsin. Ça fait mal de constater qu'elles ont forgé ce lien entre elles. Que Stevie a choisi un symbole aussi évident.

« Que penses-tu de l'impact du tourisme sur les pays émergents, Jacob ? je demande.

— Du quoi ?

— La question mérite quand même d'être débattue. » En croisant les bras, je sens mon cœur battre à mon poignet.

« Non, pas du tout, s'interpose Tamsin. Pas maintenant en tout cas. Nous sommes en train de passer un moment entre amis. C'est censé être un moment agréable, pas un forum de discussion. »

J'esquisse une grimace, en me demandant si quelqu'un l'a remarqué. Elle est tout le temps en train de me faire passer pour le méchant. Pourquoi est-ce que je ne peux jamais être le gentil ?

« Jouons plutôt à un jeu. » Tamsin a les lèvres incurvées, signe de danger. « On va jouer à "Mes premières fois". J'y jouais tout le temps avec mes amis à l'école. C'est un jeu à la con.

— C'est une bonne idée ? » Jacob repousse son assiette.

« C'est Leo qui commence, reprend-elle, ignorant la question. Il annonce une chose qu'il n'a jamais faite et si toi, tu l'as faite, tu dois boire. Allez, Leo. »

Je ne suis jamais allé en prison pour meurtre ? Parce que je ne me suis jamais fait prendre ?

« Je n'ai jamais embrassé une fille. » En le disant, je bois une grande lampée à la bouteille.

« Le-o ! Tu dois annoncer une chose que tu n'as *jamais* faite, le gronde Tamsin.

— J'ai la gorge sèche. » Je me gratte la barbe du cou. « J'avais besoin de l'humecter. »

Nous buvons tous. *Tous.*

Jacob se tourne vers Stevie. « Toi, tu as déjà embrassé une fille ?

— Tu vois ! s'amuse Tamsin. Sidérant. Je vous avais bien dit que c'était un jeu à la con.

— Je n'ai jamais vu de fantôme, enchaîne Stevie en gardant les yeux baissés.

— Glauque. » Tamsin fait tourner sa bière. « J'aime ça. » Elle ne boit pas.

« Inattendu, je commente en levant ma bière pour boire. Quoi ? Tout le monde est hanté d'une façon ou d'une autre, non ?

Jacob regarde fixement la table. Il se fait un silence pendant lequel toute la jovialité de Tamsin menace de fondre.

« Continuons, décide-t-elle. À qui le tour ?

— Je reprends. » Je vois soudain dans ce jeu une occasion à saisir. « Alors, pour continuer sur le thème des fantômes et des esprits… je n'ai jamais vu mourir quelqu'un. » *Toi et moi, si, Stevie. Tu peux porter tous les bracelets tressés que tu voudras, ton âme sœur, c'est moi.*

« Oh, mon Dieu, Leo, tu recommences », proteste Tamsin. Tous les regards se posent sur moi. « Il est trop, hein ? » Elle me plaque un baiser sur le bord de la mâchoire. « Il a de la chance d'être aussi beau gosse. Bon, j'annule cette déclaration parce que c'est n'importe quoi. En voici une autre : je n'ai jamais fait quelque chose sciemment en sachant que c'était mal. »

Cette fois, Stevie et moi sommes les seuls à boire. Voit-elle à quel point nous sommes synchrones ?

« Qu'est-ce qui te prend ? » Jacob la pousse du coude en rougissant. « Tu ne veux pas jouer ou quoi ?

— Comment ça ? Je suis la seule à appliquer les règles. » Stevie nous dévisage l'un après l'autre. « Vous voulez qu'on vous les réexplique ?

— Qu'as-tu fait d'aussi mal ? interroge Jacob. C'est encore à cause de toutes ces filles que tu as embrassées ? » Il a l'air d'avoir la tête en feu.

« J'avais dix-sept ans quand je t'ai rencontré, lui rappelle Stevie en reprenant une gorgée, comme si cela expliquait tout.

— OK, reprenons, déclare Tamsin en réprimant un petit sourire narquois. Tâchons de trouver un terrain neutre, si tant est qu'il y en ait un. Je n'ai jamais eu de parent qui ait totalement perdu la boule. » Elle boit aussitôt. « Ma grand-tante Veronica est complètement cinglée. Elle est persuadée qu'il y a des morts qui habitent au grenier. Elle vit les yeux fixés au plafond. C'est stupéfiant d'être assis à côté d'elle au réveillon de Noël. »

Jacob se frotte les mains l'une contre l'autre sur ses genoux. Des gouttes de condensation glissent le long de sa bouteille, formant une petite flaque sur la table. Il y a de l'orage dans l'air. Il le sait et moi aussi. À côté de lui, Stevie vide sa bouteille d'une traite, la repose, s'essuie la bouche.

« Ouah ! s'exclame Tamsin. Tu dois avoir de sacrés barjots dans ta famille !

— Oh, oui, une championne, confirme Stevie.

— On a tous les nôtres. » Tamsin se penche et choque sa bouteille contre celle, vide, de Stevie, les seins écrasés contre le bois de la table. « C'est qui, la tienne ? »

Jacob lève alors la main. « Stevie, retournons au bungalow. Il fait une chaleur d'enfer ici. » Mais c'est trop tard. Nous sommes déjà allés trop loin.

« Ma mère. » Les yeux de Stevie sont de la glace vive. Tamsin arrête de rire. « Quand j'avais six ans, elle est partie au milieu de la nuit et n'est jamais revenue. Lorsque je me suis réveillée, l'appartement était vide. D'elle, il ne restait qu'une traînée de vêtements sur le sol, un pantalon et un chemisier que j'ai reconnus. On avait l'impression que c'était elle qui était là, étendue, allongée devant moi. J'étais petite. Je ne comprenais pas comment son corps avait pu s'évaporer.

— Mon Dieu », je murmure. Aucun de ces détails ne figure dans son journal.

« J'ai quitté l'appartement et j'ai couru chez ma grand-mère, à l'autre bout de la ville. Je n'ai même pas mis de chaussures. »

Jacob se frotte les yeux et soupire.

« Merde alors, dit Tamsin. Tu as gagné.

— Vraiment ? » Stevie se lève. « Désolée, les gars, mais pour être honnête, je n'aime pas beaucoup ce jeu. Ce n'est pas une bonne manière de faire connaissance.

— Arrêtons de jouer », je suggère, avec ce creux à l'estomac que j'avais toujours avec ma mère. Si seulement j'arrivais à l'atteindre. Si seulement je pouvais l'avoir pour moi seul.

Stevie enjambe le banc. « Continuez. Pas de problème. Mais moi, je déclare forfait. » Elle se tourne et quitte la cantine.

Nous restons tous les trois silencieux.

« Si Stevie était un animal, dit alors Tamsin d'une voix émue, elle serait couverte de piquants. C'est cela que tu aimes chez elle, Jacob ?

— Pas de piquants, la corrige Jacob. Seulement d'une carapace. Elle en a besoin. » Pour la première fois depuis vingt minutes, il prend sa bière et la boit posément.

J'en fais autant, en l'observant par-dessus le goulot. Premièrement, il ne la suit pas. Deuxièmement, carapace ou pas, il y a toujours moyen de la percer.

13

Stevie

Je repars sous les arbres en direction du bungalow, croisant au passage un cercle de rastas en train de jouer au footbag, hilares. Je n'en veux pas aux autres. Ce n'est pas ça. C'est juste que je n'arrive pas à jouer à ce genre de jeu. Je crois que je ne suis pas très douée pour poser des questions graves avec légèreté.

Personne ne sort de la cantine pour me courir après. Pas même Jacob. Peut-être veulent-ils me laisser tranquille. Je pense plutôt qu'il est fasciné par Leo et Tamsin. Je comprends : ils *sont* fascinants. D'une séduction à tomber raide, l'un comme l'autre, et apparemment décidés à ce que nous devenions amis. Pourquoi ? Nous n'avons pas grand-chose à mettre sur la table. Tamsin ne peut pas savoir à quel point elle ressemble à Cassia ; elle ne se rend pas compte de ce qu'elle représente pour moi. Et sa façon de parler de Leo – *c'est un rabat-joie, il n'est pas drôle* –, on se demande pourquoi ils sont ensemble. On sent même une pointe d'irritation entre eux. Sont-ils ensemble pour le sexe ? Sans crier gare, une image d'eux dans le même lit surgit dans mon esprit. Je cligne fermement des yeux pour ne pas m'y attarder. Quand on voyage, le sexe est certainement une raison suffisante pour faire équipe. Seraient-ils échangistes ? Cette possibilité a dû effleurer Jacob, quoiqu'il n'ait pas les antennes pour détecter les comportements insolites. Ses parents ont toujours été un peu loufoques, mais il ne semble pas s'en être aperçu.

J'ai rencontré sa mère pour la première fois le jour où je suis rentrée du lycée avec lui, en première. Ses parents vivent dans une vieille ferme délabrée depuis longtemps désertée par les animaux d'élevage. La propriété ne comporte aucun autre bâtiment agricole, ni grange, ni hangar, ni rien qui ait l'air de fonctionner ou de pousser. Chaque fois que j'y vais, j'ai l'impression que tout le monde a fui dans un moment de panique. Ce premier jour, en entrant, nous nous sommes courbés pour ôter nos chaussures, en nous cognant l'un à l'autre dans l'espace exigu du vestibule qui sentait vaguement la litière de chat.

« Combien de personnes habitent ici ? » ai-je demandé. Les patères portaient toutes quatre ou cinq manteaux bien épais et matelassés.

« Maman, papa et moi. » Jacob a essayé d'accrocher son sac à dos à l'une des patères, mais les manteaux ne lui laissaient aucune place. « Pose tes affaires où tu peux. Viens. »

Nous sommes passés dans une petite cuisine dont le revêtement de sol en vinyle présentait des ronds bruns près du fourneau. Les quatre plantes alignées sur le rebord de la fenêtre au-dessus de l'évier étaient mortes, leurs feuilles parcheminées, effilées comme des cheveux, pendaient lamentablement autour des pots. Les échos des acclamations d'un jeu télévisé s'échappaient de la pièce voisine.

« Maman ! » Jacob a ouvert le réfrigérateur et l'a refermé aussitôt. « Je suis avec une amie. »

Il y a eu un cliquettement, un objet en porcelaine heurtant une table avant d'atterrir sur le tapis avec un bruit sourd. Le jeu télévisé s'est tu. J'ai entendu un pas pressé, feutré comme celui d'un poney trottant sur de la sciure vers une botte de paille.

« Mince alors ! » La mère de Jacob a contourné le réfrigérateur, vêtue d'un pantalon de survêtement et d'un énorme chandail. « Tu ne m'avais pas dit que tu amenais des amis à la maison. » Elle a lissé ses cheveux tout en considérant l'ampleur du désordre régnant dans la cuisine. Elle était petite à côté de son fils, et totalement dissemblable. Tout en rondeur là où il était tout en longueur.

« C'est bon, maman. On va peindre là-haut.

— Eh, mais c'est agréable d'avoir de la compagnie. » Madame Jones a tiré sur la manche de son pull jusqu'à couvrir son poignet et passé son bras sur la nappe de la table. J'ai senti des miettes me picoter les mollets. « Comme c'est sympathique ! Assieds-toi. » Elle m'a regardée droit dans les yeux, la tête penchée. « Oh mon Dieu ! »

Je me suis mordu la lèvre, en me demandant ce qu'elle avait vu.

« Je te présente Stevie. » Jacob s'est étiré ; ses doigts touchaient presque le plafond. Je voyais une fine bande de son ventre au-dessus de son pantalon.

« Ah oui ? » Madame Jones a cligné des yeux, ne sachant comment poursuivre. « Et que fais-tu, Stevie ?

— Hum, je vais au lycée. »

Elle a hoché la tête et s'est dirigée vers l'évier. Là, elle a passé les quatre plantes sous l'eau dure du robinet. « Tu n'es pas la fille du journal ? Stevie Erickson. Celle de l'accident avec la police et tout. »

J'ai toussoté. *Accident.* La ville avait si bien présenté la chose. Je n'ai rien dit.

« Maman ! » Jacob lui a décoché un regard acéré. « Viens, Stevie. On va dans ma chambre.

— Pas de portes fermées ! » a crié sa mère alors que je le suivais dans un salon qui avait un plafond encore plus bas. Tous les rideaux étaient fermés. Le sol était jonché de magazines, certains ouverts comme si madame Jones avait passé la journée à les lire à genoux, l'un après l'autre. Une autre plante occupait un coin, brunie, abandonnée.

Une fois dans sa chambre à l'étage, Jacob a fermé la porte et s'y est adossé.

« Tu n'amènes jamais d'amis chez toi ? lui ai-je demandé.

— Pourquoi cette question ? »

J'ai secoué la tête, regardé autour de moi. Les murs étaient tous blancs, presque cliniques. Jacob avait un lit à même le sol, un oreiller blanc, un drap blanc, un carnet à couverture de cuir, un exemplaire d'un roman de Hemingway, un stylo. Sur une table qui penchait dans un coin s'étalaient des centaines de feuilles de papier épais. Ses fenêtres étaient ouvertes, sans rideaux, sans volets ; la brise de la fin du jour transmettait aux papiers un frémissement qui faisait un bruit de vagues.

« Ma mère me connaît. Elle est protectrice. » Jacob restait contre la porte, les mains derrière le dos. « Mais est-ce que ce n'est pas ce qu'elles sont censées être ?

— Je ne sais pas ce qu'elles sont censées être. » Je me suis dirigée vers les feuilles entassées sur la table.

« Non, attends, ne regarde pas. » Il s'est précipité, trop tard. J'ai vu des centaines d'esquisses différentes d'un visage, la rondeur d'une joue, quelques gros plans encore plus serrés de la forme des yeux. C'était indiscutable : j'étais sur toutes les pages. Quand je me suis tournée vers lui, il se tenait tête basse, le visage masqué derrière des boucles de cheveux noirs.

« Ce n'est pas ce que tu crois, a-t-il dit. Je ne suis pas obsédé. » Ma respiration s'était accélérée. « Ce n'est qu'une étude de symétrie. Je t'en prie, ne t'en va pas.

— Qu'est-ce que ça veut dire ?

— Tu es belle. » Un haussement d'épaules. Il avait le regard clair, franc. « Je t'aime bien. Je t'aime bien, c'est tout. »

Il l'a dit avec une telle simplicité. Impossible de soupçonner une arrière-pensée. Il vivait en pleine folie sans en être affecté. Quel soulagement cela a été pour moi sur le moment : je me suis enveloppée dans le sentiment de sécurité qui émanait de lui comme dans une couverture.

Maintenant, je ne suis plus aussi sûre. Parce que, Leo et Tamsin mis à part, quelque chose ne va pas dans cette station balnéaire, tout comme quelque chose n'allait pas dans le train, ni dans la première auberge. Est-ce que cela vient de moi ? Après tout, à l'exception de Jacob, je suis la seule à avoir été dans ces trois endroits. Pourtant je ne peux pas me défaire de l'impression d'être observée, suivie. Le radar de Jacob n'a jamais fonctionné de la même manière ; il est incapable de repérer ce qui est bizarre ou ce qui ne l'est pas, ou peut-être simplement qu'il s'en fiche. Nattie appelait cela sa vision « bon enfant » du monde, sa générosité de cœur. *Reste avec lui, ma jolie, il ne t'entraînera pas sur de mauvaises pentes.* Mais avait-elle raison ? Il dit tout à tout le monde. Dans cet environnement, est-ce bien raisonnable de se montrer aussi ouvert et confiant ?

Je décide de ne pas retourner au bungalow et de descendre plutôt à la plage, au bord de l'eau. Il y a un arbre près du rivage qui est plus large que les autres et dont le tronc forme une courbure idéale pour s'y adosser. Je reste un moment assise tranquillement à l'ombre, sous le murmure des palmes. Au large, là où commence le récif, de petites crêtes de vagues se brisent. Là-haut, le soleil cogne. C'est dérangeant d'avoir dévoilé là, dans la cantine, les aspects les moins reluisants de ma personne. Normalement, il y a un seul être à qui j'aurais parlé de maman avec autant d'honnêteté : ma grand-mère.

Au cours des années qui ont suivi le départ de ma mère, je suis souvent allée m'asseoir sur la plage avec Nattie. Une plage qui n'avait rien à voir avec celle-ci : âpre, colérique, comme une métaphore. Nattie portait de grosses chaussures à lacets masculines et s'asseyait les jambes allongées devant elle, terminées par des chevilles d'une épaisseur comique. Elle aimait la plage surtout en hiver ; nous y restions alors des heures, emmitouflées dans des écharpes, à contempler le bouillonnement de la mer. Cela lui rappelait la Cornouaille, disait-elle, toute cette furie. Elle avait grandi en Angleterre mais avait été courtisée par un GI américain pendant la guerre.

« Un bon à rien, disait-elle, beaucoup de bavardages et rien dans le pantalon. Et ta mère, pareille, désolée de te le dire, bien que je l'aie élevée pour valoir mieux que ça. Elle a choisi la futilité avec ton père. Mais *toi*, ma chérie, avec toi, nous rompons le cycle infernal. »

Je savais que ma mère n'était pas morte. De temps en temps, elle envoyait des cartes postales de diverses villes américaines, montrant des photos d'oiseaux ou de monuments. Chaque Noël, un colis arrivait, contenant un vieux sac d'épicerie défraîchi plein de cadeaux malavisés, imprégnés de fumée de cigarette. Un soutien-gorge alors que je n'avais que sept ans. Des chewing-gums parfumés à la bière. Un ouija. Au bout d'un an ou deux, Nattie les triait et les flanquait à la poubelle. Elle savait que chacun de ces colis ne servait qu'à me rappeler qu'on ne voulait pas de moi. Maman était en vie. Une vie de fête dont elle était l'héroïne. Elle ne pouvait tout simplement pas s'encombrer de sa fille.

Pendant que je grandissais, ma grand-mère me gardait tout près d'elle, ne laissant entrer que d'infimes échos du monde extérieur, mais même ainsi, certaines années, elle craignait que le cycle génétique qu'elle redoutait tant ne soit demeuré intact. Ma colère aussi grandissait avec moi. Je finissais par être tellement tendue que le moindre petit heurt pouvait me faire éclater. Et puis j'ai perdu Cassia et je suis devenue indéchiffrable.

Aussi, quand j'ai amené Jacob à la maison, un jour, en première, les yeux de Nattie lui sont littéralement sortis de la tête. J'ai poussé la porte d'entrée de sa vieille maison en pierres rondes et ai pénétré dans notre salon. Au fond, dans le coin cuisine, Nattie était courbée en deux pour sortir une casserole d'un tiroir. Le dos de ses genoux était tout bosselé et sillonné de veines. Elle s'est relevée, s'est retournée dans son tablier constellé de marques de doigts, dont la ceinture partageait son corps en deux pots à tabac.

« Où étais-tu passée ? a-t-elle demandé. Je commençais à croire que tu étais morte au fond d'un fossé.

— Désolée. Jacob et moi avons pris le chemin des écoliers. » J'ai envoyé promener mes chaussures près du radiateur en faisant signe à Jacob d'entrer. Il a dû se pencher pour passer la porte.

« Qui est-ce ? » Nattie est sortie de la cuisine en balançant un torchon sur son épaule gauche. « Tu es un bien grand échalas. »

Jacob restait planté, hésitant dans son pantalon serré et ses chaussons de skate avec lesquels il ne faisait jamais de skateboard.

« Je te présente Jacob Jones, ai-je dit. Il est dans ma classe d'art plastique. Il m'a raccompagnée.

— Moi qui croyais que la galanterie était morte au fond d'un fossé, elle aussi ! » Nattie a haussé un sourcil en tendant une main farineuse à Jacob. Il s'est empressé de venir la saisir, s'inclinant même légèrement au moment de saluer.

« Tu restes dîner ? lui a demandé Nattie.

— Je ne pense pas. » Il a tiré les manches de son pull jusqu'au dessus de ses poignets, au point d'en faire presque des moufles. « Est-ce que je reste ?

— Il ne reste pas.

— Non, je ne crois pas. En fait, je… pars tout de suite. Il faut que j'y aille. »

Jacob n'était pas dans la maison depuis une minute qu'il se tournait vers la porte et la rouvrait. « J'ai été ravi de faire votre connaissance, madame Erickson.

— Je pense qu'on se reverra, Jacob Jones. Ferme la porte. Tu fais entrer un courant d'air. »

Jacob s'est glissé dans l'entrebâillement, qu'il n'a élargi qu'au dernier moment. « Au revoir, Stevie. »

J'ai levé une main timide. Une fois que la porte a été refermée et que le bruit de pas à l'extérieur s'est évanoui, ma grand-mère m'a planté un doigt dans les côtes.

« Eh ben, eh ben. J'aime mieux ça.

— Qu'est-ce que tu veux dire ? » ai-je demandé en rougissant. Normalement, j'aurais déjà dû m'être retirée dans ma chambre à l'étage.

« Il a de l'allure.

— Tu trouves ?

— De bonnes manières pour commencer et ce n'est pas si fréquent de nos jours. Mets-lui un smoking et donne-lui un coup de peigne, ce serait un prince.

— D'habitude, tu détestes mes amis, ai-je marmonné.

— Oui, c'est vrai, et je vais te dire, je n'ai pas tort. Tous ceux que tu as ramenés à la maison jusqu'à maintenant étaient un ramassis de voyous et de hooligans. » Elle m'a donné une petite tape sur le bras. « Non, écoute-moi bien. Celui-ci n'est pas comme les autres. Achète-lui de nouvelles chaussures et il ne me déplaira pas. »

Je suis restée plus longtemps dans la cuisine ce soir-là, pour aider ma grand-mère à éplucher les légumes. Un pont était en train de s'établir, fraîchement jeté entre nous par l'existence de Jacob.

J'appuie ma tête contre l'écorce rugueuse de l'arbre, ravie de sentir les aspérités du bois contre mon chapeau. Pendant un moment, je me sens profondément apaisée – les souvenirs de ma grand-mère sont réconfortants à évoquer –, quand je vois du coin de l'œil Leo sortir de la cabane et se diriger vers le groupe de joueurs de footbag. Est-il à ma recherche ? Je ne sais pas si je le souhaite ou non. Il arrive près d'eux et le jeu s'arrête. Les garçons se retirent tandis que les filles s'approchent. Elles s'assemblent autour de lui, désireuses d'être remarquées, les deux plus jolies se bousculant pour être dans la lumière. De là où je suis, je n'entends pas ce qu'ils se disent, mais Leo s'intéresse au collier que l'une d'elles porte autour du cou. Il se penche, les doigts sur ses clavicules, exhalant son souffle dans son cou. Elle se dandine, écarte ses cheveux pour exposer sa peau à son regard, anxieuse de ne pas le faire fuir.

À cet instant, derrière lui, sans bruit, Tamsin émerge de la cantine et reste là à observer son petit ami. Sa tête est parfaitement immobile. Leo effleure le bras de l'autre fille, dit quelque chose et rit. Je vois d'ici les reliefs de ses muscles. Tamsin s'approche doucement du trio.

Ma respiration s'accélère. Leo va se prendre un savon. Ou est-ce qu'il ne se rend vraiment pas compte qu'il est en train de conquérir un fan club ?

Mais arrivée à la lisière du cercle, Tamsin ne fait rien de spécial. Elle reste là, simplement, plus grande que les autres filles, dégageant une sorte de force qui parvient à infléchir la dynamique autour d'elle. Les filles s'écartent de Leo. La fille au collier le montre à Tamsin qui le regarde sans manifester beaucoup d'intérêt. L'autre fille la complimente avec exaltation, presque avec frénésie, tirant sur le tissu de son T-shirt, adorant son sarong. Tamsin reçoit les compliments – placide, royale. Elle adresse quelques mots légers à Leo qui lui prend la main et y pose un baiser sur les veines du poignet. Et quand elle s'éloigne, il la suit, trottant derrière elle, simple sujet dans son sillage souverain.

14

Leo

Encore une nuit à passer à Diani et nous partirons ensemble pour Rafiki demain matin. Jacob ne me lâche pas de tout l'après-midi. Pour un homme qui a bu comme un trou la nuit dernière, il n'a pas l'air de songer à faire la sieste.

« J'aimerais améliorer ma condition physique pendant que je suis ici, me dit-il alors que nous paressons dans des chaises longues sur la plage, sous un ciel qui penche doucement vers le crépuscule. Le monde ne réagit pas de la même façon avec les types baraqués.

— Ah ouais ? je réponds en observant Stevie et Tamsin allongées sur des transats à cinq mètres de nous. Acquérir des muscles est une science. Tu es déjà grand et fort. Mange ce que je mange. Fais ce que je fais. Tu seras comme moi en un rien de temps. »

Il se tait, premier signe que c'est plus une question de rivalité que je ne le pensais. Mais je n'ai pas le temps de m'en préoccuper. Il ne fait aucun doute que Stevie a noué un lien avec Tamsin. Elles parlent trop bas pour que Jacob et moi puissions les entendre.

« Elles se sont bien trouvées. » Jacob suit mon regard. « C'est bien. Stevie a besoin de quelque chose à quoi se raccrocher. »

Oui, mais il n'est pas question que ce soit Tamsin.

« Ce job à Rafiki, c'est tout ce que nous avons, soupire-t-il, poursuivant son besoin de me parler. Il n'y a rien qui nous attend chez nous.

— Et ton travail avec ton père ? Jones Boys' Boats. »

Il hésite. Je me fige intérieurement. Il ne m'a jamais dit comment s'appelait son entreprise. Stevie l'a écrit dans son journal.

« Non… » Il se ressaisit, attribuant ce détail aux menues confidences semées autour d'une bière. « Je lui ai envoyé un mail le jour de notre départ, lui disant qu'il y avait peu de chances que je reprenne le grattage de crustacés.

— Il est d'accord avec ça ?

— Il n'a pas répondu.

— Oh, zut. » Je m'esclaffe. « Tu lui as peut-être donné cette gifle finalement. »

Jacob hausse les épaules. « C'est sans doute un rite de passage. À un moment, il faut bien nous séparer de nos pères. »

Oui, me dis-je, *alléluia.*

« Tu t'entends bien avec le tien ? me demande-t-il.

— C'est une question que je ne me pose plus. » Je me redresse, arrange la serviette qui s'est plissée dans mon dos. « Il est mort en février l'année dernière.

— Oh, je suis désolé. »

Pas moi.

Il m'avait fait venir à la maison au mois de janvier qui a précédé sa mort. Je suis sorti de ma voiture devant la façade qui dominait l'allée, toutes ses fenêtres polies avec tant de zèle qu'elles rejetaient la lumière au lieu de l'absorber. *Il ne faut pas longtemps*, ai-je pensé, *pour qu'une maison incarne l'essence même de ses habitants.*

Je n'étais pas revenu depuis douze ans. Ni à Noël, ni aux anniversaires, à aucun moment pendant toute la durée de mes études de médecine. Pendant tout ce temps, je n'avais fait qu'envoyer quelques mails à mon père. Des messages factuels, rédigés en phrases courtes terminées par des points plantés comme des clous. J'ai frappé fort à la porte d'entrée, retrouvant sous mes doigts le poids familier du vieux marteau de métal. Des pas ont claqué sur le sol de marbre du hall. Quand la porte s'est enfin ouverte, je me suis trouvé en présence d'une minuscule petite femme d'une soixantaine d'années en chemisier blanc amidonné. Sur le revers de son col, un badge doré annonçait *Dolores*.

« Êtes-vous le fils ? a-t-elle demandé.

— Oui, le fils prodigue.

— Entrez. » Elle s'est écartée. « Il a demandé à vous voir. »

Pourquoi ? Lui qui ne demandait jamais à me voir quand j'habitais ici !

À la porte de son bureau, elle s'est arrêtée. C'était étonnant. On m'avait dit que mon père était malade, mais j'avais imaginé un lit de mort, avec pâleur, tubes et bips. N'était-ce pas le but de cette convocation, qu'il me présente des excuses, complètes et hâtives, tant qu'il en était encore temps ? Cependant, quand je suis entré, papa était assis à son bureau. Il approchait de la soixantaine et il avait rétréci depuis la dernière fois que je l'avais vu. Il avait la poitrine creuse, les joues émaciées. Pourtant, il se tenait droit, les deux mains sur le capot de son ordinateur, son alliance toujours au doigt, col et manches soignés.

« Viens, Leopold, a-t-il dit. Assieds-toi. Dolores, vous voulez bien nous apporter du café, s'il vous plaît ?

— Je n'en veux pas. Merci. » J'ai jeté un regard à la bibliothèque que j'avais détruite. Elle avait été remplacée, comme si elle n'avait jamais été incendiée.

« De l'eau, alors », a dit papa à Dolores. Puis, à moi : « Je t'en prie, assieds-toi. »

Dolores est partie et j'ai obéi. Nous nous sommes dévisagés. Enfin, papa s'est éclairci la voix.

« Je suis très content que tu sois venu. Ça fait longtemps. » Il a haussé les sourcils, visant un effet humoristique.

Ce ne sont pas des excuses, me suis-je dit. *Il ne va pas s'en tirer comme ça.*

« Tu as l'air en forme, mon garçon. Tu es devenu un vrai jeune homme.

— J'ai vingt-sept ans.

— Ouf, ça fait si longtemps que ça ? »

Il a soupiré et retiré ses mains de l'ordinateur. J'étais sidéré par la désinvolture du bonhomme. Il se comportait comme si j'étais parti en vacances et non comme si j'avais été banni de sa vie depuis plus de dix ans. « Eh bien, tu as l'air costaud. C'est ce qu'il te fallait. Qu'est-ce que tu deviens ? Raconte-moi un peu. Au moins dans les grandes lignes. »

Oh, je ne sais pas, papa. J'ai survécu à l'école militaire, qui était plus ou moins une maison de redressement, merci de m'y avoir envoyé. J'ai réussi à entrer à la fac de médecine, me suis spécialisé, ai bossé comme une bête sans aucune aide de ta part.

« Je vais bien. Je travaille comme neurologue. Tout se passe bien.

— Oh, merveilleux. » Ses épaules paraissaient étrangement saillantes sous son pull en cachemire. « Un scientifique. Je l'ai toujours dit. Ravi pour toi. »

Mais ce n'était pas pour cela qu'il m'avait invité. Il ne m'avait pas sorti de mon exil pour me féliciter.

« Jusqu'à quel point es-tu malade ? » lui ai-je demandé.

Il a laissé échapper un rire sifflant. « Oh, je suis assez malade. Bien assez, merci.

— Tu as prévenu maman ? »

Une ombre inhabituelle est passée sur son visage. Regrets ? Vulnérabilité ?

« Elle en a sans doute eu vent. »

Je ne sais pas combien de temps ma mère est restée avec papa après qu'il m'a envoyé en pension. Nul doute qu'elle en avait détesté l'idée mais n'avait pas eu son mot à dire. *Mon chéri, il ne veut rien entendre !* m'avait-elle murmuré dans l'obscurité de ma chambre, la veille de mon départ. Elle se retournait sans cesse vers la porte, terrifiée à l'idée d'être surprise en territoire ennemi. *Mais pas de panique. Écoute-moi : il y a toujours des possibilités. Ce n'est pas parce qu'on te met quelque part que tu es obligé d'y rester.* Le lendemain, elle a refusé de faire le voyage en car dans le Kent et son étreinte au moment de me dire adieu était désespérée. Pourtant, à aucun moment elle n'est venue me sauver. Je n'ai jamais compris son choix de disparaître.

« Ne voudra-t-elle pas venir te voir ? ai-je encore demandé à mon père. Ou est-ce qu'elle n'en a vraiment plus rien à faire de toi ? »

C'était cruel, mais je n'ai pas pu m'en empêcher. J'étais prêt à lui lancer toutes les piques qui me viendraient à l'esprit.

« Ha. Non, je crois pouvoir dire sans me tromper qu'elle est passée à autre chose. »

Mais pas toi, ai-je pensé en voyant l'alliance qui brillait à son annulaire. *Pauvre vieil homme triste, prisonnier de tout l'amour que tu as perdu.*

« Bon, voilà de quoi il s'agit, a déclaré papa, reprenant un peu d'assurance, de son contrôle habituel. Naturellement, ta mère n'est pas sur mon testament. Oh, pas la peine de protester. Évidemment qu'elle n'y est pas. Elle s'est mariée avec mon argent, elle l'a quitté en me quittant. Un principe basique de cause à effet.

— D'accord. » Je commençais à me sentir mal. La pièce était trop chaude, trop exiguë, trop familière.

« Ce qui nous laisse un seul et unique héritier légitime de ma fortune. Tu vois ce que je veux dire ? »

Je suis resté immobile sur ma chaise. *Nous y voilà.* Son patrimoine se chiffrait en millions, certainement.

« Tu sais à quoi je pense pendant que je suis ici à dépérir ? » Papa s'est penché en avant, la lumière de la lampe qui se trouvait derrière lui jetait sur sa peau une lueur mauvaise. « Je pense aux moments les plus importants de ma vie. Et à ceux qui étaient avec moi dans ces moments-là.

— Est-ce de moi que tu parles ? » Mon cœur battait à se rompre. Jamais mon père n'avait été aussi près de demander pardon.

« Quoi ? Je parle de la vie, Leo. J'ai été dans l'armée pendant trente-deux ans. La région Asie-Pacifique : Thaïlande, Indo, Philippines.

— Je sais cela. J'ai vécu avec toi, tu te souviens ?

— C'étaient toujours des missions dangereuses, mais nous étions compétents, entraînés pour faire face aux typhons ou aux terroristes. Nous tuions des gars hors des bâtiments, nous en tuions dedans.

— Papa, je sais tout ça…

— Non, tu ne sais rien. » Il a soupiré bruyamment. « Tu es parti avant que j'aie pu te raconter des choses intéressantes.

Sais-tu que nous aidions les gens ou les persécutions, selon les instructions ?

— Je ne comprends pas pourquoi tu… Les persécuter comment ?

— Les vraies histoires que j'ai à raconter ne sont pas anodines, Leopold. Nous faisions tous les boulots que personne ne voulait faire.

— O.K.

— Je vais modifier mon testament et léguer tout ce que je possède à l'armée britannique. Toute ma fortune. Je voulais te l'annoncer en personne. »

Mon pouls battait une chamade régulière jusque dans mon cou tandis que l'intérieur de ma tête semblait griffonné en rouge. Mes doigts me démangeaient.

« J'espère que tu comprends ma démarche. Je t'ai fait venir pour te l'expliquer.

— Trop aimable. »

À cet instant, la porte s'est ouverte derrière moi et Dolores est entrée en portant un plateau tintinnabulant. Elle a posé une cafetière en argent, une tasse, un pot de lait et du sucre devant mon père. Puis elle s'est tournée, un doigt sur les lèvres.

« Oh, l'eau ! J'ai oublié.

— Ce n'est pas grave. Je n'en voulais pas, de toute façon. »

Je l'ai regardée quitter la pièce.

« J'admets que tu puisses être choqué. Mais pour être honnête, tu n'as pas… »

Je me suis levé et me suis dirigé vers la bibliothèque, tournant le dos à mon père, le nez sur les biographies guerrières.

« … été très présent dans ma vie. J'ai bien peur que toi et moi n'ayons pas réussi à nouer le lien que j'espérais. »

Je me suis retourné en grondant. « Pendant les quinze premières années de ma vie, tu as tout le temps été absent. Et pendant les douze années suivantes, tu n'as manifesté aucun intérêt à mon égard. Alors, non, en effet, cela n'a pas été la relation du siècle. »

Papa faisait tourner l'alliance sur son doigt, et tourner et tourner. « J'ai pensé qu'il était important que tu apprennes à être indépendant, que tu te confrontes au monde. Tu étais un enfant gâté. Le fils à sa maman.

— Ce n'est pas vrai.

— À Ridings, j'ai interdit à ta mère de te contacter. Alors, oui, tu peux m'en rendre responsable. » Il s'est interrompu. Moi, je luttais pour maîtriser ma respiration. « Cela dit, c'est elle seule qui a choisi cette école. C'est elle qui l'a sélectionnée pour toi. Et malheureusement, son silence *permanent* est quelque chose qu'elle a décidé elle-même.

— Menteur ! ai-je crié, ébranlé moi-même par cet éclat soudain. Que des putains de mensonges ! Elle ne m'aurait jamais fait ça ! Elle ne m'aurait jamais renvoyé de la maison ! » J'aurais dû m'en aller. J'aurais dû quitter immédiatement la pièce. Je n'en ai rien fait. Et à partir de ce moment-là, tout est parti en vrille.

« Leo ? » Jacob me secoue l'épaule depuis sa chaise longue. « Tu as écouté ce que je viens de te dire ?

— Ouch. Désolé. J'étais ailleurs.

— Je t'ai demandé comment ton père est mort. Mais bon, ce n'est pas grave si tu ne veux pas en parler.

— De mort suspecte. Il y a eu un procès. Il était riche. Ça a été terrible.

— Il a été agressé ? » Jacob a l'air atterré. « Assassiné ? »

J'acquiesce. « On l'a trouvé sans vie chez lui.

— Mince. Ils ont attrapé le type ?

— Oui et non. » Je remue sur mon transat, incapable de trouver une position confortable. « Ils l'ont arrêté mais n'ont pas pu l'inculper. Pas assez de preuves. Au bout du compte, il a été relaxé.

— Mon Dieu ! » Jacob lâche un soupir. « C'est horrible. Moi qui trouvais que *nos* vies étaient compliquées. Pas étonnant que tu aies eu besoin de vacances. » Il s'interrompt. « C'est comment encore ton nom de famille ?

— Asher. Leo Asher. Tu as raison. Je ne me suis pas vraiment présenté. Ce qui est drôle dans les voyages, moi je te le dis, c'est que tu peux passer des semaines avec une personne sans jamais rien connaître d'elle.

— Ravi de te rencontrer. » Jacob me serre la main avec un sourire aimable. « Jacob Jones. Mais tu le savais déjà. »

C'est un type bien ! Un vrai champion. Quel dommage que ce soit lui, l'obstacle.

15

Stevie

À l'horizon, le soleil sombre dans la mer, semant dans le ciel des tons pastel. Tamsin et moi sommes allongées sur des transats l'une à côté de l'autre, bercées par le murmure des garçons derrière nous. Depuis une heure, elle me raconte sa vie chez elle : son job au Ruin, un bar à gin, rendez-vous des people, à Soho, où on sert les cocktails dans des tasses à thé en porcelaine et où toutes les serveuses sont des mannequins (*sauf moi, faut pas rêver*) ; la petite sœur qu'elle adore et pour qui elle ferait n'importe quoi, bien qu'elle écoute du rap (*elle se croit cool, qui espère-t-elle tromper ?*) ; et la fortune de ses parents, le fonds de placement dont elle héritera dans moins de deux ans (*à condition que je ne fasse pas de bêtises d'ici là*).

« Leo sait que tu vas devenir riche ? »

Elle secoue la tête.

« Le sujet n'est pas venu sur le tapis. Quand nous nous sommes rencontrés au Zimbabwe, il voulait seulement être avec moi. Il m'a suivie d'hôtel en hôtel.

— C'est mignon, dis-je, en me demandant si je le pense vraiment.

— Il a tellement insisté pour qu'on se mette ensemble, soupire-t-elle, de l'air d'admirer sa maîtrise dans l'affaire alors que, d'après ce que j'ai vu tout à l'heure sur la plage, c'est plutôt elle qui mène la barque.

— Tu penses que vous allez rester ensemble pendant tout le voyage ?

— Oh, nous sommes du genre ça va ça vient. » Elle éclate de rire en faisant aller et venir sa main dans l'espace entre nos deux transats. « Nous ne sommes qu'un amour de vacances. Nous naviguons à vue. Nous ne nous posons pas beaucoup de questions. »

Quelle drôle de relation élastique, me dis-je, en me demandant ce que l'on doit ressentir face à une telle liberté. Jacob est depuis longtemps reconnu comme le sauveur de mon âme à la dérive. Il m'a toujours vue ainsi, comme quelqu'un qu'il faut aider. Loin de moi l'idée de le lui reprocher : je l'ai toujours laissé faire.

Tamsin prend des photos du ciel puis se tourne et en prend une de moi. Je n'ai pas le temps de sourire. Elle se fait une visière de la main pour voir ce que donne la photo.

« Canon », déclare-t-elle. Je sens le rouge me monter aux joues. « Je la poste. Tu devrais me suivre sur Insta. Je vais te taguer.

— D'accord », dis-je, flattée. Cassia est la seule personne qui m'ait qualifiée de « canon » avant aujourd'hui. Quelque chose frémit en moi, une chose qui est réduite au silence depuis très longtemps.

Je jette un coup d'œil aux garçons. Ils ne se parlent pas. Jacob regarde Leo, qui est perdu dans ses pensées.

« Comment est-il ? demande Tamsin qui s'est retournée, elle aussi. Tendre et sensible ?

— Jacob ? Il est... oui, c'est un méditatif. Un artiste. Il est calme et... solide. Au lycée, il apportait des romans qu'il lisait quand il avait terminé les exercices.

— Vraiment ? » Elle baisse les yeux sur mon annulaire et sourit. « Vous êtes ensemble depuis le lycée et vous n'êtes pas fiancés ? »

Je glisse ma main sous ma cuisse. « Il ne m'a pas demandé. Je ne pense pas que nous nous marierons.

— Comment ça se fait ? » La question est tellement élémentaire qu'elle m'oblige à prendre le temps de la réflexion. « Nous n'en avons pas besoin. » Mais au moment où je prononce ces mots, ils se cognent et s'entrechoquent. Quelque chose en moi pointe son nez.

« Tant mieux pour vous. De toute façon, le mariage est une institution dépassée ; à ma connaissance, il ne convient à personne. Comment le pourrait-il ? La personne qu'on est à quinze ans ne peut pas être la même que celle qu'on sera à cinquante. C'est comme essayer de tirer un trait autour d'un liquide. Je me demande vraiment pourquoi les gens s'embêtent avec ça. »

Je me surprends à acquiescer. Jacob et moi parlons rarement mariage, mais quand cela arrive, je suis prise de panique. Je la ressens à cet instant, mais il s'y ajoute une autre crainte ; comme si toutes les cachettes que j'avais aménagées s'apprêtaient à s'ouvrir au grand jour.

« Jacob est un garçon sensible, dit-elle. C'est cela qui te plaît chez lui ? Sa *disponibilité émotionnelle* ? » Ses paroles jaillissent à travers l'oblique d'un sourire. Elle pose son téléphone.

« Il n'est pas si disponible...

— Est-ce qu'il pleure après que vous avez fait l'amour ?

— Tamsin ! "Fait l'amour" ! Euh... » J'ai le visage en feu. Parler *sexe* avec Tamsin ? Je ne sais pas si je peux.

« Est-ce qu'il t'écrit des poèmes d'amour ?

— Non...

— Te sculpte dans l'argile ? Je parie que tous ses dessins sont des portraits de toi. »

J'hésite. « Non. Plus maintenant...

— Oh, mais, *c'était le cas* avant ! » Elle claque dans ses mains. « Tu es sa muse ! Oh, mon Dieu, c'est fantastique. Mais pas très sexy.

— Pourquoi tu dis ça ?

— Ce n'est pas drôle d'être adulée comme une idole. Où est le défi ? » Elle se penche si près que je sens le souffle de ses mots sur mon cou. « Ce qu'il te faut, ma fille, c'est un peu moins de sécurité et beaucoup plus d'exploration. »

Je rougis encore plus, mais je doute que Tamsin s'en aperçoive dans la lumière déclinante. Tout est intime avec elle. Est-ce sa façon de communiquer ? Elle me fait penser à un magicien de rue que j'ai vu une fois avec ma grand-mère, qui faisait surgir des pièces d'or derrière les oreilles des enfants. *Regardez ce que j'ai trouvé*, annonçait-il, *mais non, non, vous ne pouvez pas les garder*. J'ai appris ce jour-là que les magiciens n'offrent un peu de savoir à leur public que pour mieux l'égarer. Mais pourquoi pas ; ils pouvaient prendre ce qu'ils voulaient si cela me permettait de voir la magie à l'œuvre. Tamsin est pareille. Elle nous tourne dans un sens et dans l'autre, dans un mouvement fluide et hypnotique, jusqu'à ce que, sans nous en rendre compte, nous soyons pris dans sa danse.

Je reste plus longtemps sur la plage avec elle que Jacob et Leo. Quand nous nous levons pour regagner nos chambres, les étoiles flamboient dans le ciel.

« On se voit demain matin ? dit Tamsin en glissant ses doigts sur mon bras, déjà tournée dans la direction de son bungalow.

— Départ à dix heures.

— Bon, dors bien. Et on ne fait pas l'amour ! » Elle s'éloigne en gloussant et je ris aussi, un peu étourdie, sur le chemin du bungalow 8.

Jacob est étendu sur le lit, en train de regarder des trucs sur son téléphone. Près de la porte, son sac est fait, prêt pour le départ.

« Eh, lui dis-je, tout va bien ?

— Ouaip. » Concentré sur son écran, il n'en détache pas son regard.

« Tu cherches comment aller à Rafiki ? » Je me débarrasse de mes tongs, m'assieds sur le lit.

« Non, dit-il, levant les yeux. Je sais déjà.

— Bon.

— Tu as passé un bon moment. » Il reporte son regard sur son téléphone. Étrange que ce ne soit pas une question.

« Oui, j'aime bien Tamsin. Je crois que nous pourrions devenir amies. » Tout au fond de moi, ce qui est en train de s'éveiller se manifeste encore, mais je bande tous les muscles de mon ventre pour le refouler.

« Parfait. » Toujours occupé sur son téléphone. « Très bien. C'est super. » Son ton est terriblement condescendant. *Tu fais de gros progrès, Stevie. C'est une belle avancée pour toi.* « As-tu remarqué à quel point elle ressemble à ton ancienne amie ?

— Qui ? » je demande, le rose aux joues. Parce que le voilà, mon fantôme. C'est à moi de l'habiter.

« Cassia. » Il pose son téléphone sur le lit. « Tamsin lui ressemble beaucoup.

— Un peu, c'est vrai. » *Arrête, Jacob. Ne commence pas avec ça.*

Il hausse les épaules.

« Tu as toujours la gueule de bois ? » Ma voix est terne.

« Non.

— C'était bien avec Leo ? »

Il soupire, se redresse, lisse son oreiller. « Tu sais quoi ? C'est très bizarre. Je viens de le chercher sur Google et il est, euh, totalement absent du net.

— Qu'est-ce que tu veux dire ? » Je rampe vers lui. « Pourquoi le cherchais-tu sur Google ?

— Il m'a dit son nom, Leo Asher, et raconté qu'il y avait eu tout un cirque médiatique autour de la mort de son père l'année dernière. Enfin, il a parlé en tout cas d'un procès. Je pensais que les tabloïds anglais adoraient ce genre d'histoire. Je m'attendais à trouver des gros titres avec son nom.

— Pourquoi ?

— Je ne sais pas. » Il me dévisage. « Tu me trouves trop indiscret ?

— Non, je te demandais pourquoi y a-t-il eu un procès.

— Oh, il m'a dit que son père avait été tué. Je suppose que quelqu'un s'est introduit chez lui et l'a supprimé. Leo a précisé que c'était une histoire d'argent.

— Mon Dieu, c'est horrible !

— N'est-ce pas ? Pas étonnant qu'il veuille repenser sa vie.

— Et suivre Tamsin d'hôtel en hôtel comme un petit chien. » Je me mords la lèvre, consciente soudain d'avoir l'air bien trop jalouse. *Qu'est-ce que cela peut te faire ?* Jacob devrait me le demander et la question serait juste. Qu'est-ce que cela peut me faire ? Mais il se contente de lever son téléphone.

« Il a été bien éprouvé, soupire-t-il. Je ne devrais sans doute pas fouiller dans sa vie privée comme ça. C'est de la curiosité morbide. J'avais envie d'en savoir un peu plus.

— J'en aurais fait autant, dis-je en m'allongeant, mon corps le long du sien. Il n'y a rien du tout sur internet ?

— Rien. Pas de procès Asher, pas d'enquête pour meurtre, pas même de compte Facebook au nom de Leo. » Il tape d'autres lettres sur son moteur de recherche. « Je devrais peut-être googliser des titres plus généraux. Homme… riche… tué… chez lui… Angleterre. » Il tape en tirant la langue et sursaute en voyant les articles s'afficher. « Ouah. Il y en a des caisses. Mais rien de très classe ni de très huppé. » Il se tait, réfléchit. « Tu crois que Leo aurait pu tout inventer, pour se faire mousser ?

— J'en doute. » Un aussi gros mensonge causerait sa perte. Croyez-en mon expérience.

« Oui, j'ai honte rien que d'y avoir pensé. Il semblait anéanti en en parlant.

— C'est quand même bizarre qu'il ne soit pas sur Facebook. Tout le monde y est, non ?

— Non. » Jacob sourit. « C'est l'absence de titres qui est surprenante. Je pense qu'il a changé de nom pour se libérer de toute cette affaire. Quoi qu'il en soit », il éteint le téléphone, le dépose à terre au pied du lit, « c'est une bonne chose que tu t'entendes bien avec Tamsin. Je craignais que tu n'aies rien à faire au camp pendant que je travaillerai. Mais tu pourras passer tout ton temps avec elle.

— Tu seras très pris ? Pas douze heures par jour quand même, si ?

— Peut-être au début, le temps de préparer les nouvelles recrues. »

Je hausse les sourcils.

« Je t'ai prévenue. Je t'ai dit que je serais au taquet au début. Mais ça ira pour toi. » Il se lève, pousse la chaise en paille et la cale bien droite contre la porte du bungalow. « Et puis, regarde, je la laisse ici cette nuit. Pour que tu te sentes plus tranquille.

— Merci. » Mais j'ai la mâchoire crispée. *Voilà, Stevie, ma petite débile. Tu vois, je continue à bien m'occuper de toi.* Mon esprit me renvoie au récit de Tamsin décrivant sa grande liberté. Si attentionné soit-il, je ne veux plus être le projet de Jacob. Cela commence à prendre des allures d'enfermement.

Il revient se mettre au lit, me donne une tape sur le genou. « Je vais piquer un petit roupillon. La journée de demain sera chargée. Et j'ai menti quand j'ai dit que je n'avais plus la gueule de bois.

— D'accord. » Je lui pose un baiser machinal sur le côté du visage. « Cela ne te dérange pas qu'ils viennent avec nous à Rafiki Island ? »

Il ouvre les yeux. « Leo et Tamsin ? Non, je n'ai pas de problème avec ça. Vu que c'est le fait du hasard. Et toi, ça te va ?

— Oui, c'est très bien. » Je n'en dis pas plus. Je ne lui avoue pas que je trouve cela mieux que bien. Ni quelle moitié de leur couple en est, davantage que l'autre, la cause.

Le lendemain matin, Leo est déjà en train de bavarder avec Wilson à la réception quand nous arrivons pour régler la note. Il papote comme s'il connaissait le bonhomme depuis l'enfance et qu'ils devaient se revoir sous peu.

« Vous passez votre temps à voyager ? demande Jacob à Tamsin qui est en train de rendre sa clé.

— Tu me demandes si je suis riche ? s'offusque-t-elle. C'est grossier. Tu n'es pas censé parler argent avec les dames.

— Non. » Jacob rougit. « C'est seulement que tu as l'air tellement à l'aise. Tu te comportes comme une vieille habituée.

— Une quoi ? » Elle se retourne. « Tu m'as traitée de quoi ? »

Derrière Jacob, je secoue la tête en riant.

« Dois-je signer des papiers ? demande Jacob à Wilson qui lui jette un regard effaré.

— Eh, l'ami, tu n'as même pas ta clé. » Leo lui assène une grande tape dans le dos. « Tu perds ton temps, là. »

Dans un flash, je repense au singe dans l'arbre. Cette histoire semble assez improbable et les fourmillements d'une alarme se mettent à picoter dans ma tête. Leo m'observe, les mains sur les hanches, son T-shirt gainé sur les courbes des muscles de son buste.

« Ça va, Stevie ?

— Oui, j'étais seulement… oui, ça va. Prête à partir.

— À la bonne heure ! » Wilson demande quelque chose à Leo en swahili et il se retourne vers le comptoir.

« Écoutez, dit Jacob. Laissez-moi charger les bagages dans le taxi. Je m'en occupe. » Il prend celui de Tamsin en premier. C'est un petit sac, de la taille d'un sac à main. Quand il le soulève, un mini album de photos tout écorné tombe d'une poche latérale. Jacob le ramasse et regarde une page, les yeux écarquillés. Comme je me rapproche, Tamsin le lui arrache des mains.

« Ja-cob ! De quoi je me mêle ? » Elle remet l'album dans son sac et ferme la poche. « À propos, Stevie et moi n'avons pas besoin qu'on nous porte nos sacs. Nous en sommes parfaitement capables, merci. »

En sortant, elle me fait signe de la suivre. Mais je reste en arrière.

« C'était quoi, ces photos ? je demande à Jacob à voix basse en regardant Tamsin monter dans le taxi.

— Des femmes. » Sa gorge se marbre de rouge. « De belles femmes nues.

— Ah, oui ? Tout l'album ?

— Je n'ai pas vu toutes les pages, mais il y en avait un paquet !

— Prêt à partir ? » Leo entoure Jacob de son bras. « Je crois que tout est réglé ici. Il est temps de mettre les voiles. »

Jacob et moi échangeons un regard perplexe. Il semble affreusement gêné. Pourtant j'aimerais bien l'interroger davantage pour comprendre ce qu'il a vu exactement. Pas le temps d'approfondir. Nous rejoignons la voiture d'un pas raide et nous y installons. Leo arrive derrière nous, me décoche un regard à travers la vitre arrière et grimpe à l'avant.

Pendant tout le trajet de retour vers Mombasa, la cuisse de Tamsin reste collée à la mienne, dans un échange de chaleur et d'humidité peau contre peau. Chaque fois qu'elle me passe une bouteille d'eau, je ne peux m'empêcher de penser que ses lèvres en ont touché le goulot. Une mèche lente s'est allumée dans ma tête. Encore et encore je tente de me reconcentrer sur Jacob, le havre le plus sécurisant que je connaisse, l'homme avec qui je suis. Les heures passent et je tiens bon à côté d'elle.

Une fois à Mombasa, Leo loue une voiture pour réduire le temps de trajet qui nous reste à neuf heures – le car peut mettre dix à douze heures. Je lui sais gré de sa prévoyance. Tout au long de la journée, j'ai envie de lui demander comment il a fait face à la mort de son père, s'il a des conseils à offrir sur le deuil. Mais je n'en fais rien. Il y a trop d'autres sujets à traiter. Je reste silencieuse à l'arrière avec Tamsin, préoccupée par cet album plein de filles nues, dont je me demande pourquoi elle l'emporte avec elle. Nous jouons au jeu des devinettes. Nous mangeons des épis de maïs achetés sur le bord de la route près de Tanga. Nous chantons

«American Pie» en nous emmêlant dans les couplets parce que la radio ne marche pas. Les garçons ne connaissent pas toutes les paroles. Tamsin se penche sur moi à chaque refrain et tout ce moment a des airs de cadeau, de recommencement, l'occasion de voyager à l'arrière d'une voiture avec une presque Cassia, sans que rien ne tourne mal. La poussière voltige derrière le véhicule pendant que Leo nous rapproche à grande vitesse de Dar es Salaam et dans le coin le plus timoré de mon esprit, j'imagine Tamsin avec ces filles en me demandant si l'une d'elles me ressemble.

16

Leo

Pendant des heures, j'observe Stevie dans le rétroviseur, mais pas une fois elle ne croise mon regard. Elle est belle quand elle chante – lumineuse, souriante – mais lorsque nous passons du Kenya en Tanzanie, ce n'est pas pour moi qu'elle rayonne. Les garçons devant, les filles à l'arrière, la frontière est gravée dans le marbre. Quand nous arrivons au port de Dar es Salaam, mes doigts sont crispés sur le volant et j'ai mal à la nuque.

« Partez devant, allez repérer l'embarcadère pour Rafiki, leur dis-je. Moi, je vais rendre la voiture. »

Je les regarde se frayer un chemin à travers la foule, entre les vendeurs d'oranges, les femmes portant leurs bébés enveloppés dans les pans de leurs robes. Les filles marchent en tête, Jacob les suit vaille que vaille. Quand je les rejoins, ils ont trouvé un bateau de dix mètres, un boutre, en bois taillé à la main avec des voiles en chanvre et raphia. Le capitaine est un homme de grande taille, tout en muscles, vêtu d'un T-shirt barré du logo Miller Genuine Draft. Les plantes de ses pieds nus sont craquelées et blanches sur le pourtour, là où le sel marin s'est incrusté.

« Je vous présente Titus, annonce Jacob. Je crois que le bateau lui appartient. »

L'espace d'un instant, je me demande si Titus l'a fabriqué lui-même, mais cela lui aurait pris des années.

« Vous nous emmenez à Rafiki Island ? je lui pose la question pour m'en assurer. Tutaenda Rafiki ? »

Titus éclate d'un gros rire et m'entoure de son bras. « Frère, oui, nous partons maintenant. » Et il s'éloigne pour aller vérifier sa grand-voile.

Nous montons à bord.

« Eh, les amis ? » Je les mets en garde. « Ne cherchez pas à l'imiter côté pieds nus. Si vous marchez sur le sable sans chaussures, vous attraperez des puces chiques.

— C'est quoi ça encore ? s'inquiète Stevie.

— Des petits vers qui pondent leurs œufs dans les orteils. Ensuite, il faut entailler la peau au couteau pour les extraire.

— Tu en as déjà vu ? s'informe-t-elle, horrifiée.

— Oh, oui. Ça arrive tout le temps.

— Il n'en a pas *vu*, corrige Tamsin. Il en a entendu parler par des gens dans les hôtels.

— En tout cas, dis-je, agacé, gardez toujours vos tongs aux pieds. »

Les deux filles s'éloignent vers l'autre extrémité du bateau, posent leurs sacs et, penchées par-dessus le plat-bord, contemplent l'eau en bavardant. Elles rient dans le cou l'une de l'autre, affichant une intimité dérangeante.

« Elles ont l'air d'être devenues très proches, fais-je remarquer sèchement à Jacob, qui se contente de hausser les épaules.

— Les filles sont toujours comme ça. Elle était pareille avec sa meilleure amie du lycée.

— Était ? » Comme si je ne savais pas que son amie était morte. Il est toujours intéressant de glaner un supplément d'information, même si j'en sais déjà plus que lui. « Elles se sont fâchées ?

— Non… elle… elle s'appelait Cassia. Elle a été tuée dans un accident de voiture. » Pour clore le sujet, il désigne le pont avec un hochement de tête. « On va camper là pour la nuit ?

— Tu aimais bien Cassia ? » J'appuie mon sac sur le flanc du bateau. Jacob pousse un soupir par le nez. Il ne veut pas dire du mal de la chère disparue. « O.K., lui dis-je. Compris. » Je comprends en effet. J'entends parfaitement ce qu'il est trop gentil pour exprimer à voix haute.

« Tamsin aussi peut être casse-pied », je tente, entrevoyant une nouvelle piste.

Mais Jacob m'ignore, criant, alors que le voilier s'éloigne du quai : « Stevie ! Tu veux venir dormir ici avec nous ? »

Elle se tourne vers nous et secoue légèrement la tête.

« O.K. » Jacob s'affaire. « C'est bien qu'elle se soit fait une amie.

— Tu crois ? Je ne sais pas, mon pote, mais on dirait que tu viens de te prendre un vent. » Une rougeur se déploie sur le cou de Jacob. « Tu ne serais pas en train de perdre ton pouvoir de séduction ?

— Elle a le droit d'aller avec qui elle veut », marmonne-t-il. Je lève les yeux au ciel sans qu'il s'en aperçoive. *Allez, Jacob, bats-toi. Les choses ne vont faire qu'empirer à partir de maintenant.*

La traversée jusqu'à l'île dure dix heures de navigation de nuit. À minuit, nous sommes en pleine mer, loin des lumières de la côte, avec seulement les étoiles au-dessus de nous. Nous voguons sur le bateau qui tangue, dans un silence à peine troublé par les murmures des autres passagers et les rires étouffés de Tamsin et Stevie. Les vagues claquent contre la coque.

Vers une heure du matin, Jacob prend son sac en guise d'oreiller et s'allonge. « J'ai connu des lits plus confortables. Mais le plafond n'a jamais été aussi beau. » Il semble content. Il ne devrait pas.

« J'ai repensé à ce que tu m'as dit à propos des autres femmes », dis-je. Il sursaute. « Non, ne t'inquiète pas, elles ne peuvent pas nous entendre. Elles sont tranquilles depuis un moment ; elles dorment. »

Jacob se dresse sur un coude, une longue mèche de cheveux en berne devant ses yeux.

« Écoute, on est amis, non ?

— Oui. » Je le sens réticent.

« Pourquoi tu ne couches pas avec Tamsin ? »

Il émet un rire qui se coince dans sa gorge et se réduit à une seule syllabe.

« Non, je ne plaisante pas. » J'insiste. « Je vois bien qu'elle t'attire. Tu devrais essayer. Tu verras bien ce qui se passe. »

Le voilà qui s'assied carrément.

« Tu es camé ou quoi ?

— Ça casserait en douceur leur petite entente cordiale, tu ne crois pas ? C'est vrai, pourquoi serions-nous exclus de leur bande ? Tu peux faire comme si ça ne t'atteignait pas, Jacob, alors je vais le dire pour toi : elles commencent à être sacrément emmerdantes. »

Il attend, tout le corps tendu comme un arc. Et soudain, il éclate de rire, le doigt pointé vers moi. « Ah, j'ai failli tomber dans le panneau ! Ouah. Pendant un moment, j'ai cru que tu étais sérieux. »

Je ris à mon tour en lui tapant sur l'épaule, bien que je ne me sente pas du tout d'humeur joyeuse. Il exhale un soupir de soulagement. « Si tu avais vu ta tête, dis-je. J'ai failli t'avoir.

— Tu es trop con ! » Il se frotte le front, toujours souriant. « C'est vrai, en fait – d'homme à homme –, il aurait fallu que je sois aveugle pour ne pas remarquer ta copine. Personne ne peut rester indifférent. Elle est incroyablement sexy, je ne le nie pas. Mais je ne te ferais jamais ça, et je ne le ferais certainement pas à Stevie. »

Menteur. Dans une ou deux semaines, tu seras prêt à faire n'importe quoi.

Il se recouche, blottit sa tête au creux de son bras. « *Lala salama*, dit-il. Dors bien.

— Est-ce que tu connais bien Stevie ? »

Il rouvre les yeux. Ce n'est pas la berceuse qu'il attendait.

« Non, c'est seulement que, en tant qu'ami », je marque un temps, « tu sais, *d'homme à homme*, je pense qu'elle n'est pas tout à fait celle que tu crois. »

Il se dresse, s'assied, se racle la gorge. « Qu'est-ce que je dois comprendre, mec ? »

Je souris à cause du « mec », de l'avertissement qu'il envoie comme une fusée de détresse dans la nuit. *Fais gaffe*, dit-il, mais c'est une bien piètre défense. Jacob ne fait pas peur.

« Il y a des choses qu'elle ne te dit pas. » J'ouvre les mains. *Regarde*, mec, *je suis aussi honnête qu'on peut l'être.* « Stevie est une fille compliquée. Le cerveau humain filtre et engrange les choses de façon très complexe. C'est mon domaine, Jacob : je suis expert en la matière. Donc, ce que je dis, c'est que tu devrais admettre qu'il y a des événements dont elle ne révèle pas tout. Des épisodes affectifs, je veux dire, autant que physiques, les uns influençant souvent les aut...

— Arrête. » Il lève la main comme devant un piéton errant. « Arrête de parler. Je n'ai que faire de tes conseils. »

Nous nous dévisageons pendant un instant.

« Pourquoi pas ? » Il ferait bien d'écouter, car le secret de toutes les histoires d'amour réside dans l'écoute attentive. C'est ce que ma mère m'a appris le jour de mon treizième anniversaire, pour me préparer à ce qu'elle appelait « les aventures imminentes ». *En tant qu'homme, tu possèdes deux de ces choses-là* – ses doigts effleurant la fine peau de mes oreilles – *et un exemplaire de celle-ci* – l'index doucement posé sur ma lèvre inférieure. *Qu'est-ce que tu en déduis ?* Oh, j'ai appris à bien écouter.

Les joues et le cou de Jacob se couvrent de nuances écarlates. Oh la la, il est furieux. Je ne le croyais pas capable de se mettre en pétard.

« Occupe-toi plutôt de ta copine. » Il se recouche brutalement, en tirant sur la fermeture à glissière de son sac de couchage. « Il y a une minute, tu la prostituais. Ce n'est pas un putain de comportement bizarrement complexe, ça, à ton avis d'expert ?

— Jacob, j'essaye seulement de…

— Ouais, dit-il en me tournant le dos. Pigé. Merci. »

J'observe ses épaules, remarquant leur raideur, le rythme accéléré de sa respiration. Mais les choses ne peuvent ployer que jusqu'à un certain point avant de se rompre. *Demande à ma psy, Jacob. Elle t'expliquera.* Nous sommes tous dans le pétrin, inévitablement, et je m'efforce, je m'efforce vraiment, mais toutes les voix dans ma tête me crient la même chose et je ne parviens pas à les faire taire.

Je détourne les yeux, appuyé au flanc dur du bateau, les genoux serrés entre mes bras. À l'autre bout du pont, les filles ronflent paisiblement dans leurs sacs de couchage. Leur tranquillité est une comédie. Une farce. Nous filons tous sur la mer noire d'encre tandis que des pieuvres accrochent leurs tentacules au bateau. Hola, quelqu'un, pour l'amour de Dieu, faites quelque chose. Allumez une lumière, soufflez dans un sifflet, sonnez l'alarme.

Parce que sinon, la catastrophe est inévitable. Tout cet espace, Stevie, et tu n'as jamais été aussi captive.

17

Stevie

Dans mon rêve, j'étais emmêlée dans une moustiquaire, le visage si près de la toile que je sentais l'odeur du DEET, distinguais une ribambelle d'insectes calcifiés capturés en plein vol. Quelqu'un m'observait à travers les mailles, les mains tendues vers moi et, alors que je me débattais, j'ai vu des ongles, les mains d'un homme, un inconnu, s'avancer vers moi pour me toucher.

Je me redresse, m'assieds, avec en tête la dernière vision de mon rêve, un visage gonflé – mais ce ne sont pas les traits d'un homme. Ils ne vont pas avec les doigts. Le visage est celui de Cassia, comme toujours, l'arrondi livide de ses joues au-dessus de moi dans le noir.

Je me frotte les yeux, serre mes genoux contre moi dans le sac de couchage et regarde le bateau. Tout le monde dort, étalage de formes bossues sur le pont. Jacob est lové dans son duvet près de Leo et je me dis brièvement que j'aurais dû choisir d'aller dormir avec eux. Mais la réalité, c'est que je n'en avais pas envie – et est-ce qu'on n'en revient pas toujours à la réalité ? Inutile de s'attarder sur la question. C'était plus rigolo ici. Et je n'ai pas besoin d'être toujours collée à Jacob. À la poupe du bateau, je vois le bout incandescent d'une cigarette luire par intermittence. Titus, le capitaine, ne dort pas et fume tranquillement dans son coin. Il y a au moins quelqu'un à la barre pour nous mener à bon port. Je prends une profonde inspiration pour chasser les derniers restes de mon rêve. Près de moi, Tamsin dort, la chaleur de son bras contre ma hanche. Puis-je lui parler, *à elle*, de mon cauchemar ? Je ne sais pourquoi, je pense qu'elle pourrait comprendre.

Au début, les terreurs nocturnes concernaient ma vie avec ma mère.

« Ne t'en fais pas, me disait Nattie. Tes cauchemars disparaîtront, mon cœur. Les démons ne restent pas si tu ne les nourris pas. »

Quand j'ai emménagé avec elle, elle a acheté un lit plus grand qui prenait tellement de place dans la petite chambre de sa maison qu'elle pouvait à peine ouvrir la porte. J'ai dormi avec elle pendant des années. J'avais besoin de savoir que c'était elle qui était là quand je me réveillais la nuit et non un des types que ma mère avait ramenés du bar, qui me lorgnait depuis la porte pendant que maman faisait pipi dans la salle de bain.

« Petite âme abandonnée, disait Nattie en me caressant les cheveux à toute heure de la nuit. Ne t'inquiète pas. Personne ne passe là où je suis. C'est fini, ces bêtises. »

Quand j'ai eu neuf ans, j'avais suffisamment récupéré pour quitter la chambre de ma grand-mère. Mais à seize ans, les rêves sont revenus, la cruauté de mon subconscient ayant ajouté Cassia au reste.

« Qu'est-ce que tu vois ? m'a demandé Jacob un jour que nous étions ensemble, à dix-sept ans, allongés côte à côte dans sa chambre. Peut-être que si tu racontais tes rêves, ils disparaîtraient. »

Je ne pouvais pas. Et ils n'ont pas disparu. Ce n'est que lorsqu'il m'a donné de quoi écrire un journal en me jurant que tout ce que j'y noterais resterait confidentiel – et il a tenu parole – que les cauchemars ont commencé à se dissiper. Et me voilà à nouveau assaillie. Nattie se trompait à propos des démons : même quand on croit les avoir matés, ils changent de forme. Ils mutent. Ils se nourrissent.

Le roulis du bateau est apaisant. Je cale ma respiration sur son tempo. Il est cinq heures et demie du matin. La lumière commence tout juste à filtrer dans le ciel. Bientôt la nuit le cédera au jour et le monde redeviendra plus facile à appréhender. Je m'adosse à l'arrondi de la coque en veillant à ne pas déranger Tamsin. Mais elle bouge dans son sommeil, éloigne son bras. Aussitôt, il fait plus froid. Légèrement penchée en avant, je tire sur son sac de couchage pour couvrir son épaule. Elle soupire doucement. Et c'est là que j'entends le rire.

Je regarde autour de moi, pensant que c'est Titus puisque nous sommes les seuls à être réveillés – du moins les seuls à ne pas être couchés. C'est alors que j'aperçois Leo, étendu, la tête appuyée sur une main, tout entier concentré sur moi. Depuis combien de temps m'observe-t-il ? Son regard est tellement intense qu'il forme presque un faisceau visible. M'a-t-il vu couvrir Tamsin à l'instant ? Sentant mon visage s'enflammer, je m'empresse de m'allonger. Mais je ne me rendors pas. Les yeux fixés sur le ciel, je ne vois que son sourire entendu, ses dents luisant comme des os dans l'immensité délavée.

II

Hashtag BienvenueAuParadis

18

Leo

Stevie m'évite quand nous descendons du bateau. C'était chouette, le réveil avec elle au lever du soleil, même si elle s'est empressée d'y mettre fin. Dès qu'elle s'est aperçue que je l'observais, elle s'est blottie contre Tamsin. Elle a fait son choix. Ce qui ne veut pas dire que je ne peux pas le défaire.

Jacob aussi s'éloigne de moi, mais il le fait moins brutalement. En saisissant toutes les occasions de contempler la côte de plus en plus proche depuis des points de vue qui le tiennent à l'écart. En s'asseyant près de Titus qui semble déjà faire office d'obstacle. C'est une technique élémentaire. Rien que je n'aie déjà vu. Rien qui puisse lui fournir une protection digne de ce nom.

À l'arrivée, Rafiki Island se révèle minuscule – un lacis de chemins chevriers en guise de routes, un tout petit village de huttes en pisé et un quai constellé de vieux clous rouillés. Nous abordons au port à six heures et demie du matin. Tous les habitants de l'île sont là pour nous accueillir, parmi eux beaucoup d'enfants qui courent sur le sable. Des femmes en sarongs multicolores sont assises sur un muret à l'abri des arbres tandis que des hommes s'avancent dans l'eau jusqu'aux genoux pour décharger le bateau de Titus – des locaux grands de taille et larges d'épaules qui semblent n'avoir jamais connu la faim ou l'insomnie de toute leur vie.

Je me retrouve près de Jacob sur la passerelle de débarquement. Il me salue vaguement d'un léger haussement de sourcils et quand Stevie arrive à sa hauteur, il se tourne, ne m'offrant plus que son dos. « Pourquoi n'as-tu pas voulu venir dormir plus près de nous ? » lui demande-t-il à voix basse.

Elle pose les yeux sur moi. « Le bateau n'est pas très grand.

— C'est vrai. Mais ça va ? Tu as l'air fatiguée.

— Je vais bien. J'ai faim. Je vais aller chercher quelque chose à manger. » Elle s'éloigne vers Tamsin qui est en train d'acheter des samosas au bout de la passerelle. Elle en paye deux, en tend un à Stevie. Elles se mettent à grignoter, coude contre coude. Maintenant, ce sont deux petites souris, plus seulement une. Elles n'ont pas l'air d'avoir l'intention de nous rejoindre.

« Jacob Jones ? » crie une voix à l'accent américain. Je détache mon regard des filles pour apercevoir un homme dressé de toute sa hauteur sur le quai. « Par ici ! »

Ce doit être Duran. La trentaine avancée, des cheveux grisonnants coupés ras, il arbore une montre sur un bras volumineux comme un jambon qui doit pouvoir le sortir de toutes les situations difficiles possibles et imaginables, dans et hors de l'eau. Il saute aux yeux que c'est un ancien militaire. Il a cette arrogance, cette assurance, cette conviction de mâle alpha que nous sommes tous là pour nous plier à son autorité. Mon père avait cette même absolue confiance en lui. Voyez où cela l'a mené.

Duran court vers le bateau, fendant la foule des locaux, et Jacob et lui se serrent la main.

« Ça fait un bail, Jonesy. » Il broie la main de Jacob. « Je suis vraiment ravi que tu sois venu. » Il porte les insignes de la bravoure, des cicatrices éloquentes au menton, plus attendues chez un ancien boxeur que chez un ex-soldat, quoique les deux ne soient peut-être pas incompatibles.

« Ouais, il était temps, convient Jacob avec un sourire.

— Tu as mûri, on dirait, remarque Duran en le secouant gentiment. Cinq années à nettoyer des bateaux dans l'Atlantique, ça vous forge un homme !

— Je serais bien venu plus tôt, dit Jacob, mais ce n'était pas… Nous ne pouvions pas.

— Pas de problème, mon gars. Maintenant, tu es là. » Duran regarde autour de lui. « Où est la jeune fille dont j'ai tant entendu parler ?

— Là-bas. » Jacob, tout rouge, désigne Stevie. Il est gauche et embarrassé devant Duran, comme un ado désireux de faire bonne impression. J'ai horreur de ce genre de situation. « Et voici Leo Asher, ajoute-t-il avec beaucoup moins d'enthousiasme. C'est un des volontaires.

— Vous vous êtes rencontrés sur le bateau ? » Duran se tourne vers moi. « Quelle est la probabilité pour que cela arrive ?

— Il n'y a qu'un seul bateau qui vienne jusqu'ici, non ? Donc plutôt forte. » Je lui serre la main en veillant à tendre tous les muscles de mon bras pour lui en communiquer la force.

« Bienvenue, me dit-il en plissant les yeux l'espace d'une seconde. Merci de vous être engagé. Vous pouvez jeter tous vos sacs dans le coffre. »

Jacob fait signe aux filles et nous quittons le quai en clignant des yeux, éblouis par la réverbération du sable. La voiture de Duran est une vieille jeep de l'armée toute éraflée, stationnée sous la rangée d'arbres. Rien d'étonnant. Nous entassons nos sacs pendant que Duran fait demi-tour pour aller échanger une poignée de main et quelques mots avec Titus avant de revenir vers nous. Il saute derrière le volant, à côté de Jacob. Ses tongs sont tellement usées qu'elles sont fines comme du papier à cigarette.

« Mike Duran, annonce-t-il en se tournant à demi pour serrer les mains de Stevie et Tamsin assises à côté de moi. Comment s'est passé le voyage ? Pas fermé l'œil ?

— Non, c'était super. » La voix de Tamsin s'élève, sucrée et voluptueuse. « L'équipe féminine a très bien dormi. Pour les garçons, je ne sais pas.

— Parfait, approuve Duran en tournant la clé de contact. Si vous arrivez à dormir sans le confort habituel, vous serez très bien ici.

— Oh, je peux dormir n'importe où », affirme Tamsin, s'attirant un regard de Duran dans le rétroviseur.

Il traverse le village à vive allure, saluant de la main un groupe d'hommes qui jouent aux échecs sous un arbre.

« Vous pouvez ralentir, s'il vous plaît ? s'écrie Stevie. Il n'y a pas de ceinture de sécurité à l'arrière.

— *Polay-polay*, chantonne Duran en levant le pied de l'accélérateur. *Polepole*, doucement. Titus n'arrête pas de me le dire. Vous avez raison. Je suis désolé. Je suis à Rafiki depuis trois ans et je continue à rouler trop vite pour un endroit comme celui-ci.

— Stevie n'est pas très à l'aise en voiture, dis-je. N'est-ce pas ? »

Elle me décoche un regard comme si je m'étais glissé dans sa peau. C'est le cas, et c'est très bien comme ça. C'est normal que je sois au courant.

« Comment tu… ? » Mais avant qu'elle ait pu finir sa phrase et que j'aie pu lui expliquer tout ce que j'ai investi en elle, tout le projet que je mets en œuvre, nous arrivons au camp. Duran se gare près d'une hutte isolée, éteint le moteur et saute de la jeep pour caresser la tête d'un chien à poils ras qui est accouru pour l'accueillir. C'est un jeune chien, presque tout blanc, avec des taches brunes le long des côtes, qui noirciront avec le temps. Yeux marrons. Oreilles tombantes. La queue qui s'agite frénétiquement.

« Voici Crusoé, le présente Duran. Il dirige le camp, donc avec lui, vous avez intérêt à filer doux. Je ne sais pas à qui il appartient, mais il y a six mois, il a décidé qu'il était à moi. Vous pouvez lui donner des bouts de trucs à manger si vous voulez. Ça fait un moment que j'essaye de l'engraisser.

— Oooh, il est beau ! » Stevie se penche pour le gratter derrière l'oreille. Aussitôt, il se couche sur le côté pour offrir son ventre aux caresses, la queue battant tambour dans la poussière. *Aime les animaux*, me dis-je. *D'ac*. J'aurais dû le voir sur son Instagram.

« Si tu es pote avec Crusoé, tu es pote avec moi », commente Duran. De sa position accroupie, Stevie lui glisse un regard en coin. Étendant alors ses bras puissants à l'horizontale, Duran tourne sur lui-même. « Bon, nous y voilà, les gars. Bienvenue au camp de plongée de Rafiki Island, le cœur battant de l'écotourisme africain. » Son sourire s'élargit, étirant sa cicatrice au menton. « Je vais vous faire visiter les lieux et vous présenter les autres volontaires.

— J'aime bien ce que vous avez fait de cet endroit », dis-je en désignant les murs de pisé, les sols de terre battue, toute la poussière et la boue.

Duran me dévisage. « Tu es qui, toi, encore ?

— Leo Asher. La recrue de dernière minute. » Je me baisse pour caresser Crusoé auprès de Stevie. Nos doigts s'effleurent sous son pelage.

« Leo et moi nous sommes inscrits il y a seulement deux jours, ajoute Tamsin. Nous arrivons toujours en retard à la fête, comme le veut la mode.

— Est-ce qu'on s'est déjà rencontrés ? me demande Duran. Ton visage me dit quelque chose.

— Ça lui arrive souvent. » Tamsin lève les yeux au ciel. « Partout où nous passons, les gens le prennent pour une star d'Hollywood. On lui demande même des autographes parfois. Chris Pine. Chris Evans. Tous les Chris. »

Duran ne me donne pas l'impression de quelqu'un qui va à des fêtes ou regarde la télévision. Il retrousse sa lèvre. « Venez par ici. Je vais vous montrer le sol de ciment où vous allez dormir et la fosse d'aisance où vous allez chier. »

Il se met en marche, nous laissant tous les quatre ébahis.

« Ben dis donc, marmonne Tamsin. J'ai déjà vu des tauliers mieux lunés.

— Il est juste un peu brut de fonderie. » Jacob charge son sac sur son épaule. « Il va se radoucir. »

Nous suivons Duran sur un sentier qui longe une vaste cabane et s'enfonce en serpentant sous les frondaisons de la jungle. Des fourmis nous mordent les talons. Nous les chassons de la main. Nous nous arrêtons devant une petite hutte, juste assez grande pour laisser entrer une personne en se tassant sous un toit qui s'élève à peine à hauteur d'épaule.

« Voici les toilettes, annonce Duran. Ou latrines. » Il indique un trou immonde dans le sol, environné d'un grouillement de mille-pattes. « Gardez les yeux ouverts ici. Il y a un mamba vert dans la toiture. Il ne sort pas souvent. » Il attend nos exclamations horrifiées, mais aucun de nous ne lui donne ce plaisir.

« Où est le lavabo ? demande Tamsin sur un ton enjoué. Vous fournissez le savon ?

— Il n'y a ni électricité ni eau courante sur le camp, explique Duran d'une voix lasse. Vous n'avez pas reçu la brochure ? »

Tamsin incline la tête comme pour dire *Touché* et Duran nous entraîne vers la cabane qui fait office de dortoir. Nous y pénétrons en nous baissant. De part et d'autre de la chambre improvisée, une dizaine de lits sont alignés, dont six sont déjà occupés par d'autres bénévoles en train de dormir, de lire ou d'écrire leur journal.

« Le petit déjeuner est à huit heures, dit Duran. Ceux qui le peuvent essayent de dormir en attendant. À condition d'avoir survécu au chant du coq à l'aube. Jacob, si tu veux, tu as une hutte à part, là-bas, près de ma jeep. Ou tu peux dormir ici avec les autres. À Stevie et toi de voir.

— Je pense que nous allons rester ici », déclare Stevie sans hésiter. Jacob reste une seconde interloqué mais ne dit rien. Excellente décision. Ça me va très bien.

« Où dormez-vous, monsieur Duran ? demande Tamsin.

— C'est Duran tout court. Je ne reste pas sur place. J'ai une maison de l'autre côté de l'île. Mais mon bureau est ici et tout l'équipement et le matériel sont conservés au camp. »

Entretemps, trois des six volontaires se sont levés et s'approchent de l'entrée pour nous saluer. Ils attendent que Duran ait fini de parler. La première chose qui me frappe, c'est qu'ils ont l'air très jeunes, comme ceux qui dorment encore. Qu'est-ce qu'ils font là ? Est-ce que ce sont leurs parents qui les ont envoyés, leur ont donné de l'argent et dit d'aller sauver la planète ?

Un rouquin s'avance, coiffant ainsi la casquette de chef du comité d'accueil. Il a une double rangée de tatouages au poignet et un T-shirt arborant le slogan « Ceci n'est pas la grande ville ». On s'en serait douté.

« Je m'appelle Axel, dit-il, tandis que les deux autres poireautent derrière lui. Je viens de Hollande. Et voici de fantastiques Canadiens, Greta et Ted. » *Greta et Ted? Pourquoi ces noms me disent-ils quelque chose?* « Vraiment fantastiques. Les autres sont français. Manu, Hugues et Louis. Ils ne parlent pas beaucoup.

— Ils se parlent entre eux. Nous devrions réviser notre français. » Ted émerge de derrière Axel – blond et hirsute, une chemise de deux tailles trop petite pour lui – et la peau de mon front se rétracte. Je connais ce garçon. Je sais exactement où je l'ai rencontré.

« Nos chemins se sont déjà croisés, Ted. » Je m'avance, la main tendue. « Ta sœur et toi étiez dans le même hôtel que nous il y a deux mois. Quelle surprise de nous retrouver !

— Oh, oui... » Son expression change. Il se souvient. Il se racle la gorge. « Comment va ? » Derrière lui, Greta recule d'un pas.

« Oh mon Dieu, s'exclame Tamsin et je la vois agripper le T-shirt de Stevie. Encore *elle* !

— Comment va ? demande à son tour Greta dont le menton tremble étrangement. Je ne pensais pas vous revoir après le Zimbabwe. »

Tamsin fait la moue. « Nous voilà tous réunis. Merveilleux.

— Bon, je vous laisse bavarder entre vous, intervient Duran. Petit déjeuner dans une demi-heure. Normalement, nous faisons une plongée dans la matinée, mais comme nous avons de nouvelles recrues, nous partirons pour le récif à quatorze heures. Assurez-vous tous que votre équipement est prêt. *Toi* et *toi.* » Il nous désigne, Tamsin et moi. « Venez dans mon bureau me montrer vos brevets. Vous ne pourrez pas plonger tant que je ne les aurai pas vus.

— Bien, m'sieur. » J'exécute un pseudo salut militaire, mais Duran a déjà tourné les talons et quitté la cabane.

« Quels lits voulez-vous prendre ? demande Ted en jetant un regard dépité à sa sœur. Nous sommes tout au bout.

— Il y fait plus chaud. L'air n'arrive pas, s'empresse de préciser Greta.

— Je vais me mettre près de la sortie, dis-je en souriant. J'ai appris à dormir en gardant un œil sur la porte. Je vais prendre ce lit. » J'y pose mon sac en me demandant quel lit Stevie va choisir. Si je vois juste, cet angle sera parfait la nuit.

« Je me mets à côté de toi, annonce Tamsin. On peut rapprocher les deux lits.

— La moustiquaire n'est pas extensible », je marmonne, voyant Jacob et Stevie opter pour les lits situés en face. Exactement en face.

« Vous étiez au Zimbabwe ensemble ? » demande Jacob.

Ted se frotte les mains l'une sur l'autre, comme un écureuil. « Nous avons fait un safari sur le fleuve. Même bateau. Ça a mal tourné, mais ce sont des choses qui arrivent, dit-il en suivant du regard Greta qui se dirige vers le fond de la cabane. J'ai un peu trop penché le canoë et nous sommes tombés à l'eau. Mais ne nous étendons pas sur le sujet : ma sœur est encore traumatisée. Elle a besoin de temps. » Il s'éloigne, les épaules en V inversé.

« De temps ? relève Tamsin. Elle a besoin d'un peu plus que ça. » Stevie pouffe de rire.

Après avoir déballé nos affaires, nous nous dirigeons en groupe vers les longues tables de la cabane qui sert de cantine. Le petit déjeuner se compose de thé chaud et de chapatis servis sur des assiettes en fer-blanc cabossées. Les Français parlent mal anglais. Manu essaye pourtant et ne pose des questions qu'à Stevie en coinçant ses cheveux blonds derrière ses oreilles. Avec ses perles rongées par le sable, il lui sourit un peu trop souvent. Greta mâche les aliments pendant des heures avant d'avaler, bovine et introvertie, en jetant à Tamsin des regards accablés, penauds. Ted ne cesse de lui verser du thé, qu'elle boit.

« Ted, qu'est-ce que vous avez fait depuis que nous nous sommes vus pour la dernière fois ? je lui demande en titillant un brin d'herbe sur la table. Découvert quelques merveilles du monde ?

— En fait, nous sommes venus presque directement ici. Nous sommes fauchés.

— Ted a perdu une partie de notre argent, explique Greta.

— En effet. » Ted trousse le nez. « Je suis assez maladroit parfois. Comme vous savez.

— Ah, c'est normal. Ça arrive de se faire voler, surtout quand on voyage. » Je roule le brin d'herbe entre mon pouce et mon index. « C.C.A., n'est-ce pas ? Les serrures ne marchent pas dans ce pays. Les règles sont différentes. »

Stevie sursaute comme si elle avait été piquée. « Qu'est-ce que tu viens de dire ? »

Je soutiens son regard. « J'ai dit que les règles ne sont pas les mêmes. Tu n'as pas remarqué ? » Un long silence, lourd, enfle entre nous. Cela me rappelle le moment que nous avons partagé à sa fenêtre, à Diani Beach. J'aime quand nous nous retrouvons sur notre longueur d'onde.

« Vous avez vos brevets, Leo ? » demande Jacob, et notre bulle éclate. « Vous deviez les apporter au bureau de Duran. Si vous avez fini, je vous y accompagne tout de suite.

— On peut choisir ses binômes de plongée ? » Je me lève lentement.

Jacob me regarde fixement. Croise les bras. « Pour moi, ce sera toujours Stevie.

— Vraiment ? Et les jours où tu ne plongeras pas ? Tu sais, quand tu t'occuperas de la paperasse ? De la partie administrative. »

On entend soudain un claquement d'assiette. Stevie se lève du banc et quitte le groupe sans un mot. Elle se dirige vers le dortoir sous les regards éberlués de tous.

« C'était juste une question, dis-je. Je m'inquiète des moments où tu seras pris au camp par les tâches administratives et où Stevie aura besoin d'un plan B. »

Jacob respire fort par le nez. Pendant un bref instant, il me rappelle mon père dans son bureau. Les silences pesants, les doigts qui pianotent sur la table, le mécontentement. Mais il est temps de passer à la vitesse supérieure avec Jacob. L'horloge tourne et Dieu sait que le temps n'est pas infini.

« Soyons clairs, dit-il. *Tu* ne plonges pas avec elle. »

Bien, ça y est, tu as compris. Bienvenue sur le ring.

« Tu es un peu possessif, l'ami. » J'ai encore Stevie dans mon champ de vision périphérique. « Tu vois les choses de façon complètement erronée. Qui te dit que je ne serais pas un chaperon parfait ?

— Leo... » Jacob se prépare à la bagarre.

« Restons-en au plan A pour le moment, d'accord ? Peut-être que ta part de travail administratif sera minime et que la question ne se posera même pas. »

Sa mâchoire se crispe. Je le laisse nous conduire vers le bureau en surveillant chacun des pas de Stevie. Les filles aiment que les garçons remarquent ce qu'elles font. *Deux yeux et deux oreilles, mon chéri. Qu'est-ce que tu en déduis ?* Ralentissant le pas derrière Jacob, je suis Stevie du regard jusqu'à son entrée dans le dortoir.

19

Stevie

Seule dans la cabane, je savoure le silence. La lumière est douce. Je sais que je devrais rester là-bas avec les autres, rencontrer des gens, faire un effort, mais depuis que Leo a ri en me lorgnant dans le bateau, je suis saisie d'angoisse dès qu'il est à proximité. Je m'assieds sur le lit ; la corde du sommier est rêche sous mes cuisses. Est-ce que Leo flirte avec moi ou est-ce qu'il se moque de moi ? Il a l'air de trouver drôle que j'apprécie Tamsin. Pourtant, je n'ai rien fait de mal. Alors pourquoi ai-je l'impression d'avoir été prise sur le fait ?

Apparemment, Leo sait aussi que je suis mal à l'aise en voiture. C'est à croire qu'il a réussi à s'introduire dans ma tête, qu'il a repéré tous les sujets avec lesquels je me débats et décidé de les examiner un par un. Je sais que Jacob lui a dit que j'étais claustrophobe ; il devrait arrêter d'offrir à Leo d'autres révélations tant qu'il ne connaît pas ses intentions. Il n'est peut-être pas aussi charmant que nous l'avons cru au début.

J'ouvre le haut de mon sac, en sors mon duvet et m'allonge dessus. Les poutres de la cabane sont envahies d'épaisses toiles d'araignées et résonnent des courses précipitées de petits animaux. Ce soir, il faudra que je sorte ma moustiquaire. Jacob et moi devrions peut-être aller dormir dans l'autre hutte, la plus petite, réservée au personnel, dont Duran a parlé. Mais pour être honnête, je ne suis pas sûre d'en avoir envie. Et la voilà encore : la persistance du principe de réalité. D'infimes frémissements d'alarme se mettent à palpiter dans mon cerveau. *Qu'est-ce que tu veux vraiment, Stevie ?* Le problème, c'est que Leo a peut-être trouvé la réponse avant moi. Tout ce que je sais, c'est que je veux dormir près de Tamsin. Je ferme les yeux, assaillie par une vague de panique.

Quand j'avais seize ans et que ma vie a volé en éclats, Nattie a ramassé les morceaux. Mais en vérité, elle ne m'en a rendu qu'une partie.

« Arrête ça tout de suite, me disait-elle, sa vieille main tachetée posée sur mon genou, dans le salon où nous étions assises devant des tasses de thé qui refroidissaient. On ferme le couvercle, ma fille, et on ne regarde plus à l'intérieur. » Elle me guidait le long des jours, tel un remorqueur dans le tourbillon de la tempête, m'autorisant certains instincts, m'en interdisant d'autres, cherchant à m'amarrer aux terres les plus fermes qu'elle pouvait trouver. Elle. Et Jacob Jones.

Pour sa défense, elle essayait seulement d'aller au plus simple. Mais certaines parties importantes de moi-même ne se seraient-elles pas perdues en chemin ? Je ne suis pas aussi carrée qu'elle l'aurait voulu. Non. Je sens déjà s'émousser les contours qu'elle a si finement ciselés. Ça trottine dans les combles au-dessus de moi, une cavalcade de pattes d'insectes trop nombreux, fuyant d'un même élan. *Respire profondément, Stevie, respire encore et calme-toi. Ne bousille pas ta vie une fois de plus.*

Tout va bien. Je suis en Afrique. C'est nouveau. Je suis en deuil. Je suis avec le même homme depuis sept ans. Tamsin est sympathique et attachante, et peut-être même – chose plus stupéfiante encore – qu'elle le pense aussi de *moi*. Tout cela va se mettre en place. Si j'agis avec circonspection et que je ne perds pas les pédales, je peux être amie avec Tamsin. Opter pour le long terme. Éviter les situations explosives. Construire quelque chose de durable. Mais est-ce de l'amitié que j'éprouve ?

Je sens dans ma tête comme un nœud de serpents qui gigotent et frétillent, et pile au moment où je me dis que je ne peux plus le supporter – que je ne peux pas y arriver sans Nattie, que je ne peux pas contenir ce grouillement –, Tamsin débarque dans le dortoir. Elle scrute l'obscurité.

« Stevie ?

— Ici. » *Du calme, du calme.*

« Oh, salut. » Elle s'arrête près de mon lit. « Pousse-toi. »

Je me décale. Elle s'allonge près de moi. Il s'écoule une ou deux secondes de silence pendant lesquelles je bande tous mes muscles, le corps tendu comme un sportif sur sa luge aux Jeux olympiques.

« Qu'est-ce qu'on fait dans cette cabane ? demande-t-elle.

— Rien. Ça.

— Tu vas bien ?

— À peu près.

— Ouais. Pareil. Le Français est drôlement sexy. Tu l'as vu ?

— Non, pas vraiment.

— Le blond à l'allure de surfeur ? Manu. Canon. Il ne parle pas beaucoup, mais c'est aussi bien. Oh, mon Dieu, je ne peux pas croire que Greta est ici. C'est *Casablanca.* » Elle secoue la tête en soupirant. « De tous les camps de plongée qui existent dans toutes les villes du monde entier, il faut qu'elle tombe sur le mien. Désolée de m'étendre là-dessus, mais Ted et elle n'arrêtent pas de me tourner autour pour s'excuser. Combien de temps ça va durer ? Ils sont vraiment lourds.

— Laisse-les s'excuser et ils passeront à autre chose, lui dis-je en souriant. Ils doivent se dire qu'ils t'ont fichu une frousse bleue dans ce canoë.

— C'est la réalité. Mais, merde. Je n'ai pas envie de ressasser indéfiniment. »

Sa peau est plus proche de moi qu'elle ne l'a jamais été. Elle sent bon – l'été, la lotion au coco.

« Il y en a un autre qui est lourd. Tu sais qui ? dit-elle. *Leo.*

— Ah, oui ? » Je roule sur le côté, bien que cela signifie que je me retrouve face à elle. « Tu as vu, tout à l'heure ? Pourquoi dit-il que les règles sont différentes et où veut-il en venir avec ses histoires de binôme de plongée ? Il veut que ce soit moi ? C'est complètement insensé.

— Leo *est* insensé. Il passe son temps à dire des choses bizarres. Mais ne t'inquiète pas, il est inoffensif. Je crois qu'il a un giganténorme béguin pour toi et qu'il ne sait pas quoi en faire. C'est plutôt mignon. »

Je reste immobile quelques secondes. Je remarque d'infimes taches de rousseur sur l'arête de son nez. « Ça ne t'ennuie pas ? Ça t'est égal qu'il ait flashé sur moi ? »

Un sourire incurve ses lèvres. « Il n'est peut-être pas le seul. »

J'en ai le souffle coupé. Elle recommence. À lancer des allumettes enflammées pour voir si elles mettront le feu. Ce n'est pas loyal.

« Je ne veux pas être le binôme de plongée de Leo. » Ma voix tremble. Je me remets sur le dos. Le précipice n'est pas loin et nous sommes en train de glisser sur une pente qui y mène tout droit.

« Compris. Tu veux être celui de Jacob ? »

Je ne réponds pas. Peux pas. Une chaleur se répand sur ma peau.

« Réfléchis-y. » Elle me tapote la cuisse, diffusant un courant électrique dans tout mon corps. « En attendant, j'étais venue te chercher. Nous devons aller au bureau de Duran pour répondre à un quiz sur les poissons. Il nous attend. » Elle se lève en époussetant son short.

« Quoi ? Quel quiz ?

— Dieu seul sait. Toutes les nouvelles recrues doivent le passer. Apparemment, nous devons être capables d'identifier cinquante espèces de poissons tropicaux au premier coup d'œil. Je n'en connais même pas un. Le cabillaud n'est pas tropical.

— C'est grave si on ne le passe pas ? » Je me lève, la tête toujours pleine des serpents que je n'arrive pas à démêler les uns des autres, alors que dire de l'annonce d'un examen inattendu ?

« Duran dit que nous ne pouvons pas plonger si nous ne savons pas ce que nous voyons. Il exagère, on a l'impression de retourner à l'école. Je vais être collée. »

Nous sortons ensemble sous le soleil éblouissant et, la main en visière sur le front, traversons l'espace de terre poussiéreuse qui nous sépare du bureau de Duran.

« Je ne suis absolument pas préparée, dis-je.

— Moi non plus.

— On va devoir improviser ?

— C'est bien mon intention. » Tamsin me saisit par le coude pendant que nous marchons, se penche contre moi comme une gamine indisciplinée convoquée chez le principal. À cet instant, nous sommes Stevie et Cassia en première, expulsées du cours d'anglais pour la énième fois.

« Tu étais bonne élève au lycée ? » je lui demande.

Elle me décoche un grand sourire. « À ton avis ? »

Nous gravissons les trois marches branlantes qui conduisent au bureau et frappons à la porte. Il n'y a personne. Poussant la porte, nous pénétrons dans ce qui semble être un container, avec une table au fond et des affiches de poissons sur tous les murs. Des bouteilles de plongée sont alignées dans un coin à côté d'un empilement de combinaisons inutilisées. Une odeur de néoprène chauffé au soleil flotte dans la pièce.

Un ordinateur branché à un écran trône au centre. Duran a déjà commencé sa série d'examens. Tamsin s'approche de son bureau, remue des papiers, examine les photos punaisées sur une planche derrière le siège.

« Regarde Duran sur celle-là. » Elle montre une photo de lui au milieu d'un groupe de plongeurs militaires torse nu dans leurs combinaisons. « On dirait Jason Bourne. Je suis sûre qu'il fouinait dans les ambassades et qu'il a au moins une dizaine de passeports. »

Je me rapproche pour voir. C'est vrai : il ressemble à un héros de film d'action. D'autres photos s'étalent sur son mur, de plateformes pétrolières, de plages désertes, de récifs, d'épaves, de yachts, de Crusoé, et plusieurs clichés d'une femme en particulier. Elle est belle et arbore un grand sourire lumineux.

« Qui est-ce ? » Tamsin prend la photo encadrée posée sur le bureau. « Tu crois que c'est elle qu'il va retrouver chez lui tous les soirs ? »

Duran arrive à cet instant. Tamsin remet le cadre à sa place. Crusoé s'est glissé dans le bureau avec lui et s'assied à ses pieds, le museau collé à son genou.

« Prêtes ? » Duran nous regarde l'une après l'autre, Tamsin et moi. « C'est un test rapide. Ce ne sera pas long.

— Pourquoi doit-on le faire ? je demande

— Vous êtes au camp pour apporter votre aide, exact ? Pour compter les poissons. Nous constatons une diminution des populations. Et donc, en théorie, le gouvernement protège le récif. » Il ouvre le capot de son ordinateur. « Mais nous ne pouvons nous permettre de cochonner les résultats. C'est pourquoi je vous ai envoyé un lien dans mon mail quand vous vous êtes engagés – le catalogue des poissons les plus communs vivant sur le récif, et cetera.

— Oui, dit Tamsin, je l'ai eu. Je l'ai lu d'un bout à l'autre.

— Parfait. Alors venez vous mettre ici, devant l'écran. Voici les feuilles où noter les réponses. » Il va à son bureau et nous remet à chacune une feuille A4 et un crayon. « Il y a vingt noms correspondant aux vingt photos que je vais vous montrer. Je les ai prises au hasard parmi les cinquante que vous avez étudiées. Asseyez-vous.

— Tout le monde a passé le test ? je demande en me posant sur l'une des deux chaises qu'il nous a avancées. Jacob aussi ? »

Duran ouvre un fichier sur son écran. « Je crois que Jacob connaît ses poissons. Lui aussi, il a reçu le lien. Mais lui, il ne les comptera pas. Il va vous superviser. »

Il a de la veine, me dis-je. Parce que je sais très bien que ni lui ni moi n'avons étudié. Cela me semble injuste que de nous deux, je sois la seule à devoir passer pour une idiote deux heures à peine après être arrivée.

« Vous êtes marié, Duran ? » Tamsin est toujours debout derrière le bureau.

« Oui. C'est ma femme que vous voyez sur la photo. Apollonia. Elle est de Rafiki. Nous sommes mariés depuis douze ans.

— Douze ans ! Ça fait un bail ! Vous aviez treize ans quand vous vous êtes marié ? »

Duran hésite. « J'avais vingt-quatre ans. Tu veux bien venir t'asseoir, Tamsin ?

— Vingt-quatre ans, soupire-t-elle. Je n'aurais jamais, au grand jamais, épousé le garçon avec qui j'étais quand j'avais vingt-quatre ans. Et toi, Stevie ?

— J'ai vingt-quatre ans. »

Suit un silence donnant à penser que Tamsin attend encore une réponse.

« Peut-être que tes choix ne sont pas judicieux, Tamsin, dit Duran.

— Oh, c'est certain. Mais j'essaye de changer cela. » Elle se glisse près de moi sur l'autre chaise. Je me rends compte alors que je meurs de chaud, que j'ai grand besoin d'un verre d'eau. « En fait le sentiment amoureux est le fruit d'un phénomène chimique qui agit comme une drogue. On ne peut pas choisir avec discernement quand on est un crétin en plein trip. Finalement, nous créons des versions idéalisées des gens, et puis la drogue se dissipe.

— Vous croyez ? » Duran tape sur le pavé tactile de son ordinateur, faisant apparaître un poisson à l'écran. « La mienne fait toujours effet. Bon, avançons. »

Je n'arrive même pas à regarder le poisson. Je me demande si Tamsin a raison. Je ne me souviens pas d'avoir eu l'impression de planer au début de ma relation avec Jacob. Je me souviens seulement de m'être sentie en sécurité. Cela veut-il dire que je n'étais pas tombée amoureuse de lui à ce moment-là ? Je me masse les tempes, je m'en veux. Peu importe ce qu'il s'est passé avec Jacob il y a sept ans. Ce qui compte, c'est ce qui arrive maintenant.

« Ange de mer impérial », annonce soudain Tamsin sous mon regard ahuri. Très discrètement, elle baisse les yeux sur une feuille de papier qu'elle a cachée sous la sienne. Une feuille portant le nom de Leo, qu'elle a prise sur le bureau de Duran. Et qui est pleine de réponses.

« Bien, approuve Duran. Tu as bien travaillé. Mais note tes réponses, ne les crie pas à voix haute.

— Vous avez rencontré Apollonia quand vous travailliez en mer Rouge ? demande Tamsin. Non, c'est parce que je viens de voir la photo sur le mur – apparemment, vous avez été employé sur un bateau de Laurence Sloane avant. C'était quand ? »

Qui peut bien être Laurence Sloane ? Je me demande si je viens de tomber dans un univers parallèle.

« Laurence Sloane, c'est *la* fine fleur des croisières de plongée de luxe. » Tamsin m'effleure le genou, me faisant sursauter. « Britannique. Possède toute une armada de yachts dans le monde entier. Les célébrités se pressent sur ses bateaux. Elles l'adorent.

— Il en possède cinq, précise Duran. Et, oui, Apollonia et moi avons travaillé quelque temps pour lui. Et puis nous sommes revenus ici.

— Des amis haut placés, dit Tamsin. Je ne vous imaginais pas membre de la communauté des people.

— Merci, répond Duran. Écris le nom de ce poisson, s'il te plaît.

— Poisson papillon cocher, dit Tamsin. Vous êtes toujours en contact ? Avec Sloane ?

— Non, pas vraiment. Je n'ai quasiment plus de nouvelles de lui. Tu veux bien noter tes réponses sur la feuille ?

— Je trouve que ce test devrait être oral, monsieur Duran, dit Tamsin, la main sur le cœur. La tentation est trop forte. Stevie copie sur moi. »

Je la dévisage, sidérée par le spectacle. Il y a de la malice dans tout ce qu'elle fait. Et je retrouve ce sentiment, celui que j'avais à seize ans quand la situation était prête à échapper à tout contrôle. Autrefois, je vivais pour éprouver cette forme exacte d'euphorie.

Duran ne répond pas. Il se contente de passer à l'image suivante. Avant même qu'elle se soit complètement téléchargée, Tamsin s'écrie : « Baliste Picasso ! »

Il s'ensuit un silence pesant.

« Tu ne serais pas en train de tricher ? demande Duran.

— Moi ? fait Tamsin, étonnée.

— Qu'est-ce que tu as là ? » Il quitte son ordinateur. « Tu as la feuille de Leo ?

— Oui et d'ailleurs, comment connaît-il les réponses ? » Tamsin lève les bras au ciel. « Une vraie petite fille modèle. »

J'éclate de rire, je ne peux pas m'en empêcher.

« Peut-être que Leo est ici pour les bonnes raisons. Tu y as pensé ? » Le long du cou de Duran, les veines commencent à gonfler légèrement. Crusoé l'observe.

« Peut-être pas, en fait. » Tamsin me glisse un regard en coin.

Duran rabat brutalement le capot de son ordinateur. « Nous protégeons un récif, Tamsin, tout un écosystème. Tu n'es pas ici seulement pour montrer comme tu es belle en bikini.

— Vous ne m'avez même pas vue en bikini. Mais merci quand même.

— Tu ne peux pas compter les poissons si tu ne sais pas ce que tu as sous les yeux. » Duran lui arrache les deux feuilles des mains. « Tu ne devrais pas être ici.

— Vous m'expulsez de l'île ? On n'est pas dans Koh-Lanta. Ma tribu n'a pas parlé. »

Duran prend une profonde inspiration pour formuler sa réponse, mais il n'en a pas le temps. On frappe à la porte et Titus apparaît. « Monsieur Duran, on a besoin d'aide avec le compresseur. »

Duran jette un regard noir à Tamsin, attrape les clés accrochées à un cordon sur son bureau. « Bon, vous deux, je vous ferai repasser le test demain matin. Soyez prêtes. Cet après-midi, vous pourrez plonger seulement pour le plaisir, mais ce ne sera pas toujours le cas. On n'est pas dans un camp de vacances ici. »

Il sort avec Titus, Crusoé sur les talons.

« Ouf, dit Tamsin. J'ai peut-être poussé le bouchon un peu loin.

— Tu nous as fait coller toutes les deux.

— On n'a qu'à apprendre et tout ira bien. » Tamsin se lève et se dirige vers le bureau. Elle décroche la photo d'Apollonia et du yacht en mer Rouge et la regarde fixement. « Tu ne trouves pas ça curieux que Duran ait abandonné ce job-là pour celui-ci ? C'est vrai, comment expliquer une chose pareille ?

— À cause du luxe auquel il a renoncé ?

— Oui, exactement. » Elle examine la photo en clignant des yeux, comme en transe, puis la glisse dans la poche arrière de son short.

« Qu'est-ce que tu fais ? » Malgré l'atmosphère d'insubordination qui a régné ces vingt dernières minutes, il ne semble pas correct de voler les photos d'un autre. « Tamsin, tu ne peux pas…

— Je ne fais que l'emprunter. Je la remettrai à sa place demain, promis. Je veux seulement voir s'il y tient, s'il remarquera son absence. »

Je reste un moment à l'observer en silence.

« Quoi ? s'agace-t-elle. Tu trouves que je dépasse les bornes ?

— Je crois que tu la prends pour une autre raison. »

Elle se passe l'index sous la lèvre inférieure. « Quelle raison, alors ? »

Je me penche en avant pour lui parler à l'oreille, bravant le danger à sa manière. « Je crois que tu la prends pour la mettre dans ton album de photos de filles.

— Mon quoi ? » Elle secoue la tête, comme si elle doutait d'avoir bien entendu.

« L'album que tu as dans ton sac. Celui que Jacob a trouvé. Plein de photos de jolies femmes.

— Oh mon Dieu, non ! Cet album n'est pas à moi. Il est à Leo. Il dit que c'est son "livre d'art". » Elle mime des guillemets ironiques avec ses doigts. « Tu l'as vu ? Je crois que c'est l'inventaire de toutes les femmes qu'il a sautées, mais je n'arrive pas à me résoudre à le feuilleter. Pourquoi le ferais-je ? » Elle se ratatine sur elle-même. « Ça me ferait me sentir nulle, c'est tout. »

Des gouttes de sueur perlent à la base de mon cou. Cet album de photos est à *Leo* ? Tant que c'était celui de Tamsin, je n'arrêtais pas d'y penser. Maintenant qu'il est à lui, ça ne va plus. J'entends à nouveau ce murmure à mon oreille. *Pourquoi cette dualité, Stevie ? Il est clair que tu attends d'elle quelque chose que tu n'as jamais attendu de lui.*

« Est-ce que Jacob a aussi son livre d'art ? demande Tamsin.

— Ce serait à peine une affichette », je réplique sans le vouloir, et Tamsin s'esclaffe.

« Oh, ils ne peuvent pas tous être des maîtres internationaux du mystère. »

Comme Leo ? me dis-je en essayant de ne pas laisser paraître mon incertitude. Il n'a rien de mystérieux, il commence surtout à être lourd. Avais-je raison de le soupçonner de courir le jupon ? Je lui demande : « Tu ne trouves pas ça bizarre qu'il ait cet album ? »

Elle hausse les épaules. « Ça ne me plaît pas, mais je crois qu'il ne le remplit plus depuis un bout de temps. Peut-être qu'un jour, il finira par le jeter. » Elle se tait. Je la plains intérieurement. « Retournons à la cabane. On s'en fiche de Leo. Allons lire l'*Encyclopédie des poissons tropicaux* pour tous les surpasser demain. Ils en seront baba. » Elle m'adresse un clin d'œil et nous quittons le bureau pour nous heurter à un étincelant mur de chaleur, elle toujours avec la photo de Duran dans la poche et moi avec la tête en feu au-dedans comme au dehors.

20

Leo

Deux semaines s'écoulent sans que je puisse atteindre Stevie. Elle est à portée, mais toujours sous bonne garde, telle une délicieuse créature dans un aquarium que je ne peux admirer qu'à travers un panneau de verre. Jacob reste auprès d'elle quand il le peut, mais il travaille de plus en plus, la laissant s'installer sur le quai pour lire ou écrire son journal. L'occasion a beau être idéale, c'est toujours Tamsin qui la saisit. Elle la rejoint, Stevie pose son livre et elles passent des heures toutes les deux à rire et à bronzer au soleil jambe contre jambe.

Je me demande si Stevie n'est pas en train de paniquer. Elle a parfois un infime instant de réticence – l'extrême attention que lui porte Tamsin doit avoir un effet sur elle. J'ai lu son journal. Je sais ce qu'elle ressentait pour l'autre. Pourtant, je n'arrive pas à m'interposer. Elles appellent cela de l'amitié. Qui le croira ? Le croit-elle elle-même ? Et Jacob ? Elles sont inséparables, sur terre et sur mer. Nous plongeons tous les jours depuis que tout le monde a passé le test sur les poissons. Dès la première plongée, les filles se sont assises côte à côte sur le bateau de Titus pour rassembler à leurs pieds l'équipement que Duran distribuait.

« Les amis, vos bouteilles seront numérotées, a-t-il déclaré. Chacun de vous est responsable des siennes et doit veiller à ce qu'elles arrivent dans le bateau et en ressortent. Stevie, tu as la bouteille 4 et voici ta ceinture de plomb. Nous allons leur attribuer des codes couleur pour que je puisse savoir qui est responsable de quoi.

— Pourquoi la mienne est-elle rose ? a-t-elle demandé. Parce que je suis une fille ?

— C'est un peu sexiste, a renchéri Tamsin. Pourquoi la mienne est-elle violette ?

— Oh, je vous en prie ! » Duran cochait les articles sur une liste dans le bateau qui oscillait. « Tamsin, tu as la 6. Contente-toi de t'équiper et de plonger. Ted et Greta, vérifiez vos jauges. Faites-le correctement. »

Elles ont plongé ensemble, comme je l'avais craint. Jacob assurant la permanence au bureau pendant que nous étions sur le récif, je me suis retrouvé avec Axel comme binôme. *Axel.* Pendant toute la durée de la plongée, je me suis appliqué à rester légèrement derrière Stevie et légèrement au-dessus d'elle pour que tout ce qu'elle expirait m'atteigne, en douceur, petites bulles d'intimité caressantes. Ce n'est que lorsque les deux filles se sont tenues par la main sous l'eau que je suis descendu pour me cogner contre elles.

« Leo, a protesté Tamsin au retour, fais attention quand tu es au fond, tu risques de nous envoyer buter contre quelque chose. »

Oh, mais je fais attention, avais-je envie de dire. *Ne te méprends pas. Je ne fais que ça.*

Il y a quelques jours, Stevie a même coupé les cheveux de Jacob au camp, une autre façon de m'exclure. Assise derrière lui, elle enserrait ses hanches entre ses cuisses, la peau tiède de son ventre collée à son dos.

« Pourquoi tu acceptes ça ? » ai-je demandé à Stevie. Les deux filles m'ont dévisagé. Jacob, pour sa part, a évité de croiser mon regard.

« Et voilà le travail ! » Tamsin, en bikini, s'est reculée sur son siège pour admirer la coupe ultra-courte réalisée par Stevie sur Jacob, sa belle allure athlétique avec sa tablette de chocolat en formation. « C'est tellement mieux ! Avant, tu ressemblais à un Beatles. Maintenant, tu as un look de séducteur.

— Mince alors, a dit Stevie en voyant Jacob passer sa main sur sa tête. Joli résultat. »

Zut, ai-je pensé. *Jacob serait-il devenu un rival ?*

Naturellement, je passe les nuits avec Stevie. Je dois être prudent, mais si je ne fais pas de bruit, c'est le meilleur moment pour être avec elle. J'ai souvent arrangé sa moustiquaire quand elle s'était accrochée au bois rugueux de son cadre de lit. Je ne veux surtout pas que des prédateurs s'en prennent à elle. Elle est belle quand elle dort – sa façon de se pelotonner comme une enfant, les mains jointes sous sa joue, les lèvres relâchées, charnues dans l'ombre. Cependant, mes visites à son chevet la nuit ne comblent pas mon besoin – notre besoin à tous les deux. Je veux lui parler, en apprendre davantage sur elle, être son ami de cœur. Au tout début, l'univers nous a mis en présence, pourquoi nous fait-il obstacle à présent ? Ce n'est que lorsque Duran entre dans le dortoir au début de la troisième semaine que les planètes semblent à nouveau prêtes à s'aligner.

Il est rare qu'il franchisse la porte de notre hutte. Il passe le plus clair de son temps dans son labo ou dans la maison qu'il possède à l'autre bout de l'île. Dès qu'il paraît, Axel et Louis se lèvent, droits comme des piquets au pied de leurs lits, comme s'il venait inspecter la pliure des draps pour en vérifier la symétrie.

« Est-ce que tout le monde est réveillé et a pris son petit déjeuner ? » Duran jette un regard circulaire autour de lui. « Il est presque neuf heures zéro zéro. »

Manu et Hugues secouent la tête. Ils ont du cran. Ou alors le sous-titre de son intonation leur a échappé.

Jacob pose un index sur la page de son roman de Tolstoï. « As-tu besoin de nous ?

— En fait, oui. Déjà, commencez par vous lever. » Duran heurte le pilier central du bout de sa tong. « Il faut que j'aille chercher le canot d'assistance à la plage du Chien mort. » Il s'interrompt. Drôle de nom pour une plage. Personne ne fait de commentaire. « C'est à vingt minutes de marche à travers la mangrove. Qui veut venir m'aider ? »

Ted s'affaire sur ses chaussures. Moi, je ne me suis même pas encore levé.

« Moi, si tu veux, propose Jacob.

— Non, j'ai besoin de toi ici pour remplir les bouteilles à la station de gonflage. Mais merci. » Il serre les dents comme s'il était aux abois. *Mais, Duran*, ai-je envie de lui dire, *c'est vous le mâle alpha. En quoi avez-vous besoin de nous ?*

« Je viens. » Stevie sort de derrière son lit. « Un peu de marche ne me fera pas de mal. »

Duran se retourne. « Parfait. Retrouve-moi là, devant, dans cinq minutes. Mets des bottes de plongée. Il y a des piquants dans la mangrove.

— En fait, vous savez quoi ? » Je me lève, m'étire. « Je viens aussi. J'ai envie d'une petite balade. Tout cela semble fort intéressant. »

Stevie pâlit légèrement. Mais Duran se sauve avant qu'elle puisse changer d'avis ou que quelqu'un d'autre se propose. Mon cœur se met à battre, fort et sans désemparer.

Nous nous mettons en route, Duran en tête, Stevie à sa suite. Je marche derrière. Elle se retourne de temps en temps. Elle sent peut-être mon regard posé sur elle. Elle devrait s'en réjouir : j'aurais pu préférer d'autres filles. C'est elle que j'ai choisie. Et je suis totalement investi. Le sentier est le plus souvent dégagé à travers la forêt, il y fait plus frais sous la lumière tachetée. Tout là-haut dans les arbres, les singes vervets lancent leurs cris. De temps en temps, Duran jette un coup d'œil derrière lui pour s'assurer que nous sommes toujours là. Au bout d'un moment, j'accélère pour rejoindre Stevie.

« Pourquoi marches-tu toujours comme si tu étais en retard à un rendez-vous ? je lui demande.

— Je n'aime pas traînailler, répond-elle sans me regarder.

— Il ne s'agit pas de traînailler. » Je lève les yeux vers les arbres. « Tu viens de manquer un superbe lézard. Tu ne l'as même pas vu.

— Je sais à quoi ressemblent les lézards, Leo.

— Ils sont tous différents.

— Non. » Elle s'arrête. Du coup, moi aussi. « Ils sont silencieux et déambulent en changeant de couleur pour se fondre dans le décor. »

Je marque une pause en me grattant la tête, casquée de sel séché. Elle n'aime décidément pas les lézards. Il faut que j'ajoute ce détail à ma liste des choses que je sais d'elle. Sans attendre ma réponse, elle repart d'un pas pressé. Je m'élance derrière elle, faisant grincer mes bottes en caoutchouc.

« Tu ne marches pas aussi vite chez toi. À Anchorite Bay, dans le Maine. Tu aimes musarder. Tu prends le temps de remarquer les petits détails qu'offre la journée. » Les corbeaux. Les murs de pierre. Les tempêtes.

Elle s'immobilise au milieu du sentier, les mains sur les hanches. « Comment tu sais ça ?

— Quoi ? Non, je dis seulement…

— À quoi tu joues ? Ton œil torve est sur moi partout où je vais. Lâche-moi les baskets.

— Comment sais-tu que je t'ai à l'œil ? » Du bout des doigts, je caresse l'écorce d'un palétuvier. « N'est-ce pas parce que *toi*, tu me surveilles ? »

Elle se rapproche, mais son attitude n'a rien d'amical. « Quoi que tu cherches, Leo, je ne marche pas. Tu as peut-être fait illusion au début, mais je sais exactement ce que tu es. Tu es un cavaleur. Et tu es furieux que je n'adhère pas à ton fan club.

— Mon fan club ? » À mon tour de faire un pas vers elle. « Pas du tout, tu es la seule que je…

— Arrête de me choisir ! Arrête de faire comme si tu me connaissais. Arrête… », elle m'englobe tout entier dans son geste, « … ça ! »

Elle respire bruyamment. Je vois sa poitrine se soulever sous le tissu de son chemisier.

« Stevie, quand nous nous sommes rencontrés pour la première fois, tu m'as trouvé merveilleux. Il y a eu un truc entre nous. Ne le nie pas ! Tu l'as ressenti toi aussi.

— Ce n'était pas un truc.

— Si. Tu ne pouvais pas me quitter des yeux au restaurant à Diani. Ou derrière ta fenêtre cette nuit-là. Et c'était réciproque, Stevie. C'est ce que je te dis : c'était totalement réciproque. » Ma voix a un timbre suraigu, comme si j'avais dans la gorge une corde au bord de la rupture.

« Tu délires. Tu crois que j'ai envie d'être avec toi ? Que je vais coucher avec toi et que tu pourras me mettre dans ton petit livre d'art ?

— Quel livre d'art ?

— Oh, tu n'es pas le seul à avoir appris des choses. » Elle se remet en marche sur le sentier et je sens le haut de mon crâne bouillir au soleil. Mon cuir chevelu se rétracte.

« Je connais ton livre à toi ! je lui crie au bord du désespoir. Je sais tout de Nattie, ta mère et Cassia. »

Quand elle se retourne, le bleu de ses yeux est tellement glacé qu'il en est presque transparent.

« Tu es tellement occupée à tomber amoureuse de Tamsin que tu m'as complètement oublié. Mais nous sommes pareils, Stevie. *Je te comprends.* Nous pourrions même être des âmes sœurs.

— Comment es-tu au courant pour Cassia ? » Sa voix est contenue, comme un piège tendu. « Tu as lu mon journal ? Quand ?

— Elle est morte à côté de toi, dans tes bras. Et depuis, chaque jour qui passe, tu te demandes comment tu as pu lui faire cela, à elle, une personne que tu aimais. Comment tu as pu tuer… »

Elle se jette sur moi, tel un animal sauvage. Me pousse d'un coup violent à l'épaule qui me déséquilibre et me projette contre un arbre.

« Je ne l'ai pas tuée ! hurle-t-elle, ses beaux yeux emplis de larmes. Ne dis pas ça ! » Elle me martèle la poitrine, encore et encore.

« Tout va bien, lui dis-je en encaissant tout ce qu'elle assène. Nous sommes pareils, Stevie, c'est ce que j'essaye de te dire. Toi et moi sommes les deux moitiés d'un même cœur brisé. »

Pourquoi ne veut-elle pas l'admettre ? Je ne comprends pas. J'ai lu ces pages, tout ce qu'elle y a écrit. Qu'elle était à l'arrière de la voiture avec Cassia, qu'elle a croisé les mains sur le visage du garçon qui conduisait ; que c'était juste une blague, pour rire ; qu'elle ne savait pas qu'il ferait une embardée. Sauf qu'elle savait, en fait. Forcément. Que pouvait-il arriver d'autre ?

Elle est dressée, raide de colère, respirant bruyamment par le nez. « Fous. Moi. La. Paix.

— J'essaye de t'aider....

— Non ! Ne m'approche pas. Tu me fiches les jetons. Je ne supporte pas ça. » Elle repart, au pas de course cette fois pour rattraper Duran.

« Tamsin ne te connaît pas ! je lui crie. Elle n'est pas aussi attentionnée que moi. » Mon cœur bat la chamade. Ce n'est pas seulement de l'indignation que je ressens. Et sans l'avoir voulu, je me surprends à courir moi aussi, la tête envahie de pensées qui voltigent comme des ailes. Trop tard, je n'y peux plus rien, je l'ai perdue. Je cours, mais Stevie est aussi rapide que moi, elle a déjà presque atteint la lisière. Je m'arrête juste avant la plage, encore à l'ombre du sous-bois, me plie en deux, reprends mon souffle.

Il n'y a plus qu'une chose à faire. Une carte terrible à abattre. Et me voilà encore tel un papillon dans le noir et, comme toujours dans ma vie, je suis happé par la flamme.

21

Stevie

Je déboule sur le sable, dépasse un puits en pierre au pas de charge, souffle court, poitrine haletante. Comment ose-t-il dire une chose pareille ? Comment *ose-t-il* ? Je n'ai pas tué Cassia. C'était un accident. J'étais une enfant ! Une gamine de seize ans, fêtarde, je-m'en-foutiste, fâchée contre le monde entier, quand j'ai commis la plus grande erreur de ma vie.

Depuis, je revis indéfiniment les quelques secondes pendant lesquelles j'ai bouché les yeux de Josh Hollander. J'y pense le jour et la nuit. Le jour où c'est arrivé, j'ai dit à la police ce que j'avais fait, l'ai expliqué de vingt manières différentes dans la salle d'interrogatoire. Ils ont quand même considéré que c'était un accident, qualifié comme tel, et ont clos le dossier. Et voilà que Leo utilise maintenant ce cauchemar contre moi, le ramène à la surface, joue sur les restes de culpabilité qui subsistent. D'où tient-il cette clairvoyance ? Même Jacob ignore la profondeur du contrecoup. Leo a volé mon journal et l'a lu. C'est la seule explication.

Duran attend près du bateau qui est échoué au bord d'une crique rocheuse ombragée. Je me précipite vers lui en essuyant mes larmes.

« Ça va ? me demande-t-il aussitôt. Que se passe-t-il ?

— Leo fait une fixation sur moi, Duran, et cela devient incontrôlable…

— Que veux-tu dire ? » Son regard se porte sur la lisière des arbres. « Il t'a agressée ?

— Non, mais il me fait peur et je n'arrive pas… » Leo surgit à cet instant et vient vers nous en petite foulée sur le sable. « Duran, aidez-moi. Il n'est pas normal. Je ne plaisante pas. »

Duran se dresse, les mains sur les hanches. À l'approche de Leo, il se place devant moi. « Qu'est-ce qui s'est passé là-bas ?

— Où ça ? répond Leo. Rien.

— Stevie a jailli du bois comme une biche aux abois. Est-ce que tu la poursuivais ?

— Non, je…

— As-tu posé la main sur elle ? » Duran s'avance. Ils sont nez à nez. « D'une façon ou d'une autre, Leo ? Je suis sérieux.

— Non ! » La voix de Leo monte dans les aigus. « Qu'est-ce que vous allez imaginer ? Je ne l'ai pas touchée !

— Il a volé mon journal et il l'a lu !

— C'est ça qui s'est passé ? demande Duran en me regardant avant de se tourner à nouveau vers Leo. C'est vrai ? »

Leo se tortille, gratte un bout de peau sur son épaule qui pèle. « Pas tout. Pas d'un bout à l'autre. » Il tend les deux mains, paumes ouvertes, parodie d'innocence. « Écoutez, le journal est tombé entre mes mains, c'était un malentendu, et je l'ai ouvert avant de le rendre. C'est tout, absolument tout. N'importe qui en aurait fait autant à ma place. Par curiosité. Même vous, Duran. »

Duran l'observe avec attention. « Elle dit que tu fais une fixation sur elle.

— Non. » Leo me décoche un regard d'amoureux transi, genre *Comment as-tu pu ?* comme si je l'avais trahi. « Ce n'est pas du tout ça. »

Un temps. « D'accord, lâche Duran dans un souffle. Bon, remettons-nous au travail. Il faut mettre ce canot à l'eau. »

Attendez, c'est tout ? Il s'en tient là ? C'est quoi, cette façon de me soutenir ? Et pourquoi, quand une femme a des ennuis, doit-elle presque toujours en appeler à *un homme* ?

« Mais Leo… il a enfreint les règles du camp », j'insiste, en moulinant désespérément les faits dans ma tête. A-t-il fait plus que voler mon journal ? Il y a tant d'exemples que je ne peux pas prouver.

« Oh, pour l'amour du ciel, proteste Leo. Je n'ai même pas posé un doigt sur toi. Je n'ai rien fait d'autre que te suivre sur Instagram, comme deux cents autres personnes.

— Et lire son journal, ajoute Duran en se déplaçant vers l'arrière de l'embarcation. Ce que, pour info, je n'aurais jamais fait.

— Ah, oui ? Bon, d'accord. Désolé, Captain America. Apparemment, nous ne sommes pas tous aussi parfaits que vous. »

Les dents serrées, Duran saisit un plat-bord du bateau tandis que Leo prend l'autre. J'apporte mon aide, mais je ne peux pas regarder Leo. Tout ce que j'ai avalé au petit déjeuner reste coincé au niveau de ma gorge. Il faut haler fort pour traîner le bateau sur la plage ; nous devons y mettre toute notre énergie. Je tire sur les cordes, canalisant ma haine, jusqu'à en avoir les bras marqués de rayures rouges par le revêtement de caoutchouc. Une fois la barque à l'eau, j'y grimpe, laissant Leo patauger à la poupe. Duran s'installe près du moteur. Mais il ne tire pas sur le cordon pour le démarrer.

« Leo, ton prénom est-il un diminutif? demande-t-il. De Leonardo… Leo… »

Leo ne bronche pas. « Non. »

Duran se gratte la barbe. « Et tu dis que ton nom de famille est Asher ?

— Oui. Pourquoi ?

— Je jurerais que je t'ai déjà vu quelque part. Tu viens de Grande-Bretagne ? De quelle région ? J'ai passé deux mois là-bas avec ma femme l'année dernière. Ce devait être au printemps. »

Leo enlève son débardeur, le roule en boule et le jette dans le bateau. L'évocation de sa peau me rend malade. Mon sarong est trempé et colle à mes jambes, mais je ne le retirerais pas pour un empire. « Je viens de Londres, dit-il.

— Ah. » Duran secoue la tête. « Nous ne sommes pas allés dans les villes.

— Les gens croient toujours m'avoir déjà rencontré. » Les yeux de Leo sont d'un bleu presque noir que je ne lui ai jamais vu. « Je suis tout un tas de personnes différentes. Mais prévenez-moi quand vous saurez où vous m'avez croisé.

— Je n'y manquerai pas. » Duran tire sur le cordon avec la vigueur d'un homme qui relève un défi. Le moteur rugit, Leo lance ses bottes dans le bateau, Duran se penche, les ramasse et les renvoie sur le rivage. « Tu rentres à pied. Je t'attendrai sur la plage, près de l'escalier.

— Je… quoi ? Non, je ne vais pas à pied…

— Tu rentres à pied », répète Duran. Entre eux, l'air est lourd, chargé. *Ouah*, me dis-je. *Voilà qui est mieux. Duran a peut-être fini par comprendre.*

« À cause du journal ? » Leo a les joues qui s'empourprent comme un enfant accusé à tort. « Ou parce qu'elle est la petite amie de Jacob ? Duran, écoutez-moi, ils ne devraient même pas être ensemble…

— Arrête ! » Je crie, parce que Dieu sait ce qu'il va encore aller chercher dans les pages du journal qu'il n'aurait jamais dû lire.

« Elle a peur de toi. » Duran le regarde, les yeux plissés sous le soleil. « Tant que je n'en aurai pas identifié la raison exacte, je gère la situation d'un point de vue purement humain. Je me fiche de savoir de qui elle est la petite amie. »

Leo a le visage crispé, haineux. Dès qu'il se tourne vers moi, toute la hargne disparaît, comme chez ces mimes dont l'air triste se transforme en air joyeux au passage d'une main gantée de blanc. C'est terrifiant.

Il tend les doigts vers moi ; je me recule dans le bateau. « Bon voyage, Stevie. Je te retrouve au camp. »

Je me tourne aussitôt vers Duran. *Vous voyez ?* Message silencieux. *Vous voyez ce que je veux dire ? Comment il est ?* Ce n'est pas qu'il dise des choses horribles. Il dit des choses gentilles de façon horrible.

Duran manœuvre rapidement le bateau pour le mettre hors d'atteinte de Leo et je respire un peu. Nous voguons en silence pendant quelques minutes jusqu'à ce qu'il ne soit plus qu'une poussière sur la plage. Plus nous nous éloignons de lui, moins j'ai la bouche pâteuse. Duran aborde une vague par le travers. Une fine pluie de gouttes d'eau de mer recouvre mes bras de paillettes. Il coupe le moteur et nous flottons à l'arrêt, soulevés par une vague qui roule sous la coque comme une respiration.

« Quand a-t-il commencé à t'embêter ? demande Duran.

— Le jour de notre arrivée. Ou peut-être dans le bateau qui nous amenait ici.

— Il te suit ? Lit tes écrits ? Te… quoi ? Te tourne autour ?

— Oui. Oui, tout ça. » Je frissonne involontairement.

« Tu lui as dit d'arrêter ?

— Seulement maintenant. Je lui ai dit de me laisser tranquille.

— O.K. Bon, c'est bien. Mais il n'a jamais posé la main sur toi ? Il a dit vrai à ce sujet ?

— Oui. Il ne m'a pas touchée. Mais, Duran, je sens qu'il en a envie. »

Il hoche la tête. « Tu en as parlé à Jacob ?

— Non, pas vraiment. » En vérité, je commence à perdre le fil de toutes les choses que je ne lui ai pas dites. « C'est-à-dire, je lui ai fait comprendre que je ne me sentais pas à l'aise d'une façon générale, je crois, mais les choses sont tellement difficiles à… à expliquer de façon précise. »

Duran laisse son regard se perdre à l'horizon. « Bien, voici ce que je propose. Je ne peux pas renvoyer Leo du camp pour avoir lu ton journal. Mais je vais lui parler, lui dire de changer d'attitude et lui donner un avertissement officiel. Il n'a droit qu'à un seul. Je vais l'isoler cet après-midi et Jonesy et toi devriez déménager dans la hutte de l'instructeur. Mettre vos objets personnels dans le coffre de mon bureau. Si on prend des mesures et que je le surveille de près, il devrait se ressaisir et filer droit.

— O.K », dis-je d'une voix hésitante. C'est déjà quelque chose, je suppose. Mais jusqu'à quel point Leo peut-il être isolé sur une île de cette taille ? Je voudrais surtout qu'il s'en aille. « S'il n'est pas celui qu'il prétend être, vous pourrez l'éjecter du camp ? »

Duran sourit. « Voyons déjà comment cela va se passer au cours des deux prochains jours. Je vais l'avoir à l'œil. Tu as ma parole. S'il est trop pénible, on le virera sans hésiter.

— Bon. Merci. Entendu. » Je marque un temps. « Vous pensez vraiment l'avoir déjà rencontré ?

— Non. Mais il y a un truc. Je n'arrive pas à mettre le doigt dessus. » Il redémarre et nous naviguons un moment en silence. « La plage du Chien mort, s'écrie-t-il. Il y a toujours des problèmes là-bas.

— Pourquoi ? » Je crie à mon tour alors que le camp commence à apparaître. « D'ailleurs, pourquoi elle s'appelle comme ça ? »

Duran coupe le moteur et nous nous rapprochons du rivage. « Quand nous nous sommes installés ici, les locaux ont eu peur que nous détruisions leur source de revenus. Cela peut se comprendre. Si nous protégeons le récif, nous mettons fin à la pêche à la dynamite et les navires frigorifiques européens qui attendent à proximité du récif s'en vont. Au bout du compte, les locaux gagnent moins d'argent. On a toujours vécu au jour le jour dans cette région, mais lorsque les Occidentaux s'en sont mêlés, c'est devenu une vraie galère. Toujours est-il que les villageois ont jeté un chien dans le puits pour empoisonner notre source d'eau. » Il raconte, imperturbable, comme s'il avait déjà trop vu ce dont le monde est capable.

« Ouf. C'est horrible. Pour tout le monde. » J'ai aperçu le puits en question en haut de la plage, je suis passée devant quand je fuyais Leo. Quel sinistre tombeau. Un trouble m'assaille, j'agrippe le bord du bateau.

Duran hausse les sourcils. Son silence en dit long sur les histoires qu'il a vécues : les zones de guerre, l'inhumanité ultime. « Le principal est d'essayer d'en parler. Il y a parfois une voie de sortie. »

Je déglutis. « Le chien était mort quand ils l'ont jeté dans le puits ? » Pourquoi ? Pourquoi ai-je toujours besoin de poser ce genre de question ? Comme si je *voulais* en réalité me sentir encore plus mal.

« Je ne sais pas. Nous l'avons sorti, Titus et moi. Il est enterré derrière les rochers près desquels nous amarrons le bateau. Plus personne ne va là-bas : les locaux disent que le lieu est hanté par les mauvais esprits. » Duran saute sur la berge et tire la barque jusqu'à ce qu'elle s'engrave sur le sable. « Nous avons tenu une réunion avec les villageois. Mis les choses au point.

— C'est une bonne solution, sans doute. » Je glisse pardessus bord pour lui donner un coup de main.

« Écoute, va trouver Jacob. Dis-lui que vous changez de hutte. Explique-lui pourquoi. Leo ne sera pas revenu avant une dizaine de minutes. Je le retiendrai. Là aussi, nous mettrons les choses au point.

— Merci, Duran. » C'est une bonne idée, après tout. Mais je ne peux m'empêcher de penser que Leo est plus rusé que Duran ne le croit.

Je remonte à toute vitesse l'escalier de la plage, en relevant mon sarong pour pouvoir allonger ma foulée. Je n'aurai pas beaucoup de temps. Je gravis les marches deux à deux, m'élance au pas de course dès que j'arrive en terrain plat, dépasse le bureau où Jacob doit se trouver, dépasse le foyer, dépasse les tables assaillies de gens en train de jouer aux cartes. Je me faufile à l'intérieur du dortoir, laisse mes yeux s'adapter pour m'assurer que personne ne traîne au fond. Le sac de Leo est appuyé contre son lit, près d'un autre plus petit, glissé sous le sommier. Je me rue dessus, m'énerve sur les boucles, les mains moites dérapant sur les sangles serrées au maximum. *Dépêche, Stevie,* me dis-je. *Trouve les preuves. Il te faut plus qu'un journal volé et lu.*

La sacoche est bourrée de choses diverses. Un portefeuille, plié, en cuir, pas le temps de l'inspecter… et un téléphone portable verrouillé par un code. Il y a une photo aux coins écornés, celle d'une femme et d'un petit garçon devant une énorme maison. Dans ma précipitation, je manque la laisser tomber. Enfin, enfoui tout au fond, son passeport, comme si j'avais su que je le trouverais là. Car jamais un type qui veut dissimuler sa véritable identité ne confierait son passeport au coffre communautaire.

Il est luisant aux coins. Marron. Orné d'un blason doré. Je le prends, remets tout en place, case la sacoche là où je l'ai trouvée. J'ai les genoux qui tremblent. Leo sera là d'une minute à l'autre et va tout de suite se mettre à ma recherche. Je m'accroupis au pied du lit et feuillette le passeport d'une main trépidante, impatiente de découvrir la page brillante et vernissée. Alors seulement, je relâche mon souffle, d'un jet.

Voilà sa photo. Beau, droit, digne de confiance. Le genre de physique à voyager en première classe, auprès de qui on s'assied volontiers, avec qui on trinque et on raconte sa vie. Et voici son nom, en lettres officielles, incontestables. LEOPOLD JAMES CAVENDISH. Pas de Asher. Rien de ce qu'il prétend.

Je porte la main à ma bouche, les yeux fixés sur le regard inexpressif de cet homme. Leo Cavendish. Menteur, harceleur, sale type. Alors une autre pensée me traverse, une peur nouvelle, et je couvre mon nez et ma bouche. Voilà un homme qui est convaincu que j'ai tué quelqu'un. Pourtant, il me considère comme son âme sœur.

Il pense que nous sommes exactement pareils.

22

Leo

Je marche jusqu'à ce que le bateau soit hors de vue. Ensuite, je cours. Je ne peux pas laisser Stevie m'échapper. Ce salaud de Duran ! Qui fourre son nez là où ça ne le regarde pas. Il n'a aucune idée de ce à quoi il a affaire.

Je vole sur le sable, n'y laissant que d'infimes traces de pas. Où ira Stevie en quittant le bateau ? Se jeter dans les bras de cette lopette de Jacob ? Elle n'y trouvera pas une once de consolation. Toutes les cellules de mon corps aspirent à la suivre, la traquer, lui faire voir. Je suis aiguillonné par la colère qui m'étreint. Je crois que je n'ai jamais couru aussi vite. J'ai les poings serrés et en les regardant se contracter, une chose m'apparaît clairement : cela recommence, l'univers a décidé que j'étais le méchant alors que je fais tout bien.

Mes pieds foulent un sable plus compact. Plus j'avance vite, plus mes pensées s'accélèrent, comme réglées sur une cadence synchrone. Duran ne m'arrêtera pas. Il ne peut pas. Ne pourra pas. Montre tous les muscles que tu veux, jette toutes les bottes que tu veux hors du bateau, dénigre-moi devant Stevie même si ça te chante, tu sais quoi, Duran ? Tu ne vaux pas mieux que moi. Tu déformes les faits. Tu les épures. Papa faisait la même chose et vois ce qui est arrivé.

Je ralentis un peu pour reprendre mon souffle. C'est quoi ce besoin qu'ont les gens de toujours modifier l'histoire ? Au cours des semaines pendant lesquelles je suis retourné voir mon père, de ces visites pendant lesquelles je buvais son thé et mangeais ses biscuits, nous avons beaucoup parlé de mon enfance et de son rôle parental. Mais en les évoquant, il changeait tout. Toute la lumière dont il parait sa personne était dorée, tous ses choix hautement judicieux, comme s'il avait toujours poursuivi un objectif précis. Il avait devant lui un adulte de vingt-sept ans, autosuffisant, qui avait réussi, bien parti pour faire fortune. Mon père n'avait-il pas toutes les raisons de s'en féliciter ? N'étais-je pas le résultat de toutes ses bonnes décisions ? Pas une fois il n'a reconnu l'une ou l'autre des cruautés qu'il avait prodiguées.

« Tu n'as jamais été un bon garçon, Leopold, m'a-t-il dit un jour de février, deux semaines après ma première visite. Ta mère l'a toujours cru, mais je n'étais pas de son avis. Je voyais tous les sombres recoins de ton être où tu te cachais.

— Parce que ce sont les tiens. Je les tiens de toi.

— Oh ho ! » Il tousse un rire. « Peut-être. Tu te souviens de ce jour où tu as caché des cigarettes derrière le tiroir des couverts ? Tu avais quoi ? neuf ans ? »

C'étaient les cigarettes de maman. Je me suis fait gronder à sa place. Papa revenait d'un long séjour à l'étranger, abolissant tous les aspects de la vie que nous nous étions bâtie pendant son absence. Maman fumait une cigarette par jour, à cinq heures de l'après-midi, assise entre nos buissons de roses près de la mare. Elle la savourait. Elle inhalait avec volupté. Chaque fois, je l'observais tendrement, sans être vu.

« Je t'ai obligé à fumer toutes les cigarettes du paquet l'une après l'autre. » Papa s'est remis à rire, l'air satisfait, attendant que je sois percuté par le souvenir.

En un éclair je me suis retrouvé à neuf ans, refusant de baisser les yeux, soutenant son regard d'un air de défi pendant tout le temps qu'il m'a fallu pour arriver au bout du paquet. Quand j'ai vomi sur le tapis, il a interdit à maman de m'aider à le nettoyer.

« Je me souviens, papa. » Oh, oui, je me souvenais. Tout était bien stocké et enregistré.

« C'étaient celles de ta mère », a-t-il dit. J'ai sursauté. « Oh, épargne-moi. Elle t'a berné toute ta vie. Tu es arrivé sur ton fringant destrier et elle te l'a volé et pouf ! elle a disparu ! »

J'avais la mâchoire trop crispée pour parler. Ce n'était pas du tout comme ça que les choses s'étaient passées. Si la lumière dont il se nimbait était insupportable, l'ombre sale qu'il jetait sur maman était pire encore.

« Regarde-toi. » Sa poitrine sifflait. « Tu fais comme si elle avait été une mère parfaite. Elle pourrait aussi bien avoir des serpents à la place des cheveux. » Je n'ai encore rien répondu. Mais les choses ne peuvent ployer que jusqu'à un certain point avant de craquer.

Je continue à marcher le long de la plage, encore essoufflé au moment d'arriver au camp. *Le fils prodigue.* Chez mon père, Dolores a fini par me donner ce surnom, sans en comprendre pleinement le sens, toute la rage contenue. Parce que, c'est vrai, qui se soucie de ce qu'a traversé le jeune homme de l'histoire ? Personne ne cherche à savoir. Je m'arrête en apercevant Duran assis au pied des marches de la plage. Nous y revoilà. Le surnom était approprié alors, il l'est maintenant : une âme trop longtemps rejetée, solitaire, retournant auprès de sa communauté qui bientôt n'aura que faire de moi. Et nul ne se préoccupe comme il le devrait de mon point de vue.

« Tu es revenu, constate Duran, qui bloque la première marche. Plus vite que le marcheur moyen.

— J'ai couru.

— O.K. » Il se lève, d'un cheveu plus grand que moi. « Viens avec moi. Il faut décharger le bateau. »

En réalité, il ne s'agit pas d'assurer une corvée ou de lui prêter main forte. Il est comme le super prof au collège – celui avec le pull de Noël – qui régente son monde en prétendant être votre ami.

« Il faut que j'aille aux cabanes, je réplique. J'ai soif.

— Nan. Il faut que tu restes ici avec moi. » Il s'enfonce dans l'eau et retire du matériel du bateau : des gourdes vides, un bidon de diesel, des cordes. Je suis là, comme une mule, nourrissant en silence ma rancune à mesure que Duran me charge et m'alourdit.

« Tu peux aussi prendre ça ? » Il me tend une longueur de chaîne.

« Non. Je veux m'en aller. » Il faut que je retrouve Stevie, que je l'empêche de faire ce que je crois qu'elle est en train de faire.

« Écoute, moi aussi je suis pressé, figure-toi. J'ai des tas de merdes à gérer. » Il grimpe dans le bateau, verrouille le moteur, vérifie le réservoir. « Des merdes comme administrer ce camp, par exemple, veiller au bien-être de tous les jeunes, éclaircir ce qui se passe entre Stevie et toi.

— Il ne se passe rien. » *Rien qui vous regarde.*

« Tu sais, je comprends. » *Non, vous ne comprenez pas.* « C'est une jolie fille. Et vous êtes là, sous les tropiques, jeunes, fougueux, libres. Tu crois que je ne sais pas ce qui se mijote entre les recrues du camp ? Depuis le temps que je m'en occupe ! » Il se tait, comme pour me laisser le temps d'apprécier sa toute nouvelle tentative de rapprochement. « Mais pourquoi lire son journal ? C'est aller trop loin.

— Désolé.

— Tu es attiré par elle ? » Il croise les bras, glissant ses poings sous ses biceps qui gonflent, menaçants. « Tu penses tout le temps à elle ?

— Quoi ?

—Tu m'as très bien entendu. As-tu des intentions d'ordre sentimental ? »

Je reste coi, les yeux qui clignent. C'était un mot que ma mère utilisait tout le temps. *Sentimental.* Le soir, après que je lui ai sauvé la mise avec les cigarettes, elle s'est faufilée dans ma chambre et m'a réveillé en se glissant dans mon lit. Il était plus de minuit : la lumière filtrant à travers mes rideaux coulait sur ses pommettes des ombres squelettiques.

« Mon chéri. » Elle m'a posé un baiser sur le front, ses battements de cils doux comme des ailes de papillon. « Tu as été très courageux. Il fallait que je vienne te remercier. Mon beau chevalier blanc. » Sa gorge sentait le chaud et le lys. « Sais-tu que les filles adorent les garçons courageux ? Prêts à tout pour elles ? » J'ai hoché la tête ; mes cheveux sont venus râper l'oreiller. « Et toi – nouveau baiser –, tu es le meilleur. Neuf ans et tu vois tout ce qui me concerne, n'est-ce pas ?

— Oui, ai-je murmuré.

— Que vois-tu ? » Elle a posé la tête. Nos nez étaient à touche-touche.

« Tu es belle. » Elle a émis un son qui ressemblait à un ronronnement.

« Vraiment ? C'est gentil, chéri. Quoi d'autre ?

— Tu es intelligente. »

Elle n'a pas réagi et mes yeux se sont agrandis dans le noir. Est-ce que j'avais mal fait ? Été trop vague ? Elle semblait préférer que je sois plus précis.

« Tu sais qui n'est pas intelligent, Leo ? Qui ne sait pas voir les choses avec bon sens ? »

J'ai attendu, gagné par un sentiment de tristesse.

« Celui qui est dans la pièce d'à côté. » Elle a posé les mains sur mes joues et j'ai soufflé. « Ton père est le troll sous le pont. Sais-tu que quand il ronfle la nuit, toutes les vitres tremblent ? »

Cette fois, cela m'a fait rire ; elle m'a serré contre elle, toute la longueur de son corps collé au mien sous sa chemise de nuit. Ses côtes étaient comme les barreaux d'une cage ; j'en aimais l'enchevêtrement.

« Mon Dieu, parfois j'ai envie de te manger tout cru, a-t-elle dit. Tu ressens la même chose, toi aussi ?

— Oui, ai-je répondu alors que je ne pensais pas avoir jamais réfléchi à la question.

— Bon, alors c'est décidé. » Elle s'est écartée, est sortie du lit, laissant des traces de sa chaleur sur l'oreiller. « Mon petit sentimental. Nous sommes l'un à l'autre. Et tu feras n'importe quoi pour moi. »

« Leo ! » Duran avait toujours les bras croisés. « Je t'ai posé une question, mon garçon.

— Quoi ? Non, je n'ai aucune intention à l'égard de Stevie. Aucune mauvaise intention. J'ai lu un truc que je n'aurais pas dû. Fin de l'histoire. Affaire réglée.

— J'en prends note, dit-il en sautant du bateau, tout semblant de camaraderie envolé. Considère ceci comme un avertissement officiel. Tu en reçois un autre, tu es exclu. » Il hoche la tête une fois, comme pour confirmer que j'ai compris, mais je n'aime pas son ton. Le sang commence à pétiller dans ma tête comme une mousse. « Et à partir de maintenant, laisse Stevie tranquille. Tu lui jettes le moindre *regard* ambigu... Je t'aurai à l'œil. C'est clair ? Vous n'aurez plus aucune occasion de vous retrouver tous les deux seuls ensemble. Et je t'affecte à la surveillance du bateau pendant les prochaines heures. Ici, sur la plage. Tu seras responsable du matériel avec Titus aujourd'hui pendant que les autres plongeront.

« La surveillance du bateau ?!

—Tu t'installes à l'ombre, tu gardes nos affaires. On a perdu du matos à tout-va.

— Oh, bon sang, ce n'est vraiment pas...

— Non négociable. C'est ça ou tu retournes sur le continent. Tu choisis. »

Nous commençons à gravir les marches. Je serre et desserre les dents.

« Qu'est-ce que tu préfères ? demande Duran en se retournant.

— Rester ici, je marmonne.

— Très bien. Dans ce cas, nous nous sommes bien compris. » Très vite, il s'arrête. « Je peux te l'entendre dire, s'il te plaît ?

— Et merde ! Oui, je vous ai compris ! Je n'ai plus quatre ans. »

Il reste immobile, se mord la lèvre, nous empêchant de continuer à monter. « Leo, quand tu étais à Londres, tu es passé à la télévision ? Est-ce que j'ai pu te voir dans une émission quelconque quand j'y étais ? »

Lâche-moi, Duran. Tu commences à chauffer.

Il ne bouge pas. « Ou aux informations ? »

Je laisse tomber la gourde, arrache la chaîne de mon épaule, jette le bidon d'essence. « Vous savez quoi ? Portez tout votre bordel vous-même. » Je force le passage en faisant exprès de heurter son épaule. « J'en ai ras le cul de ces conneries.

— Leo…

— Non, je ne me suis pas engagé pour être votre bête de somme. J'ai soif. Je vais boire. Ensuite, je reviendrai regarder fixement un bateau sur l'eau pendant trois heures. Vous voyez, je fais ce qu'on me dit, O.K., sergent-chef ? » Je continue à monter sans lui laisser le loisir de répondre. Le temps est compté. Il ne fait que me ralentir.

Alors que je suis presque arrivé en haut des marches, je me heurte à Titus qui commence à descendre. C'est un grand gaillard. Il me bloque le passage. Il fait même un pas de côté quand j'essaye de le contourner, comme si c'était un jeu.

« Ça vous amuse ? je lui lance. Vous pouvez foutre le camp et me laisser passer ? »

Il arbore un large sourire. « *Pole pole.* Doucement, mon frère. »

Je tente encore de passer. Mais il se déplace en pointant un doigt sur moi. « J'ai appris des choses à ton sujet. Il y a deux semaines, j'ai appris des choses. »

Une grêle d'aiguilles et d'épines se met à danser sous ma peau. « Quelles choses ?

— Je te vois. »

Je le toise, plonge mes yeux dans les siens. Je lis dans son regard qu'il me connaît, qu'il m'a cerné ; c'est le même regard qu'avait mon père dans son bureau le dernier jour. Avant qu'affleure le doute, puis la peur, avant que ses bras tombent mollement le long de son corps dans son fauteuil et que le râle de son dernier souffle s'éteigne.

« Il faut qu'on se parle, toi et moi, mon frère. » Titus me tire par la chemise, m'entraîne vers le bouquet de palétuviers agglutinés sur un sol inégal. Je ne veux pas y aller, ne veux pas être avec lui, ne veux rien de ce qui existe dans ce camp à part Stevie. J'en ai assez, j'en ai jusque-là des jugements et des suppositions des gens, alors je le pousse de toute la force de mes bras – comme j'ai fait avec papa –, le projetant vers un arbre noueux contre lequel je l'écrase, mon épaule enfoncée dans sa poitrine, jusqu'à ce qu'il pousse un hurlement. Titus tâte son omoplate du bout des doigts et quand il relève sa main, elle est rouge vif.

Je le considère avec effarement, parce que je sais dès cet instant que ce n'est pas la fin de quelque chose, que c'en est le commencement. Comme un coup de sifflet, un drapeau rouge : ça y est, c'est parti. Voici le premier sang versé.

23

Stevie

En sortant du dortoir, je cours vers le bureau, trop vite pour voir qui se trouve dans le camp. Tout ce que je sais, c'est que Leo n'y est pas. J'entre en trombe dans le bureau de Duran – vide – et alors je me souviens, bouteilles, station de gonflage ; je repars en courant, virant au milieu des marches ; j'entrevois la silhouette de Titus tout là-bas au milieu du bosquet de manguiers sans comprendre ce qu'il y fait. Je me précipite dans la petite hutte en bois, en serrant le passeport dans ma main.

« Ouah, s'exclame Jacob en quittant des yeux la bouteille d'oxygène près de laquelle il est accroupi. Il y a le feu ?

— Jacob, il faut que... » Je m'interromps. Tamsin est agenouillée près de lui, ses longs cheveux soyeux caressent le bras de Jacob tandis qu'elle souffle dans la valve pour en ôter le sable, avec le haut de son débardeur qui pendouille. « Qu'est-ce que vous faites, tous les deux ? »

Tamsin se redresse. « Nous remplissons les bouteilles. C'est très ennuyeux. Qu'est-ce qui t'arrive ? »

Je déglutis, gorge sèche, saisie par une image de Cassia soudain projetée dans ma mémoire, flirtant avec les garçons sans en vouloir aucun. *Ils sont tellement primaires que je pourrais aussi bien les découper dans du carton.*

« Tamsin a proposé de m'aider. » Jacob transpire un peu mais je ne saurais dire si c'est la chaleur, la culpabilité ou l'excitation. Les choses auraient-elles dégénéré si je n'étais pas arrivée ? Je me sens vaguement trahie, indignée d'être ainsi mise à l'écart, mais là encore, comme à Diani Beach, je ne sais pas qui je vise.

« Il faut que je vous parle. J'ai découvert quelque chose.

— Tu veux me parler à moi ? » Jacob pointe le doigt vers sa poitrine, qui s'est considérablement développée depuis deux semaines. Il a pris l'habitude de se lever tôt pour aller courir, et fait des pompes tous les soirs sur la plage.

« À Tamsin aussi. Ça la concerne.

— Mince alors, dit Tamsin en se raidissant.

— Leo m'a vraiment fait peur sur le chemin de la plage du Chien mort, dis-je en m'éloignant de la porte.

— Peur comment ? » Tamsin essuie le sable de ses mains. « Qu'est-ce qu'il a fait ?

— Il t'a brutalisée ? » Jacob se lève.

« Non, mais il a dit des choses qui font penser...

— Il ne lui ferait jamais de mal : il est amoureux d'elle. » Tamsin sourit à Jacob, qui fronce les sourcils.

« Jacob, il a lu mon journal. Il sait tout sur maman, Nattie et Cassia. Il pense que Cassia est morte par ma faute et maintenant, il dit que nous sommes des âm…

— Qui est Cassia ? » Tamsin a brusquement tourné la tête.

« Ta faute ? répète Jacob. Qu'est-ce qui lui fait croire ça ?

— Est-ce que tu lui as dit des choses sur moi ? je lui demande, ma voix glissant vers les aigus. Est-ce que tu lui as parlé de l'accident de voiture ?

— Non ! proteste Jacob, d'un ton assorti au mien. Il était plutôt casse-pied ces derniers temps. Je ne lui ai rien dit du tout.

— N'empêche, il m'a fichu la frousse. Je l'ai dit à Duran. Il pense que nous devrions changer de hutte pour avoir plus d'intimité. » J'évite de croiser le regard de Tamsin. C'est un peu moi maintenant qui trahis quelque chose. « Il est sans doute en train de sermonner Leo sur la plage en ce moment. Il n'a pas voulu le laisser revenir en bateau avec nous.

— Oh, Leo se fait *sermonner*, dit Tamsin. Son petit cœur va en être brisé. »

Jacob et moi nous tournons vers elle. Qu'est-ce qu'il y a de si drôle ?

« Mais Duran ne peut pas le renvoyer du camp simplement parce qu'il a lu mon journal et qu'il est amoureux de moi, alors je...

— Attends... Le renvoyer du camp ? » Soudain, Tamsin se lève à son tour. « C'est vraiment à l'ordre du jour ?

— Il me harcèle, Tamsin ! Ce n'est pas qu'un petit coup de cœur passager. Son comportement n'est pas normal. » Les visages de Jacob et Tamsin affichent la même pâleur. « Du coup, j'ai fouillé dans son sac.

— Dans le sac de Leo ? » Jacob ouvre une bouche béante comme si je devais être virée de l'île moi aussi.

« J'ai trouvé ça. » Je brandis le passeport. Ils le considèrent un instant comme si je leur présentais un vieux morceau de pain grillé.

« Son passeport. » Tamsin tend la main. Je le lui donne. « Il aurait dû être dans le coffre. C'est ce que tu veux dire ?

— Ouvre-le. »

Jacob le lui prend et tourne les pages jusqu'à la dernière. Il écarquille les yeux. « Leopold *Cavendish* ?

— Qui ? » Tamsin le lui arrache des mains. « Il ne m'a jamais dit qu'il s'appelait comme ça.

— Tu n'as rien remarqué ? demande Jacob. Tu n'as pas regardé la photo de son passeport ? Tous les couples font ça à l'aéroport, non ?

— Si, j'ai regardé. Il est ultra sexy, on dirait une couverture de *GQ*, vous ne trouvez pas ? Mais il devait avoir le pouce sur son nom. » Elle examine les petites lettres de près. « Pas étonnant. C'est vrai, comment peut-on avoir envie de s'appeler Leopold ?

— Pourquoi voyagerait-il sous un faux nom, Tamsin ? je demande. Si ce n'est parce qu'il a quelque chose à cacher. »

Elle réfléchit une seconde. « Comme quoi, par exemple ?

— Eh bien, qu'est-ce que tu sais vraiment de lui ? Tu l'as rencontré il y a trois mois à peine. Il a pu inventer toutes les histoires qu'il voulait sur ses origines, sur qui il est. »

Tamsin se tasse, saisit une longue mèche de cheveux dont elle se met à sucer l'extrémité.

« Cela doit avoir un lien avec ce procès dont il a parlé, dit Jacob. Nom d'un chien, je ne veux pas qu'il t'approche d'un millimètre, Stevie, si...

— Il faut qu'on se débarrasse de lui, je dis. Tout de suite. Aujourd'hui.

— Axel ne s'appelle pas Axel, marmonne Tamsin. Il m'a expliqué que c'était son deuxième prénom. Il le teste pendant qu'il est ici.

— Comment ça ? » Je secoue la tête. « C'est quoi, son vrai prénom ?

— Aucune idée. Mais ça arrive souvent. On part en voyage, on se réinvente. Je sais qu'il y a eu un procès, mais Leo voyage pour surmonter son chagrin. C'est ce qu'il m'a dit. » Elle semble avoir les lèvres collées à ses dents. Pauvre Tamsin. Elle se donne un mal fou pour minimiser la chose.

« Bon, écoutez, intervient Jacob en dévissant les valves et décrochant les flexibles à la hâte. On va le googliser. On va se servir de l'ordinateur du bureau de Duran. »

Mais en sortant précipitamment de la hutte, nous tombons sur Duran en train de gravir péniblement l'escalier de la plage, chargé de cordes, d'une chaîne et de deux lourds bidons d'essence. Il est couvert de sel et semble écrasé de chaleur.

« Leo Asher n'est pas Leo Asher, lâche Jacob en brandissant le passeport marron.

— Ah oui ? » Duran dépose son chargement sur le sable et s'immobilise, les mains sur les hanches. « Qui est-il alors ?

— Leopold Cavendish. » J'attends une seconde, le temps pour Duran d'absorber le nom.

« D'accord. Est-ce que ça me dit quelque chose ? Je n'arrive toujours pas à le situer. Et *toi*, tu ne savais pas ? demande-t-il en regardant Tamsin qui s'est remise à sucer sa mèche de cheveux. Bon, laissez-moi lui parler. Il est allé boire, ensuite je l'ai affecté à la surveillance du bateau. J'espérais que Titus s'en chargerait avec lui. Mais il vient de descendre à la plage et je n'ai pas pu lui parler. » Il s'interrompt, épuisé. « Bien, j'aurai une nouvelle conversation avec Leo avant que nous partions plonger.

— Non, mais il... » Duran me coupe.

« Hé, cela ne me plaît pas plus qu'à toi qu'il ait lu ton journal, mais je viens de mettre les choses au point avec lui. Il est conciliant. Il sait comment il doit se comporter.

— Mais il a menti en s'inscrivant. » Ma voix prend une tonalité plaintive, je n'y peux rien. Personne ne prend le cas Leo suffisamment au sérieux.

« GoEco engage des volontaires, Stevie. Les gens peuvent s'inscrire sous n'importe quel nom. On ne leur demande pas leur acte de naissance. On n'est pas à l'armée.

— C'est ce que je disais, bredouille Tamsin. N'importe quel nom.

— Mais, et si… » je tente encore, mais Jacob me donne un coup de coude et je me tais.

Duran essuie la sueur de son front d'un revers de main. « Au lieu de tenir un conciliabule entre vous et de brandir vos fourches, pourriez-vous m'aider à porter tout ce matériel ? Il doit aller là où on range les combinaisons. »

Nos épaules s'affaissent. L'un après l'autre, nous ramassons un objet.

« Quelle journée de merde, maugrée Duran. Tout est un combat. »

Nous nous mettons en marche derrière lui sans un mot. Près de moi, Tamsin est perdue dans ses pensées. Jacob tient toujours le passeport de Leo à la main. Quand il m'adresse un regard, je lui signifie mon accord. Ce n'est pas le moment de lambiner. Si seulement Duran était conscient de l'urgence ! Mais il avance d'un pas aussi lent et calculé qu'un âne sur le versant d'une montagne. Et aucun de nous n'a l'aplomb de le dépasser.

24

Leo

Stevie a trouvé mon passeport. Je savais qu'elle irait fouiner. Ce ne peut être qu'elle : elle voulait se venger, en violant l'intimité de mes affaires personnelles. Elle est la seule qui pense exactement comme moi. Si Duran ne m'avait pas obligé à revenir à pied ou retenu sur la plage avec ses bidons d'essence, je l'aurais prise sur le fait et cela aurait tout changé.

J'ai échappé à Titus aussitôt que j'ai pu, filé à la recherche de Stevie, mais quand je suis arrivé au dortoir, mon sac n'était plus comme je l'avais laissé. Mon passeport avait disparu, elle l'avait pris manifestement, mais où se cachait-elle ? Elle était peut-être à la station de gonflage ; cependant, je ne pouvais pas aller vérifier – pas tout de suite, pas tant que Duran ne serait pas revenu s'assurer que j'étais bien sur la plage, obéissant en bon garçon, comme promis. Justement, il est arrivé pile à ce moment-là, en se vantant de connaître mon vrai nom, comme s'il l'avait découvert lui-même. C'est comme ça avec Duran – nous sommes tous priés de croire en sa supériorité. Mais il n'en est rien. Il est complètement largué. Toutes les questions qu'il pose tombent à côté.

« Salut », a-t-il dit, reprenant son attitude pseudo amicale. J'étais assis à l'ombre du seul arbre, les yeux fixés sur le moteur du bateau. « Ça va, là, tout seul dans ton coin ?

— Oui. Merveilleusement bien. Merci de vous en soucier.

— Tu as assez d'eau ? Tu dois avoir soif. »

J'ai levé ma bouteille et la lui ai montrée du doigt. J'ai même fait mine de porter un toast.

« Bon, parfait, ne laisse personne approcher du bateau. Ce moteur coûte...

— Je sais. Fabrication européenne. »

Debout sur la dernière marche de l'escalier, Duran a posé les mains sur ses hanches. « Leo, je me suis aperçu que tu ne t'es pas inscrit à cette session sous ton vrai nom. »

Il a attendu. Moi aussi. À ce stade, moins j'en dirais, mieux ce serait. C'était comme quand, enfant, mon père me faisait venir dans son bureau pour me poser des questions sur maman. *Que fait-elle pendant que je suis absent ? As-tu quelque chose à me dire ?* demandait-il tout en entassant des billets et des papiers dans son coffre pour me faire croire que notre conversation n'était pas sa première préoccupation. J'éludais alors, comme j'ai éludé avec Duran.

« Leo, le règlement n'exige pas que tu t'inscrives sous le nom indiqué sur ton passeport. Nous sommes un organisme assez souple. » J'ai continué à me taire. L'approche « prof sympa » de Duran était transparente. Elle n'avait déjà pas marché la première fois. « Peux-tu m'expliquer pourquoi tu as pris un pseudonyme ?

— Oui.

— Très bien. » Il a plissé le front. « Alors... c'est pour... raisons personnelles ? Dont tu préfères ne pas parler ? » J'ai haussé les sourcils sans répondre. Duran s'est gratté l'oreille. « D'accord, bon, je voulais seulement t'en toucher un mot. Rien de bien grave. Seulement pour que tu saches que je sais. »

Vraiment ? ai-je pensé. *Je n'en serais pas si sûr à votre place.*

« Il faut que j'aille aider les autres à trier le matériel rapporté du bateau, a-t-il dit. Tu n'as pas besoin de ton équipement puisque tu ne plongeras pas. Mais appelle s'il te manque quoi que ce soit. »

J'ai à nouveau levé ma bouteille. Comme si j'avais quelque chose à faire de ses plongées à la noix. Il a pris mon geste pour un au revoir.

Je passe encore cinq minutes à regarder fixement le bateau et son moteur. Ce qui importe, là tout de suite, c'est la précision. J'ai toujours été très approximatif avec ma mère sur les sujets cruciaux – trop nébuleux, trop jeune, trop vague. Si je lui avais donné plus de détails quand elle m'en demandait – si j'avais mieux dit, mieux fait –, peut-être qu'elle aurait compris et serait restée. J'avais bousculé Titus sous le coup d'une impulsion tout aussi confuse : je ne voulais pas le brutaliser, pourtant je l'avais fait. *Tu es un sale type*, avait-il crié, désireux de me rendre les coups tout en sachant qu'il ne pouvait pas. C'était un moment qui aurait plu à mon père, tout le hideux pouvoir à l'œuvre, toute l'arrogance. L'essence même de l'impérialisme concentrée dans une poignée de secondes. Il a dévalé l'escalier de la plage alors que je le remontais, l'esprit déjà ailleurs. Parce que ma priorité, c'est de mettre les choses au clair avec Stevie. Tout doit être exact. Maintenant qu'elle connaît mon nom, il ne va pas lui falloir longtemps pour découvrir mon histoire, qui s'ajoutera à la longue liste des péchés à absoudre.

Je m'assure que Duran est parti avant de me diriger à sa suite vers le camp. La station de gonflage est restée ouverte, la porte branlante bâillant sur ses gonds. Trente mètres plus loin, près de l'étendage, ils sont déjà tous en train de rassembler leurs équipements de plongée, Duran, Stevie, Tamsin et Jacob, occupés à démêler les cordes et les chaînes qu'ils ont dû finir de remonter du bateau annexe. Jacob semble revigoré et motivé. *Trop tard, mon pote. Désolé. Il n'y a plus rien que tu puisses faire.*

Personne ne me remarque. Au fil de ma vie, je me suis aperçu que si j'avance avec assez d'assurance, on ne me demande rien et personne ne m'arrête. Je me glisse dans le bureau de Duran, qui est vide. Son manque d'imagination me consterne. Pas un objet personnel, hormis quelques photos froissées collées au mur, témoignages d'un héroïsme épique. Mais comme je ne peux m'attarder à inventorier tout ce qui le rend si prévisible, j'attrape une ou deux feuilles de papier dans l'imprimante, un stylo sur la table, et j'écarte le lourd classeur à tiroirs du mur. En me penchant, je débranche la connexion internet et remets le meuble en place. Cela me fera gagner un peu de temps. Juste ce dont j'ai besoin.

Quand je ressors du bureau en petite foulée pour redescendre sur la plage, ils sont toujours en train de s'affairer sur les équipements. Il est possible qu'Axel m'ait vu, mais ce n'est pas le couteau le plus affûté du tiroir. Je doute qu'il ose interrompre le travail de Duran. Certains sont comme le cerf aveuglé par les phares quand c'est un militaire à l'ego surdimensionné qui mène la danse.

De nouveau installé à l'ombre de l'arbre sur la plage, je m'adosse à un rocher lisse et je respire profondément. *Concentre-toi, Leo, concentre-toi.* La découverte de mon passeport par Stevie exige une réaction rapide et circonstanciée. Je suis peut-être le papillon de nuit fasciné par la flamme, mais je n'en suis pas moins déterminé. En écrivant, les choses deviennent plus claires. Cela permet une vision mieux ordonnée.

C'est là que nous en sommes, Stevie, voilà où cela nous mène. Nous sommes faits l'un pour l'autre, mais tu m'as forcé la main, tu es allée fureter aux mauvais endroits. D'accord, tu as mon passeport, mais si tu veux vraiment me connaître – et je crois que c'est le cas – pour le meilleur ou pour le pire, tu devras lire cette lettre. J'allonge les jambes à plat sur le sable frais en savourant la tiédeur du rocher derrière moi. C'est tellement réconfortant de savoir que la pierre retient la chaleur comme un souvenir ; et tout porte à croire, à son contact, que ce sont de bons souvenirs. Tout est plus simple pour elle : elle n'a connu que le soleil. Si seulement les êtres pouvaient jouir d'un tel luxe.

Chère Stevie, j'écris et m'arrête aussitôt. Il est tentant de m'en tenir là, à ces deux mots par lesquels tout est dit. Qu'ajouter de plus ? Elle m'est chère. C'est un début complètement machinal, que nous écrivons tous sans y penser en haut de la page. Pourtant, pour moi, s'agissant d'elle, il est extrêmement romantique. Il me vient des larmes, que je refoule de la paume de ma main. Arrête, Leo. Arrête, sois un homme. Écris la phrase suivante et continue.

Chère Stevie, je regrette tout ce que j'ai fait.

Au-dessus de moi, un oiseau crie. Je lève les yeux sur un ciel de porcelaine. J'ai écrit une lettre comme celle-ci à mon père, pour m'expliquer avant de le tuer. C'était un mois environ après ma première visite chez lui, à son bureau, ce jour abominable où il m'a annoncé que je n'aurais pas un penny de son héritage et que ma mère m'avait abandonné de son propre chef. Dolores m'a introduit. C'était un mardi de la fin février ; une douce pluie tambourinait aux carreaux des fenêtres comme les fantômes de doigts anciens. Mon père était assis dans son fauteuil.

« Bonjour, Leopold. Te voilà de retour ? » Il a tendu un bras affaibli vers ma sacoche de médecin. « Qu'est-ce que tu as là-dedans ?

— J'arrive tout droit du travail, papa. » J'ai posé mes affaires. « Je t'ai apporté quelque chose.

— Oh, merveilleux », a-t-il dit, tel un enfant espérant une pâtisserie.

Lorsque j'ai ouvert ma sacoche et que je lui ai tendu la lettre, il a eu l'air affreusement déçu. Mais cette lettre. Un trait de génie de ma part, car elle a détourné son attention de ce qui se tramait en réalité. Elle l'a tenu occupé. Cela m'a permis d'agir sans qu'il pose son regard sur mes mains ou sur mon visage.

Papa, avais-je écrit, *je ne te pardonne rien. Vois maintenant ce que tu me fais faire.* Quand il a enfin levé les yeux vers moi, ils étaient embués et enfantins, comme ceux d'un petit garçon. J'ai attendu, les mains derrière le dos car je savais qu'il lui faudrait relire deux fois la feuille entière. C'était un militaire. Toujours soucieux de précision. Je suis resté immobile jusqu'à ce qu'il arrive à la dernière phrase. Alors j'ai décroisé les mains et me suis approché de lui.

Maintenant, je regrette la mort de mon père. Pas tant le fait qu'il soit mort que la vitesse à laquelle la mort est survenue. Il est parti sans avoir vraiment pris conscience du mal qu'il avait fait. J'aurais dû agir plus lentement, le laisser mijoter davantage, lui montrer combien il avait tort à tout point de vue. Parce que, en fin de compte, je l'ai libéré. J'ai été sa délivrance. J'ai peut-être évité la prison, mais il s'est épargné bien plus que moi.

Naturellement, ensuite, j'ai brûlé la lettre. Ce que j'avais écrit ne nous concernait que lui et moi – c'était si dense, si riche – et si quelqu'un l'avait lue, les entrelacs complexes de ma haine lui auraient échappé. Or je savais qu'ils viendraient fouiner – les policiers, les légistes, les médias. La lettre ne pouvait pas faire partie du processus. Pas plus que les ampoules de substances chimiques. Ils nous auraient été fatals à mes avocats et moi.

Cette lettre, cependant, celle-ci, est pour Stevie. Elle connaît mon vrai nom. Si elle comprend ce que j'ai fait et ce que je dois faire maintenant – ici, ce soir, sur cette île –, nous serons aussi liés l'un à l'autre que nous l'avons toujours été. La voix dominante qui résonne dans ma tête sera entendue. Quels progrès j'ai faits ! Ma psy serait fière de moi.

25

Stevie

Nous préparons nos équipements pour la plongée, le dos tourné aux marches de la plage. Toutes les secondes ou presque, je m'arrête et jette un coup d'œil au rideau d'arbres pour voir si j'aperçois Leo. D'après Duran, il surveille le bateau sur le rivage, mais y est-il vraiment ? Je ne l'ai pas vu depuis plus d'une heure – il n'est certainement pas venu ici pour prendre de l'eau – et quelque chose me dit qu'il est en train d'aller et venir, ni vu ni connu. Un frisson douceâtre court à la surface de ma peau, un instinct animal qui m'incite à me tenir sur mes gardes, à rester vigilante. J'arrive à peine à démêler les cordes.

Duran nous a mis au travail dès que nous sommes sortis de la station de gonflage et maintenant, même après sa discussion avec Leo, on ne peut toujours pas aller dans son bureau parce que Greta s'y trouve avec lui. Le visage fermé à double tour, elle lui a demandé un entretien en privé.

« Quel est son problème ? grommelle Jacob tout en manipulant les bidons de diesel et le matériel au moment où la porte se ferme.

— Elle a toujours un pet de travers, dit tranquillement Tamsin. Tu aurais dû la voir là où nous étions avant.

— Finissons vite de trier le matériel, leur dis-je, ça nous laissera un peu de temps libre après. »

Mais les cordes sont enchevêtrées, les chaînes entortillées, pleines de nœuds graisseux, et tout prend un temps fou.

« Ce n'est pas la peine de scruter les arbres. » Jacob enfonce son pouce dans un énième nœud. « Leo n'est pas là. Duran a pris les choses en main – mais il y a un règlement et il faut qu'il le respecte. Chaque chose en son temps.

— Il ne pourrait pas passer directement à la dernière étape ? » je demande.

Jacob se relève et pose la main sur ma nuque. « Nous regarderons nos téléphones tout à l'heure. Pas question d'aller plonger avant. »

Bon, me dis-je, bien que je sente vaguement que Tamsin m'observe. Elle est près du porte-combinaisons, lissant la couture du néoprène entre son pouce et son index, l'air absent, hébété. Je me soustrais au contact de Jacob. Depuis deux semaines, je ne cesse de m'éloigner de lui, en quête de quelque chose de plus vrai en moi et de plus difficile à trouver. Désormais, plus je suis près de lui, plus je me sens malhonnête.

« Alors, on est prêts ? » Duran arrive en se frottant les mains. « Jonesy, tu veux bien prendre mes palmes ? Je vais aller chercher Titus pour qu'il m'aide à charger les bouteilles qui sont dans la station.

— Greta va bien ? » demande Jacob. Duran hoche la tête en haussant les épaules.

« Je te raconterai plus tard.

— Tout le monde plonge ? » Tamsin émerge du fatras de combinaisons. « Leo vient aussi ?

— Il sera sur le bateau. Sous surveillance. Tout ira bien. »

Tamsin a les bras le long du corps, mais il émane d'elle comme une langueur. Est-elle furieuse, abattue, dans le déni ? Je ne parviens pas à la déchiffrer.

« Nous avons quelque chose à vérifier, Stevie et moi, annonce Jacob en me jetant un regard. Nous vous rattraperons.

— Moi aussi, déclare Tamsin.

— Cinq minutes. » Duran se met en marche vers la plage. « Et ne brandissez pas vos fourches. ».

Nous filons tous les trois au dortoir et nous emparons chacun de nos téléphones. Le mien n'a presque plus de batterie, mais je tape L-E-O-P-O-L-D-C-A-V-E-N-D-I-S-H sur Google, comme les deux autres, tous penchés sur nos écrans, activant nos doigts, gonflés d'adrénaline. Sur mon téléphone, la roue de la recherche tourne indéfiniment.

« Merde, s'exclame Jacob en relevant la tête. Il n'y a pas de réseau. Vous avez quelque chose ?

— Rien, confirme Tamsin.

— L'internet doit être en panne. » Jacob pousse un gros soupir. « D'après Duran, ça arrive souvent...

— Combien de temps va durer la panne ? » Ma voix dérape vers les aigus. C'est à croire que l'univers *veut* que Leo s'en tire.

« Cela ne devrait pas être long. Quelques heures tout au plus. Ça remarchera quand nous reviendrons de la plongée. » Jacob fourre son téléphone dans son sac.

« Et si ce n'est pas le cas, intervient Tamsin, il doit bien y avoir d'autres endroits dans l'île qui ont le wifi. » Espère-t-elle trouver des preuves ou des justifications ? Elle a surtout l'air triste.

« O.K. » Je me résigne. « Mais zut, ça tombe vraiment mal. »

Nous quittons la cabane et rallions le boutre au pas de course. Vu du haut de la colline, il apparaît clairement que Leo est déjà à bord. Je ne peux pas me résoudre à le regarder alors qu'il se tient les bras croisés, telle une sentinelle, qui m'attend. Tout le monde charge les équipements, y compris Titus qui a dû revenir pour donner un coup de main. Il est renfrogné. Silencieux. Nous tendons des combinaisons et des palmes à Manu, puis nous montons à bord. Quand je passe devant Leo, il se penche vers moi.

« J'ai lu ton journal », ses mots glissent sur ma peau, « mais ai-je *dit à qui que ce soit ce que tu y as écrit ?* »

Je me tourne brusquement vers lui, écœurée, mais son visage a une expression sereine, bienveillante. Il pense vraiment m'avoir fait une *faveur* ? Je m'éloigne vers l'extrémité du bateau, les ongles serrés, prêts à lacérer toute sa magnanimité.

Nous appareillons vers la vaste barrière de récifs. La mer est pâteuse, visqueuse, dense comme du mercure. Manu et Louis sont assis sur le plat-bord, tout le monde se tait, savourant la fraîcheur de l'air, mais moi, je n'ai pas la tête à la plongée.

« Je crois que je ne vais pas pouvoir plonger », j'annonce soudain. Tous les regards se tournent vers moi.

« Pas de problème. Tu peux rester à bord avec moi. » Leo sourit.

Ma vision commence à se brouiller, comme toujours quand je me sens submergée, et je me mets à inspirer, expirer, inspirer, expirer, comme après l'accident, quand je me suis retrouvée seule dans le noir avec Cassia.

« Hé, on plongera ensemble », me dit Jacob. Aussitôt la vue s'éclaircit. Le bon vieux sentiment de sécurité. Les voies familières.

« Ne traînons pas », dit Duran. Nous avons atteint le site de la plongée. Titus a affalé la grand-voile et amarré l'embarcation à une bouée, en grimaçant à cause d'une blessure pansée derrière son épaule. « Il y a du courant, alors surveillez vos jauges, ne descendez pas en dessous de douze mètres. Je vous veux de retour à bord dans vingt minutes. Restez groupés. Gardez la notion du temps et prévoyez un palier de sécurité. » On règle les montres, on vérifie les sangles. Duran crache dans son masque et le nettoie avec sa salive avant de le passer derrière lui dans l'eau de mer pour le rincer. « Greta et Ted, vous plongez ensemble. Manu avec Louis ; Axel avec Hugues. Tamsin, tu seras mon binôme. »

En entendant son nom, elle relève la tête, de la lassitude dans le regard. « Super, dit-elle en me jetant un coup d'œil. Plan à deux. »

Nous sautons dans l'eau par paires, les bras collés à notre buste pour maintenir nos masques et nos détendeurs en place. Je barbotte, les yeux fixés sur Leo qui se penche au-dessus du bord comme un père tout fier que je sache nager. J'ai hâte de disparaître de sa vue ; après un check rapide, nous descendons Jacob et moi, envoyant des bulles crever la surface jusqu'à ce que nos poumons soient trop en profondeur pour se signaler. Dès que nous nous trouvons sous la surface et que mes oreilles se sont remplies d'eau, je n'entends plus que les crépitements du plancton. Comme toujours en plongée, le silence apporte un répit. Aussitôt apaisant.

Nous sommes tout de suite entraînés par le courant. Jacob me prend la main. Sa poigne est ferme et solide dans l'eau. Duran est juste devant nous avec Tamsin. Je vois onduler les longs muscles de ses mollets au rythme de ses coups de palmes. À côté d'eux, un peu plus éloignés du récif, Ted et Greta s'affairent sur leurs systèmes de flottabilité. Doucement, nous partons tous ensemble, les uns derrière les autres ; à un moment, je croise une tortue au visage flétri, ratatiné, qui me rappelle un peu Nattie. J'en caresse le souvenir aussi longtemps que je peux en glissant près du petit animal jusqu'à ce qu'il s'enfuie et que l'image s'efface. Les branches souples des coraux ondoient comme soufflées par un vent violent.

Nous sommes en plongée depuis dix minutes quand Greta se met soudain à se débattre, à brasser l'eau derrière elle, effectuant de grands moulinets avec ses bras comme pour ne pas tomber de haut. Elle se cramponne à Ted, qui se démène à son tour. *Plus d'air,* indique-t-elle en passant frénétiquement sa main à plat sur sa gorge. *Plus d'air.* Derrière le verre de son masque, ses yeux dessinent deux larges soucoupes blanches. Jacob et moi nageons vers elle. Il lui attrape les poignets alors qu'elle bat des pieds, pour l'empêcher de remonter à la surface – elle risque un accident de décompression et il n'y a pas de caisson hyperbare sur l'île.

Alors elle empoigne son masque, apparemment décidée à l'arracher, et nous nous agrippons tous les quatre comme des parachutistes tentant de former un cercle sans basculer, en nous efforçant de ne pas paniquer. Jacob tâte sa bouteille, trouve son détendeur de secours et le tend vers la bouche de Greta. Dès qu'elle reçoit l'oxygène, elle cesse de tripoter son équipement. Jacob la tient enlacée comme un amant dans la tempête et ils restent ainsi, buste et hanches collés, la queue-de-cheval de Greta flottant à l'horizontale, ses yeux rivés aux yeux de Jacob. Ils respirent à l'unisson, se calment peu à peu, remontent lentement. Jacob nous fait signe à Ted et moi de les suivre.

Lorsque nous perçons la surface, le bruit m'agresse aussitôt comme une claque. Le masque pendu à son cou, Greta suffoque et tousse, crachant de l'eau salée entre deux sanglots. Sa respiration siffle comme celle d'une grande malade. Jacob souffle dans son sifflet et crie à Titus de venir : nous apercevons le bateau, mais il est loin ; nous nous serrons autour de Greta en gonflant son compensateur de flottabilité pour lui maintenir la tête et les épaules hors de la houle.

Jacob ne cesse d'examiner son visage et de consulter sa montre. « Ça va aller, lui répète-t-il en boucle en écartant ses cheveux de ses joues. Respire profondément, inspiration, expiration, c'est bien. »

Elle est toute molle et terriblement pâle. Sous nos pieds, Dieu sait quelle est la profondeur de l'eau. Nos jambes pendillent dans la mer ; j'agite les miennes en essayant de ne pas penser à ce qu'il y a sous moi.

Titus approche le bateau. Nous soulevons Greta vers lui. Elle s'écorche le genou sur le bois quand il la hisse à bord : je vois le filet de sang couler sur sa peau, mélangé à l'eau comme le ferait du pétrole. C'est ensuite Leo qui m'aide à monter – je ne peux pas supporter le contact de sa main mêlée à la mienne – et je me dégage dès que je suis à bord.

« Que se passe-t-il ? demande-t-il. Un problème ? »

Tous les quatre, nous ignorons sa question. Nous nous débarrassons de nos équipements, ôtons nos palmes, détachons nos bouteilles et nos gilets pendant que Titus se dépêche d'aller chercher la trousse de secours. Jacob libère Greta de son attirail, dégrafe sa ceinture de plongée, lui arrache sa bouteille. Il s'empare de sa jauge pour vérifier la quantité d'air, la compare à la sienne, à celle de Ted, à la mienne. Nous avons tous environ cent cinquante bars, celle de Greta est sous le niveau critique de cinquante, avec une aiguille bloquée à zéro.

« Elle n'a pas pu tout consommer, c'est impossible, me dit Jacob, pendant que Leo se tient à l'écart à la proue. Elle n'avait sûrement pas plus de vingt bars dans sa bouteille. » Il dézippe la pochette rouge et me regarde droit dans les yeux. « Est-ce que j'ai verrouillé la porte de la station de gonflage quand nous sommes partis ? »

Nous continuons à nous dévisager alors que Duran et Tamsin font surface et sont hissés à bord par Titus.

« Que se passe-t-il ? demandent-ils d'une même voix. Qu'est-ce qui ne va pas ?

— Elle s'est trouvée à court d'oxygène, explique Jacob. Duran, nous avons effectué une remontée d'urgence, mais sans palier de sécurité. »

Tamsin s'agenouille et écarte doucement une mèche de cheveux du visage de Greta. Celle-ci remue les yeux, mais c'est tout.

« Comment se fait-il... » Duran se retourne en remarquant Leo adossé au plat-bord.

« Elle n'a pas l'air en forme, vous ne trouvez pas ? dit Leo. Elle est sous le choc. Il faudrait peut-être la réchauffer un peu. »

Duran intercepte Titus qui porte la trousse de secours ; j'enlace Greta qui n'a pas dit un mot depuis que nous sommes sortis de l'eau. Jacob se penche lui aussi et Tamsin et lui m'aident à débarrasser Greta de sa combinaison. Elle frissonne, sa respiration est saccadée. « Jacob, je murmure, Greta a parlé à Duran tout à l'heure. Tu crois que c'était à propos de Leo ?

— Je ne sais pas, je n'en sais rien. » Lui aussi cède maintenant à la panique. Greta est apathique. Elle ne bouge pas un membre pendant que nous tirons sur sa combinaison.

« Peut-être qu'elle sait quelque chose à son sujet et qu'il...

— Qu'est-ce que vous chuchotez entre vous ? » demande Leo. En l'entendant, Tamsin semble terrifiée.

« Enlevez vos combinaisons et couchez-vous autour d'elle », dit Duran en revenant vers nous avec une couverture de survie. Il en arrache l'emballage avec les dents, secoue la couverture pour la déplier et la tend devant lui.

« Il faut que je m'allonge ? je demande.

— Peau contre peau. » Jacob hoche la tête, la mâchoire crispée. « Elle a besoin de la chaleur des corps et de réconfort. Serrez-la contre vous – toi aussi, Ted. Vous tous. Blottissez-vous les uns contre les autres.

— Pas toi, Leo, intervient Duran. Tu restes où tu es. »

Leo croise les bras et, d'un air qui semble ironique, regarde Jacob entasser les combinaisons à mesure que nous les enlevons, relever les jambes de Greta et les poser sur la pile. Tamsin et moi nous mettons d'un côté, Ted de l'autre ; nous nous calons contre sa silhouette humide à la peau toute plissée. J'essaye de ne penser qu'à aider, d'ignorer le regard de Leo posé sur nous et le parfum de coco de la crème hydratante de Tamsin, le contact léger de son dos tanné contre mon ventre quand nos corps s'encastrent. Jacob étale la couverture froissée sur nous et la borde de tous les côtés.

Au bout de cinq minutes, j'entends Greta marmonner quelque chose. Je lève la tête. « Qu'est-ce que tu as dit ? Tu vas bien ?

— Stevie, répète-t-elle en léchant ses lèvres desséchées. Aide-moi. »

Je sursaute, la gorge brûlante. Une bouffée de chaleur moite s'échappe de sous la couverture de survie. Oh, mon dieu, Cassia a prononcé exactement les mêmes mots – *ceux-là exactement* – et je n'ai pas pu l'aider, je n'ai rien fait. Et on m'a enveloppée dans une couverture identique à celle-ci, on m'a braqué une lampe torche dans les yeux, avec tous les pompiers qui s'affairaient sur la carcasse broyée de la voiture de Josh Hollander une heure après que je m'en suis extraite et suis restée allongée seule près de l'épave. Mais le souvenir renferme autre chose, quelque chose de plus sombre qui affleure maintenant tel un monstre émergeant discrètement d'une grotte. Qu'est-ce que c'est ? Quelle est cette chose que je ne peux pas voir ? Il fait de plus en plus chaud et j'ai du mal à respirer.

« Stevie ? » Tamsin se redresse et m'observe. « Ça va ? Ne t'inquiète pas. Nous l'aidons, là. »

Greta se tortille sous la couverture et un sanglot monte dans ma gorge. Je me dégage, m'éloigne à quatre pattes vers la poupe. Jacob se précipite, m'entraîne vers le flanc du bateau où j'avale de grandes goulées d'air. Derrière moi, Axel et les Français font surface à leur tour – ils grimpent à bord, rangent leur matériel en jetant des regards à Greta, Ted et Tamsin alignés comme des couverts dans un tiroir.

« Nous avons un problème, les gars, les informe Duran. Jacob, on est bons ? Il faut retourner à terre. »

Jacob s'assure qu'il peut sans risque me laisser seule avant de retourner auprès de Greta et de s'accroupir près d'elle au côté de Duran. Penchés sur elle, ils se parlent à voix basse d'un ton pressant. Les autres s'assoient sur le pont, effrayés ; un murmure confus se répand sur le bateau pendant que Titus, à la barre, nous ramène au camp. Un seul d'entre nous reste debout, dressé à l'avant pour contempler la mer en nous tournant le dos, telle une altière figure de proue. Il est intéressant de constater à quel point Leo est serein. Nullement ébranlé.

26

Leo

Naturellement, ils pensent que j'ai vidé la bouteille de Greta. N'est-ce pas évident ? J'en avais l'opportunité, l'intention et le mobile. Mais, comme il devient habituel avec moi, ce n'est pas facile à prouver. Ils auront beau essayer, ils ne pourront pas me faire porter le chapeau.

Pendant tout le trajet du bateau jusqu'au camp, j'ai proposé de porter des choses, mais personne ne m'adressait la parole – surtout pas Stevie, qui mettait un point d'honneur à rester en arrière, en bavardant à voix basse avec Tamsin. Greta s'en remettra. Certes, elle a subi un choc, mais avec tous ces plongeurs autour d'elle, sa vie n'était pas en danger et elle n'aura pas de séquelles. Après avoir bu un verre d'eau et passé une demi-heure à l'ombre, elle va directement au dortoir et commence à emballer ses affaires. Elle est maligne. Elle a enfin compris ce qu'était ce camp. Elle est la seule à avoir ouvert les yeux.

Je reste à la cantine pour ramasser et laver les assiettes et les mugs. L'essentiel désormais est de me rendre utile pour qu'on ne me chasse pas de l'île. Je dois impérativement devenir indispensable. C'est comme lorsque ma mère est venue me trouver quand j'avais quinze ans, quelques heures avant cette réception au cours de laquelle j'ai incendié la bibliothèque de mon père.

« Chéri, m'a-t-elle dit en me tournant le dos et en relevant ses cheveux d'une main. Les invités vont arriver d'un moment à l'autre. Peux-tu m'aider, mon grand ? » J'ai remonté maladroitement la glissière de sa robe, dont le satin fuyait sous mes doigts. « C'est parfait. Comment tu me trouves ?

— Ravissante. » Une bulle gélatineuse s'est coincée dans ma gorge. J'ai toussé pour l'évacuer. « Comme une star de cinéma.

— Tu es gentil. » Elle a posé les mains à plat sur mes joues. J'ai penché la tête pour m'y appuyer. « Tu n'es pas mal non plus. Tu prends du muscle. Les filles adorent ça. Cependant, tu pourrais te tenir un peu plus droit. Et lisser tes cheveux. » Elle a hésité, m'a observé. « Leo, je voudrais te demander quelque chose.

— Quoi donc ? » J'ai ouvert le premier tiroir de ma commode, à la recherche d'un peigne.

Elle a inspecté le poli parfait de son vernis à ongle. « Connaîtrais-tu par hasard la combinaison du coffre de ton père ? »

Je me suis tourné. Sans répondre.

« Oh, ce n'est pas urgent – d'ailleurs, je pourrais lui demander, mais tu sais comment il est. Je ne veux pas réveiller le troll ! Et je me disais, comme tu vas souvent dans son bureau, que tu aurais pu retenir les chiffres. Tu es tellement observateur !

— Je ne les connais pas. »

Quelque chose a changé dans son regard, l'infime éclat d'une plus grande froideur. « Mon dieu, ce n'est pas très romantique ni, ni… *héroïque*, n'est-ce pas, de flancher à la moindre épreuve.

— Maman, je ne…

— Ne vais pas, ne peux pas, ne veux pas. C'est du pareil au même. C'est bon, Leo. Je comprends. Je vais devoir manifestement reconsidérer ta situation. » Elle est sortie de la pièce d'un air hautain, me laissant seul avec mon peigne.

Je l'ai déçue, me dis-je pendant que je range la vaisselle dans la cabane. *Aurait-elle disparu sinon?* J'entends Stevie respirer derrière moi. Je me retourne en espérant par-dessus tout qu'elle au moins comprendra ce que je ressens pour elle. Grâce à la lettre que j'ai si soigneusement préparée à son intention, l'histoire ne pourra pas se répéter. Elle l'ouvrira sûrement ce soir.

« Leo, c'est mon mug et mon assiette. N'y touche pas. » Tamsin est assise tellement collée à Stevie sur le banc qu'elle pourrait coudre leurs vêtements ensemble.

« Ou quoi ? » je réponds en distillant tant de haine à son endroit qu'elle ne peut pas ne pas en sentir le suc sur sa peau.

Elle se trémousse, se recale, rassemble son courage. « Et ne t'approche pas de moi. De nous deux.

— Tu sais pourquoi ton père n'arrête pas de divorcer? je rétorque et son visage prend un ton blanc crayeux. J'y ai réfléchi. C'est peut-être toi qu'il quitte. Il cherche indéfiniment à s'éloigner toujours plus. »

Elle se lève, les yeux humides, et s'en va vers la plage d'un pas mal assuré. *Parfait. Continue à marcher et ne t'arrête pas tant que l'eau ne t'aura pas engloutie.*

Stevie me jette un regard noir. L'instant d'après, elle est partie elle aussi.

Duran ne tarde pas à venir me parler. Sa démarche est tellement prévisible que je me tiens le dos voûté sur le banc pour l'attendre, les bras sur les cuisses, les doigts croisés.

« Dans mon bureau », dit-il. Pas *bonjour*. Pas *comment va?*

Je le suis. En entrant dans la pièce, je remarque immédiatement que le meuble de classement est toujours appuyé contre le mur. Personne ne s'est encore aperçu de rien. Duran s'assoit derrière sa table avec des airs de proviseur convoquant un élève et la même expression condescendante autour des yeux qu'adoptait mon père dans ce genre de situation. J'ai vécu cela des centaines de fois.

« Leo, es-tu allé à la station de gonflage ?

— Quand ? C'est interdit ? Je ne crois pas l'avoir lu dans le livret d'accueil du c… »

Il se penche en avant. « Est-ce que tu es en froid avec Greta ? Est-ce que tu l'as suivie ? Lu son journal ?

— Non.

— Elle était ici tout à l'heure. Elle a parlé de toi.

— Dans quel sens ? » Où qu'il veuille en venir, il n'est pas près d'atteindre son but. Il est comme le gamin en tricycle qui pédale de toutes ses forces derrière le peloton.

« La seule conclusion que je peux tirer de l'incident d'aujourd'hui sur le bateau, c'est qu'il s'agit d'un malheureux accident. Ce sont des choses qui arrivent : les bouteilles fuient parfois. Notre matériel n'est pas de la première jeunesse.

— Absolument. Une bouteille défectueuse. »

Duran se mâchonne l'intérieur des lèvres. « Cela dit, je te demande de quitter GoEco.

— Quoi ? » Un éclair rouge s'allume dans ma tête et se répand dans toutes les fibres de mon corps. Mais je dois garder mon calme. *Respire, Leo.* Si je retourne chez moi, qu'adviendra-t-il de ma petite souris blanche ?

« Tu nuis au moral du groupe, ajoute Duran. Pour parler franchement, personne ne t'aime. »

Essayerait-il de me faire craquer ? Bien sûr. Il a été entraîné à ça ; ils le sont tous. Et Duran sait se défendre, ça se voit à des kilomètres. Si je lui envoie un coup de poing comme j'en rêve, il esquivera comme s'il était liquide, m'en rendra un dans les entrailles et rédigera son rapport.

J'inhale une profonde bouffée d'air reconstituante. Il me demande de partir, il ne me l'ordonne pas. Il n'a pas encore assez de billes. « Je ne vais nulle part, j'annonce.

— J'ai vu des centaines de garçons comme toi, Leo. Des petits gosses de riches dévoyés qui se pavanent avec arrogance à travers le monde comme si tout leur était dû. Les recrues qui viennent ici, la clientèle des bateaux de Laurence Sloane. Vous êtes tous les mêmes. Des flopées.

— Vous croyez me connaître, Duran ? » Je m'approche d'un pas. Il se raidit. Il se méfie un peu de moi. « Ce n'est pas de l'arrogance. Vous devriez réfléchir à deux fois avant de m'insulter. »

Il se lève derrière son bureau en s'appuyant sur les bras, ce qui met en valeur ses triceps. « Si vous restez, monsieur Cavendish, faites attention. Un faux pas et je vous reconduirai moi-même au port. »

Tournant les talons, je sors du bureau comme je faisais à la maison : en respirant fort, en chassant d'un battement de paupières tout ce qu'il a dit et impliqué. Trois pas sur l'herbe sèche et je me sens bien à nouveau. Je me suis lavé l'esprit parce que je suis doué pour ça. Je suis indispensable. Je suis résilient.

Toutes les recrues sont rassemblées du côté de la cantine pour dire au revoir à Greta et Ted. Ils s'apprêtent à partir avec Titus pour prendre le ferry.

« Vous êtes sûrs que vous ne voulez pas rester ? leur demande Jacob. Il est plus de midi. Il n'y aura peut-être plus de bateaux. »

Les cheveux blonds en bataille, Ted hésite. Il n'a manifestement pas aussi envie de partir que sa sœur. Et pour cause. Ce n'est pas lui qui a eu la peur de sa vie.

« On s'en va. » Greta a la voix enrouée, l'air fragile. « Monte dans la jeep, Ted.

— Quelqu'un veut mon adresse mail ? » Ted regarde tour à tour les membres du groupe. « Sinon, je suis sur Instagram, @TeddybearTremblay... » Le regard que lui décoche Greta aurait pu le couper en deux. Ted se tait et grimpe sur le siège arrière.

« Laisse-moi t'aider avec ton bagage. » J'arrive juste au moment où Greta commence à soulever son sac pour le mettre dans le coffre. Elle l'écarte brusquement, comme si j'allais y mettre le feu. « Putain, ne m'approche pas. Fous-moi la paix. »

Sa vulgarité est choquante. Elle n'a pas besoin de se montrer aussi grossière en public. Je suis sur le point de lui dire que ce n'est pas une façon de s'adresser aux gens, qu'il existe des règles de bienséance, quand elle vire soudain à gauche, saisit Stevie par le poignet, l'attire à l'écart et lui murmure quelque chose à l'oreille. De derrière la jeep, je distingue la vilaine crispation de son menton, la raideur de son attitude.

« Quoi ? je crie. Qu'est-ce que tu lui racontes ? »

Stevie fronce les sourcils, mais Greta la laisse pour sauter dans la jeep en claquant la portière derrière elle. Alors que Titus s'éloigne, je reste concentré sur Stevie. Elle réfléchit intensément, analyse, mais peu importe. Je percerai leur secret. Elle se confiera à moi demain, quand je serai redevenu indispensable. Quand il n'y aura plus personne à qui parler.

27

Stevie

Tamsin et moi emportons notre dîner sur le quai. C'est plus tranquille. C'est loin de Leo.

« Qu'est-ce qu'elle a voulu dire par là ? demande Tamsin en piquant mollement un filet de poisson avec sa fourchette. *Ce n'était pas un accident – une fois de plus.* C'est tout ce qu'elle t'a dit ?

— Oui. » Moi non plus, je n'arrive pas à manger. « Et elle était drôlement tendue. J'en ai encore mal au poignet. » Je pose mon assiette sur le quai. « Elle doit penser que c'est Leo le responsable. »

Duran a mis l'accident sur le compte de la malchance – *un malheureux accident, les gars, c'est pour ça que nous avons une assurance* – et Jacob va dans son sens. Pourquoi sont-ils tous les deux si peu réactifs ? Leo savait bien que Greta et Ted ne vérifient jamais correctement leur jauge – nous le savons tous, nous avons assez souvent plongé avec eux. Il lui a laissé juste assez d'air pour qu'elle ne s'en aperçoive qu'une fois loin de la surface. Peut-être a-t-il seulement voulu lui faire peur, mais avec une précision et un sang-froid terrifiants.

« Cela dit, pourquoi Leo voudrait-il s'en prendre à elle ? Et que signifie le "une fois de plus" ? A-t-il fait *d'autres choses* que nous ignorons ? » Tamsin tire son sweat sur ses genoux.

« Je crois qu'elle... » Je m'interromps en remarquant à quel point Tamsin paraît plus jeune ce soir, plus perplexe, plus abasourdie. « Je pense qu'elle voulait peut-être parler du safari en canoë. Leo était dans ce bateau, n'est-ce pas ? Il n'était pas à l'arrière ? »

Elle lâche un hoquet qui ressemble beaucoup à un haut-le-cœur. Tous ces mois qu'elle a passés à voyager avec lui, à dormir à côté de lui, un chaton blotti contre un serpent. Ce doit être dur à encaisser.

« Mais pourquoi ferait-il une chose pareille ? » Elle parle d'une toute petite voix. « Il aurait incliné le canoë pour apprendre à Ted à se tenir tranquille ? Même *moi*, j'ai failli tomber. »

Leo s'en fiche, de toi, ai-je envie de lui dire. *Depuis le début.*

Il me vient soudain une autre idée épouvantable, aussitôt suivie d'une horrible bouffée de certitude. « Tamsin, je demande d'un ton posé, tu sais, à Diani Beach, la première fois que vous avez bu des bières avec Jacob ? Est-ce que Leo a dormi avec toi dans votre bungalow cette nuit-là ? »

Elle tourne la tête. Sa fourchette tremble. « Il allait et venait. Il ne tenait pas en place. Pourquoi ?

— Pour rien. » Une montée de bile me brûle la gorge. *Il était dans ma chambre. Il m'observait.* « Que sais-tu sur la mort de son père ?

— Son... le procès ? » Ses yeux s'écarquillent encore davantage. « Seulement que cela a été un cauchemar médiatique. Il ne parle jamais de son père. »

Oh, mince, me dis-je. *Tu ne sais absolument rien de lui.*

« Tu crois que Leo y était pour quelque chose ?

— Je l'ignore. » Sauf que je mens. Depuis qu'il m'a harponnée dans la mangrove, je sais qu'il est dangereux.

Ses paroles ont été *Nous sommes pareils, Stevie,* mais cela voulait dire *Tu as tué quelqu'un et je sais ce que c'est.* Si seulement j'avais pu mieux décrire cette conversation à Jacob, sans qu'il pense que je…

« Il faut qu'on parte d'ici, Stevie. » Tamsin se couvre le visage de ses deux mains. « Je suis sérieuse. Au début, j'ai trouvé toute cette histoire avec Leo amusante, je me suis dit que c'était une toquade passagère, mais c'est bien pire que ça. Et cette île est minuscule, claustrophobique. Je me sens prise au piège. Tu vois ce que je veux dire ?

— Oui. » Je l'entoure de mon bras et elle s'abandonne contre moi en respirant par saccades. Quand je suis près d'elle, mes doutes se dissipent chaque fois un peu plus. Même en pleine panique – ou peut-être à cause d'elle –, ce que je ressens pour elle est encore plus manifeste.

« Tu viendras ? demande-t-elle en contemplant le ciel constellé. J'ai assez d'argent pour nous deux. Zanzibar n'est qu'à quinze kilomètres. On n'a qu'à voler la barque et suivre l'étoile polaire.

— O.K., Galilée. » Je sens son sourire à travers ma chemise. Mais est-ce que je peux partir ? Et Jacob ? Même si je lui en veux à mort de sa passivité, Nattie se retournerait dans sa tombe.

« Oh, mon dieu, que je suis bête ! » Tamsin se redresse. « Maintenant que j'y pense… Comment n'ai-je rien soupçonné ? » Elle rabat sa capuche et je ne vois plus qu'une ou deux mèches de cheveux et le bout de son nez et de son menton. « Une fois, j'ai vu un documentaire à la télévision. C'était au sujet d'un type qui traquait les femmes et les étranglait. Il en a tué, quoi, huit, et il gardait des trophées de ses victimes dans une valise sous son lit. Un collier, des dessous, des putains de dents. Plutôt glauque. Et quand il a enfin avoué, tu sais quelle a été sa première phrase? *S'il vous plaît, ne dites rien à ma femme.*

— C'est épouvantable.

— Carrément! Pendant toutes ces années, sa femme a dormi à ses côtés. Il partait tuer une meuf et lui arracher les dents et revenait à la maison faire un câlin. Je te jure, je n'ai jamais oublié. On ne connaît pas les gens avec qui on vit. »

Une eau sombre gonfle et s'agite autour du quai. « Les femmes ne veulent peut-être pas savoir, dis-je. Elles ont assez à faire avec leur propre vie intérieure. »

Au clair de lune, les yeux de Tamsin sont plus gris que verts. « Stevie, que t'est-il arrivé sur le bateau tout à l'heure? Pourquoi as-tu paniqué quand nous étions sous la couverture de survie? »

J'hésite tandis qu'un couvercle grince en moi. Il y a si longtemps que je n'ai pas ouvert ce coffre.

« C'est à cause d'un vieux souvenir. » Mon cœur cogne contre mes côtes. « Je suis… je reste parfois bloquée dans le passé. C'est toute une histoire.

— Ça a quelque chose à voir avec la fille que tu as embrassée? Celle de *Mes premières fois*? » Elle sourit au souvenir du jeu. « Qui que soit cette fille, elle est sacrée et cachée au fond de toi. Même Jacob ignorait tout d'elle. »

Une grande vague de tristesse m'envahit. L'espace d'un instant, je songe à sauter du quai pour fuir vers tout autre chose. Mais je veux parler – j'en ai besoin. Parce que le souvenir est en effet sacré et que je n'ai jamais connu une liberté comme celle-ci, même si tout semble prêt à basculer et à subir un changement radical, irréversible.

« Elle s'appelait Cassia.

— Cassia », répète Tamsin. Son accent confère au nom une sonorité parfaite. Elle tire légèrement sa capuche en arrière. « C'est le nom qui est cité dans ton journal, d'après ce que tu as dit.

— Elle était belle. Le teint cuivré. De longs cheveux noirs. » *Exactement comme toi.* « Sa mère était Péruvienne. Et Cassia était sympa. Assez réservée.

— Et quand tu l'as embrassée ?

— J'étais sincère. » C'est tout ce que j'arrive à dire.

Tamsin pose la main sur sa gorge, comme si elle me trouvait terriblement prude. Alors elle ouvre de grands yeux en me voyant trembler. « Oh merde, Stevie, je ne voulais pas te blesser. Je voulais seulement en savoir plus. »

Mon visage se chiffonne. Il y a tant de choses qui ont besoin de sortir. Et il est temps de dire enfin qui je suis et ce que j'ai fait. « J'ai provoqué un accident de voiture quand j'avais seize ans. C'était ma faute – si, vraiment – même si personne n'a voulu m'en rendre responsable à l'époque. On avait tous bu et les garçons, qui étaient à l'avant, nous criaient à Cassia et moi de nous embrasser. Comme si ça les amusait, comme si nous étions là pour leur divertissement sexuel.

— Les garçons sont ignobles. » Elle me prend la main. Sa peau est chaude.

« J'ai tout enfoui. Tout refoulé depuis des années, enseveli au plus profond. Personne ne voulait y faire face avec moi, et il y a autre chose… un détail que je ne parviens pas à identifier. » *Une main sur le volant ? Une musique trop forte ?* Je ferme les yeux, paupières serrées, pour essayer.

« Cela finira par se tasser, assure Tamsin. Il faudra bien.

— Oui, mais tu ne connais pas ma ville. Les choses y sont immuables. Il y a des règles pour tout. » Je baisse les yeux sur mes genoux. « Anchorite Bay est minuscule et il n'y a qu'une seule manière de se comporter. On m'a collé une étiquette et je suis priée de m'y tenir. »

Tamsin hoche la tête en serrant ma main encore plus fort. « À ce moment-là, dans la voiture, je me suis rendu compte qu'il n'est pas possible de cerner une fois pour toutes la personne que je suis. Ni de décider si je suis attirée par quelqu'un. Je réagis différemment face aux personnes que je rencontre.

— Naturellement. C'est de la chimie. Ça fait ce que ça veut. »

Je me tais. Je retire ma main et enroule mes bras autour de mon buste, je m'enveloppe. « Quand j'ai embrassé Cassia, je n'avais pas envie de m'arrêter. C'était comme la profondeur de champ en photographie : tout autour d'elle était flou.

— C'est mignon.

— Ça ne l'était pas, en fait. C'était l'environnement le pire pour découvrir une sensation aussi délicate. Les garçons braillaient, chahutaient, se retournaient vers nous pour nous mater, nous criaient d'enlever nos chemisiers.

— Beurk.

— Alors j'ai croisé les mains sur le visage de Josh Hollander. » Je mime le geste pour elle en me cachant les yeux. Je reste ainsi un moment avant d'abaisser mes mains. « Je n'ai pas réfléchi. »

Les yeux fixés sur ses chaussures, Tamsin joue avec un lacet effiloché. « Cassia ne s'en est pas sortie.

— Non. » Je respire fort. « Non, elle y est restée. J'y pense tout le temps. Les garçons n'ont rien eu.

— Oh, Stevie. Tu n'en as jamais parlé à Jacob ? » Elle pose la tête sur mon épaule.

« Je me suis glissée dans la peau d'un personnage plus acceptable pour lui, pour tout le monde en fait. C'est ainsi qu'il me connaît. Mais cette peau ne me va pas très bien. C'est terrifiant quand j'y pense.

— Tu n'as pas besoin de t'inventer des personnalités. Surtout pas celles que tout le monde imagine. »

Cela paraît tellement simple quand elle le dit. Mais elle a sans doute plus d'expérience que moi dans ce domaine. Je ne la vois pas accepter qu'on lui colle une étiquette, même si on la lui apportait sur un plateau.

Je me redresse. « Tu as déjà fait quelque chose de répréhensible ? »

Elle se recroqueville. « J'ai volé de l'argent à Ted quand il a laissé traîner son portefeuille à l'auberge, au Zim. Je le trouvais tellement con à ce moment-là, parce qu'il avait failli me faire tomber du canoë et m'avait fichu une trouille bleue, que j'estimais avoir droit à un dédommagement. Putain, j'ai eu tort. Je l'ai remboursé dès la première semaine de notre arrivée ici. Il ne s'est rendu compte de rien.

— Voleuse. » Je le dis sans conviction. Je suis fatiguée. Je veux seulement me laisser bercer par l'océan.

« Stevie. » Elle s'empare à nouveau de ma main et la porte à ses lèvres. Un courant électrique me traverse à ce contact. « Cet accident, ce n'était pas ta faute. N'aie pas peur de toi-même. Tu es super et il faut que tu quittes cette île avec moi.

— D'accord. » Je suis sincère en le disant, parce que je ne veux pas la voir partir. Je l'aime depuis qu'elle m'a donné le bracelet brésilien en me disant que nous étions comme les deux doigts de la main.

Elle reste un moment silencieuse, le regard à nouveau posé sur l'embarcadère. « Tu n'as vraiment embrassé qu'une seule fille ? »

Je hoche la tête, mon cœur s'affole. Son regard vert gris accroche le mien.

« Je veux être la deuxième », dit-elle.

L'instant d'après, c'est moi qui me penche la première vers elle, qui pose mes lèvres sur les siennes, juste pour voir comment ce sera. J'y ai pensé. Je ne peux plus le nier. Au moment de cette chute, je me laisse sombrer dans l'obscurité. Je ne suis plus qu'une bouche et un battement de cœur. Je ne connais plus rien qu'elle. Elle infiltre son souffle en moi, lèvres aussi chaudes que la nuit, sa langue d'une douceur liquide comme la mer soyeuse.

28

Leo

Le chemin jusqu'à la plage du Chien mort est tranquille, aisé. Je marche vite, d'un pied léger, et franchis en petite foulée le premier lacet avant la crique. Il s'est passé tant de choses depuis une heure qu'il est difficile de croire que les événements ont pris cette tournure. Enfin, enfin l'univers est de mon côté.

Jacob remontait l'escalier de la plage quand je l'ai aperçu – il cherchait Stevie, il voulait lui apporter des tranches de mangue pour son dessert, mais quelque chose l'en avait empêché en cours de route car il revenait, l'assiette toujours à la main. Au lieu de rejoindre le groupe près du feu, il est entré dans le bureau de Duran. Je l'ai vu à travers la fenêtre aller et venir dans le noir.

Duran était déjà retourné chez lui pour la nuit après avoir chargé Jacob et Axel de me tenir à l'œil. Son système de sécurité est risible. Il était à peine parti que les Français ont sorti un joint et commencé à chanter les tubes de Simon et Garfunkel que Manu jouait indéfiniment à la guitare. Seules Stevie et Tamsin manquaient à l'appel et je voulais autant que Jacob savoir où elles étaient passées. Ce que je savais, c'est que Tamsin était chargée de la surveillance du bateau à dix heures sur cette plage ; le capitaine Duran avait pris soin de planifier les tours de garde avant de s'en aller. Je n'étais pas sur la liste, sans doute une manière de me punir, j'imagine, ce qui ne me dérangeait pas le moins du monde. On avait, dans l'ordre, Tamsin, puis Jacob, puis Titus. Mais que faisait Tamsin en attendant ? Il était un peu plus de neuf heures quand je me suis dirigé vers le bureau, en remarquant avec amusement qu'Axel chantait "The Sound of silence" les yeux fermés et ne s'était pas aperçu de mon absence.

Quand j'ai ouvert la porte du bureau, Jacob s'est figé sur place. L'assiette de mangue était posée sur la table.

« Ça va ? » lui ai-je demandé, alarmé de voir que le classeur à tiroirs avait été écarté du mur et l'internet rebranché. « Qu'est-ce que tu fais là ?

— Rien. » Tout était bourru dans son attitude. Il a appuyé la paume de sa main sur sa tempe. « Je réfléchis.

— À quoi ?

— À ces *filles.* » Son visage luisait comme une porcelaine dans l'obscurité. « Je viens de les voir. Bon sang, à quoi jouent-elles ?

— Qu'est-ce qui s'est passé ? » Je me suis adossé au bureau de Duran de façon à cacher l'ordinateur et le wifi aux yeux de Jacob. « Qu'as-tu vu ?

— Elles, a-t-il répondu, bouche bée. Tu sais. En-*semble.* » C'est à peine s'il est arrivé à cracher la deuxième moitié du mot. « Et zut, après tout ce que je fais pour elle ! Tout ce que j'ai fait. »

Je suis resté un instant ahuri à la pensée de Stevie et Tamsin en train de s'embrasser. Avait-il vu plus que cela ? J'ai vite chassé ces idées. Je n'avais pas le temps de m'y attarder. Si j'étais rempli d'indignation, d'une putain de rage absolue, le temps viendrait de les évacuer. Ce n'était pas le moment.

« C'est Tamsin, ai-je dit aussitôt. Cette fille est un cancer ici. Depuis le début. C'est elle qu'il faut éjecter. »

Il a poussé un long soupir douloureux.

« Non, Stevie m'en veut à mort. Je le sais. Elle est furieuse que Duran et moi ne t'ayons pas renvoyé du camp. Elle dit que je suis un suiveur. Un faible. »

Ce en quoi elle n'a pas tort, me suis-je dit. *Qu'espérait-elle ?*

« Duran est le chef ici. Si tu essayes de le supplanter, les troupes y perdront leur latin.

— Exact. C'est vrai. » Il s'est remis à faire les cent pas en me glissant des regards furtifs.

« Écoute, Jacob. Tu n'as pas besoin de m'expulser du camp. Je n'ai rien fait à Greta aujourd'hui. » Il s'est immobilisé. « Sa bouteille a fui. C'est tout. Et cette histoire de faux nom – je sais que tu es au courant », je me suis interrompu pour voir s'il me contredirait, « c'est juste… je ne voulais pas que la mort de mon père me poursuive jusqu'ici. Ça a été tellement éprouvant. Je voulais repartir à zéro. J'ai pris le nom de ma mère. » J'ai haussé les épaules en ouvrant de grands yeux. *Regarde, je suis un gentil garçon. Complètement transparent.*

« Pourquoi as-tu lu le journal de Stevie ?

— Je suis tombé dessus par hasard. Ce n'était pas prémédité, je te promets. Mais tu as raison : je n'aurais pas dû le lire. » Je me tais à nouveau. Me croira-t-il ? « Quant à Tamsin, quand je t'ai suggéré de coucher avec elle sur le bateau, c'était seulement pour essayer de te la refiler. De cela aussi je te prie de m'excuser. Mais je te le dis, cette fille est un vrai cauchemar. C'est à elle que tu devrais t'en prendre.

— Pourquoi t'es-tu mis avec elle dans ce cas ?

— Je ne sais pas. L'amour est un labyrinthe. On ne sait pas où se trouvent l'entrée ni la sortie. »

Oh, sur ce point, il était d'accord avec moi. Tout son corps s'est affaissé.

« Je suis en train de perdre Stevie, a-t-il dit d'une voix enrouée. Je ne peux pas la perdre. Je ne peux pas.

— Je sais. » En réalité, il l'avait perdue dès le moment où j'avais posé les yeux sur elle à l'auberge de Nairobi. Mais il ne servait à rien de le lui faire remarquer. « Nous étions amis au début, toi et moi, Jacob. Tu te souviens ? Tu me parlais. J'étais quelqu'un en qui tu avais confiance. » J'ai dit cela d'une voix douce et il m'a regardé, les yeux rouges, l'air misérable. « Je suis toujours le même. Je suis fiable. Et j'ai l'impression que tu as besoin d'un ami. »

Il a acquiescé, s'est frotté le nez avec le dos de la main. « Qu'est-ce qu'on va faire pour les filles ? »

Bingo. Je le tenais.

La plage se déploie comme une grande toile quand j'aborde le dernier tournant en longeant de près la lisière des arbres où les ombres se concentrent. Je n'aperçois pas encore Tamsin, mais je sais qu'elle doit être assise sur la bande de sable, seule, vulnérable, exactement telle qu'il me la faut. Désormais, tout est dans l'approche, comme avec mon père. Les situations comme celle-ci demandent de l'habileté, du calme, de la lucidité. Il n'y a rien d'héroïque à flancher à la moindre épreuve. Certes, les circonstances dans lesquelles j'ai affronté mon père étaient plus maîtrisées : j'avais planifié mon affaire depuis des semaines, visualisé mentalement chaque instant de son déroulement. L'occasion présente est moins préparée et donc plus incertaine – il s'agit quand même de Tamsin et, comme tout ennemi, elle est imprévisible. Mais j'ai au moins un partenaire cette fois-ci. C'est une entreprise moins solitaire. Jacob et moi sommes alliés, bien que je ne lui aie pas vraiment dévoilé mon plan. Mieux valait rester dans le vague.

Assis sur une chaise dans le bureau de Duran, il a demandé : « Redis-moi, qu'est-ce que tu vas faire exactement ?

— Me débarrasser de Tamsin. Une fois pour toutes.

— Oui, a-t-il dit, l'air dubitatif. Mais comment ?

— Rien de terrible, Jacob. Rien de grave ou de répréhensible. Je vais simplement lui gâcher la vie. L'isoler. Ce genre de choses.

— Ah, bon. Financièrement. Oui, c'est une bonne idée.

— Ça marchera. Elle s'en ira. Ne t'inquiète pas. »

Au moment où je l'ai quitté, Stevie s'approchait du foyer ; à ses pieds, les bûches flamboyaient, réduites à des braises blanches comme des ventres de crocodiles.

« Vous avez vu Jacob ? » l'ai-je entendue demander alors que je me trouvais en haut des marches face à son joli dos. En guise de réponse, Manu lui a passé le joint.

« *Laisse-toi aller**. Relax. »

Avant que j'aie pu l'en empêcher, elle a pris une grande bouffée, puis encore une autre. Elle a émis un son infiniment sensuel en étirant ses épaules.

« *Ça te plaît ?** » Manu lui a adressé un large sourire en coinçant une mèche de cheveux derrière son oreille. « C'est bon, non ? *Tu vois, ça fait du bien**. »

Non, ce n'était pas bon. Maintenant elle allait être défoncée en repensant aux lèvres de Tamsin sur les siennes, à leurs *langues* jointes – oh, mon dieu, les langues aussi ? – avec des frissons d'extase dans tout le corps. Pendant ce temps, l'évocation de ces deux-là me piquait le gosier comme une pelote d'épingles.

* En français dans le texte.

« Qu'est-ce que tu lui veux à Jacob ? » Manu a levé les yeux vers Stevie avec un sourire en coin. « Tu peux venir t'asseoir près de moi. »

Louis et Hugues ont éclaté de rire. *Attention, Manu,* ai-je pensé. *Tu tiens vraiment à entrer dans le jeu aussi tardivement ?* Fort heureusement, Stevie lui a rendu son pétard.

« Si vous le voyez, vous pouvez lui dire que je suis dans le dortoir ? »

Elle n'avait pas renoncé, pas encore. *Bonne fille,* me suis-je dit en m'éloignant du bureau pour aller retrouver Tamsin qui surveillait le bateau. *Cela veut dire quelque chose.*

Arrivé à la hauteur du puits, je m'accroupis près des rochers ; mes mains se contractent. Je devine une silhouette assise seule sur le sable près du bord. Est-ce Tamsin ? Je distingue mal à cette distance, mais je l'imagine, lovée sous les étoiles, en train de se délecter des événements de sa soirée. Elle est vraiment allée trop loin cette fois. S'en prendre à Stevie, lui voler une telle intimité, ainsi qu'à moi. A-t-elle cru que je ne l'apprendrais pas ? Ma colère monte en flèche pendant que j'avance à pas étouffés dans un silence de mort.

*
* *

L'absence de vie dans un corps est une chose étrange. Où s'en sont allées la vivacité, l'ardeur ? Que sont-elles devenues ? Il ne reste qu'une coquille, un grand sac, comme un emballage prêt à être recyclé. Pourtant la peau porte l'empreinte de la vie qui vient de s'envoler. Le corps mort est une carte si on sait le lire. Celui-ci, par exemple, ce corps sans vie. Voyez le tonus musculaire. Le teint de la peau. La santé. Il témoigne d'une personne qui vivait bien.

Quand je m'assieds sur le sable, la mer vient clapoter autour de mes pieds et de mes mollets. La nuit est si douce, bercée par le frémissement des palmes derrière moi et le roulement incessant des vagues. À ma droite, le bateau se dandine toujours sur l'eau là où Duran l'a amarré, mais Tamsin ne le surveille plus. Tout est si paisible sous le clair de lune dont les reflets dansent sur l'eau au gré de la houle. Personne sur la plage à part moi. Moi et ce corps mort, carcasse abandonnée face contre terre, le visage livré au ressac, pauvre masse échouée, avachie. À chaque vague qui vient se briser, les bras ondulent au rythme de la marée.

Je suis en état de choc. Cela ne fait aucun doute. Tout ce qui me traverse l'esprit semble irrationnel – des pensées qui jaillissent à chaque battement de paupières mais ne sont d'aucune utilité pour personne. Pourtant, impossible d'empêcher mon cerveau de mouliner, comme un ordinateur qui débite des rames entières de papiers inutiles. Je pensais contrôler parfaitement la situation, mais tout m'a échappé en l'espace de quelques secondes. Le problème avec mon plan, c'était qu'il ne tenait pas compte de l'environnement, des contingences, de l'inconnu. Je n'avais pas prévu les interférences des autres, ni les urgences qui les animaient.

J'observe le corps, son inertie après la lutte. Comme par une substitution d'écran dans ma tête, je me retrouve dans le bureau de mon père en train de m'approcher discrètement de lui en cachant une seringue derrière mon dos. J'étais seul avec lui dans la pièce – où régnaient ordre et silence – et pourtant ma main tremblait quand j'ai planté l'aiguille en regardant ses yeux, et la lueur d'absolue terreur que j'y ai vue et à laquelle je ne m'attendais pas. *Leo,* a-t-il soufflé en s'agrippant à moi d'une poigne si féroce que je me suis arraché à son emprise et ai reculé de plusieurs pas en le laissant hoqueter et se débattre dans son fauteuil. Dolores n'a rien entendu. Elle n'est pas venue. Je suis retourné près de lui à la fin ; il a donc dû y avoir un moment où il a capitulé et où j'ai eu, brièvement, la sensation bénie que tout cela était juste. Qu'ai-je fait ensuite ? Comment ai-je quitté les lieux ? J'ai rassemblé mes affaires, caché la lettre, ramassé les ampoules. J'étais méthodique. J'étais une machine.

C'est exactement ce qu'il faut maintenant, me dis-je en me redressant péniblement sur mes genoux ; en passant une main tremblante dans mes cheveux, je sens une humidité et je me demande si c'est de l'eau de mer ou quelque chose de pire. Devant moi, le visage ripe contre le sable – un visage qui n'a exprimé que fougue et passion jusqu'à la fin. Quel combat ! Je ne m'attendais à rien de tel. Il faut que je me débarrasse du corps à présent. Je n'ai pas le choix.

Dois-je l'enterrer dans la mangrove ? Le jeter dans le puits ? L'emporter sur le bateau pour le glisser dans les profondeurs de la mer ? Les corps sont bien plus lourds quand ils sont morts que quand ils sont en vie. Je l'ai appris avec mon père. Il s'y produit une sorte de conspiration, comme un écroulement rocheux, comme si les organes recueillaient tout le poids de l'injustice et le concentraient au moment de l'effondrement. Je me passe les mains sur le visage, me frotte les yeux avec mes jointures jusqu'à ce que ma vue se nimbe d'un kaléidoscope d'étoiles. *Réfléchis, Leo. Réfléchis. Que te conseillerait ta psy ? Que suggèrerait ta mère ?* Je me débrouillais si bien jusqu'à maintenant. Où est passée ma voix dominante ?

Je suis toujours à genoux, les hanches baignant dans l'eau, quand je vois Jacob, torse nu, se diriger vers moi. Jacob.

Un allié. De mon côté. En short de bain, il se hâte, en proie à un stress qui agite ses coudes comme des essuie-glaces qui se seraient emballés.

« Jacob. Dieu soit loué.

— Oh, Leo, je ne savais pas que c'était toi. » Il accélère le pas. « C'est mon tour. Tamsin est déjà partie ? Tu as réussi à la virer ? » Dans la pénombre, il doit avancer d'une dizaine de pas avant de s'arrêter, les pieds dans l'eau, quand une vague vient pousser le corps ballotant contre ses jambes. Pendant une seconde, il scrute l'eau, le temps que son cerveau détermine ce dont il s'agit. Ce n'est pas une bouée. Ni un paquet. Ni un débris. Rien de tout cela. Je me lève lentement.

« Bordel de merde ! Putain ! » Il s'accroupit d'un coup, patauge dans la houle et quand il tire sur le col du T-shirt, sa main s'enfonce dans le creux de l'horrible plaie. Le dos du crâne est gravement enfoncé. Jacob retourne le corps, l'enlace et le cambre, comme s'ils étaient les finalistes d'un concours de danse. Les yeux morts de Duran le fixent. De l'eau s'écoule de la cavité de sa bouche.

« Écoute-moi, dis-je. Il faut faire vite.

— Merde, mais qu'est-ce que tu as fait ?! » Il tient toujours Duran serré dans ses bras. Un étrange murmure s'échappe de sa gorge.

« C'est triste, lui dis-je. Je trouve, moi aussi. Ça a mal tourné. »

Soudain, Jacob laisse tomber le cadavre et se jette sur moi, me décoche ses poings dans la figure. Je tente de m'accrocher à son cou mais il me repousse violemment.

« Arrête ! » Je retiens ses bras. « Qu'est-ce que tu fais ?

— Tu es un MONSTRE ! Ce n'était pas ce qui était prévu ! » crie-t-il en m'empoignant. Ce n'est pas la première fois qu'on me traite de monstre mais ça fait quand même mal.

« Lâche-moi ! » je hurle en l'écartant brutalement. « Où est Stevie ? Tu l'as laissée seule dans le dortoir ? »

La question le fige. Il se redresse en chancelant et s'éloigne de moi à reculons, les deux mains levées comme si je voulais l'écraser avec ma voiture.

« La vérité, dis-je en me relevant, le souffle court, et en me léchant les lèvres pour en ôter le sel, c'est que les gens mentent et dissimulent. Tu ne l'as toujours pas compris ? »

Il bat en retraite, atterré, et se prend le pied dans la ceinture de lestage abandonnée sur le sable. Celle qui est souillée de cheveux et de tissus crâniens.

« Où est-elle ? » je lui demande pour la deuxième fois. La main sur la bouche, il réprime un haut-le-cœur. Pourquoi ne m'aide-t-il pas davantage ? J'ai envie de lui dire *Jacob, je suis fiable, tu te rappelles ?* Mais avant que j'aie pu ouvrir la bouche, il tourne les talons et part en courant, file dans l'obscurité, faisant jaillir le sable sous ses pieds.

III

La Traque

29

Stevie

Jacob nous fait quitter le camp à toute vitesse à bord de la jeep de Duran, en prenant les tournants tellement serrés que je suis plaquée contre le dossier du siège passager.

« Jacob ! » je crie, mais il a les yeux fixés sur le rétroviseur. Il a du sable tout autour du visage, à la racine des cheveux et sur son menton. Il ne dit pas un mot jusqu'à notre arrivée au port. Un bar est éclairé plus loin sur la plage. Des enfants jouent sur le sable alors qu'il est trop tard, qu'il fait trop noir.

« Il faut qu'on se casse d'ici, Stevie. On n'a plus de putain de choix. » Lui qui ne jure jamais ! Il éteint le moteur sans cesser de surveiller le virage, comme si un autre véhicule venant du camp pouvait surgir à tout moment.

« Qu'est-ce qui s'est passé ? » je demande en posant la main sur son bras. J'ai tant de choses à lui dire, mais il n'est pas lui-même : son visage est submergé de chagrin. Il sort du van, prend les sacs dans le coffre. Debout devant les feux arrière, il s'immobilise. Exhale un long souffle comme si toute vie s'échappait de son corps.

« Duran, dit-il. Duran a été… Oh, mon dieu, Leo l'a tué. » Son menton tremble et ses yeux s'emplissent de larmes.

J'ai l'impression que mon visage vient de subir un gommage chimique. « Duran ? » Le nom frémit en franchissant mes lèvres. « Non, ce n'est pas possible ! Il n'est pas…

— Je l'ai vu. » Jacob se couvre la bouche avec la main. Je le dévisage, horrifiée. Au même instant, il baisse le bras et y découvre une matière brillante emprisonnée dans les poils. « Non, *non* ! » Il tente de l'essuyer, mais elle ne veut pas partir, cette traînée de chair et de sang incrustée sur sa peau comme un éclat de corail.

« Jacob ! » Je m'approche pour le soutenir, mais il s'écarte en titubant et, la main appuyée contre la jeep, vomit sur la roue arrière en sanglotant. Ensuite, il reste là, plié en deux, à cracher dans le sable pendant que je fouille dans mon sac à la recherche d'un peu d'eau, l'esprit en ébullition. Leo. Un meurtrier ? *Mais tu le savais, Stevie,* m'assène mon cerveau. *Tu le savais depuis le passeport, depuis la mangrove.*

« Nous devons nous cacher, dit Jacob en tournant vers moi des yeux injectés de sang. Nous ne pouvons pas rester à découvert. Viens.

— Attends. » Le sang bouillonne dans ma tête. Je chancèle. « Tu as vu Tamsin ? Elle était sur la plage, elle surveillait le bateau – elle devait y être. »

Il respire lentement. « Elle n'y était pas. » Il saisit son sac sans ajouter un mot.

Avant que j'aie pu poser une autre question, la bande d'enfants joueurs nous entoure, tire sur nos vêtements, nous entraîne vers le bar situé à cinquante mètres. De là où je suis, je vois qu'il est éclairé par des lanternes. Des régimes de bananes sont suspendus à l'entrée et quelques tables sont installées sur l'embarcadère. Autour de nous, les enfants sont pieds nus, rieurs, leurs visages sont enjoués et leurs mains jeunes et pures quand elles se tendent vers nous.

« *Nzungu* », crient-ils de leurs voix douces et haut perchées. *Nzungu*, venez.

« Non, nous ne pouvons pas… » Mais ils me poussent et j'avance, pantin mécanique emporté par la marée, j'entends, comme des sons lointains, les éclats de leurs rires, échos de leur innocence. Ils se faufilent entre Jacob et moi, nous séparent comme une eau tourbillonnante.

Je crie : « Jacob ! » parce que le monde est devenu fou, mais lui regarde les enfants.

« Vous avez des chambres ? leur demande-t-il.

— Oui, monsieur, répond un garçon d'une dizaine d'années. Pour vous, pour vous. »

Nous nous laissons escorter sur le perron jusqu'au bar, qui est vide à l'exception d'une femme occupée à faire le ménage et à empiler des chaises.

« *Nzungu !* » chantent à nouveau les enfants et elle se retourne. Elle a un visage maternel – ouvert et calme.

« Allez vous coucher, leur dit-elle en pesant et rythmant chaque mot comme un métronome. Vous devriez déjà être au lit.

— Une chambre ? lui demande Jacob pendant que les enfants s'égaillent en le bousculant. Jusqu'à l'arrivée du bateau ? »

Elle hésite. « Nous ne sommes pas un hôtel ! » Son accent apporte une touche comique à sa prononciation. Mais je suis à bout, je n'en peux plus, j'agrippe Jacob par son T-shirt.

« Jacob, je t'en prie, il faut retourner au camp ou chercher de l'aide… » Le visage de Tamsin. Ses longs cils. La chaleur liquide de sa langue.

« Nous ne… Je ne veux pas t'exposer à des dangers que… » Je l'interromps.

« Leo l'a agressée ! Ou il a essayé. Duran a dû le surprendre – Jacob, on ne peut pas partir. »

Il me rembarre d'un haussement d'épaules, agacé, comme s'il était à deux doigts de me repousser. « Vous avez du wifi ? demande-t-il à la femme en désignant un mot de passe affiché sur le mur. Il sort son téléphone en se dirigeant vers une table devant laquelle il s'assied lourdement. Il tape le code. Ses mains tremblent.

« Stevie, je vous ai vues vous embrasser, Tamsin et toi, sur le quai. C'était… » Il secoue la tête, j'ai les genoux qui s'entrechoquent. « J'étais suffoqué. Mais ce n'était pas ça, le plan dont Leo a parlé. Pas du tout. Je te jure, je ne savais pas… » Il ferme les yeux puis renifle en essayant de se concentrer sur son téléphone.

« Jacob… » je murmure, parce que je suis désolée, mais quel plan ? Il s'est associé avec *Leo* ?

« Tout ce que je sais maintenant, c'est qu'il est à ta recherche. Il n'est pas question que tu restes sur l'île. »

Je me pose sur une chaise à sa table, le souffle moite et saccadé. En moi mon cœur se brise en gros caillots emportés par les pulsations de mon sang. *Oh, zut, Jacob, je n'ai pas voulu ça.* Mais *Tamsin.* Elle était seule sur la plage quand Duran est arrivé. Sur quelle scène d'horreur est-il tombé ? Il a tout sacrifié pour lui venir en aide.

« Et merde. » Jacob regarde son téléphone comme s'il venait de prendre feu. Il tourne l'écran vers moi. Mes yeux s'efforcent de s'ajuster.

PARRICIDE, annonce le titre. Et dessous, une photo souriante de Leo.

« Mon dieu ! » Mon visage se contracte pendant que Jacob fait défiler l'article, une photo de Leo dans un costume onéreux, le même sortant d'un tribunal sous une pluie battante avec deux avocats. Il y a aussi d'autres gros titres : UN GARÇON DE BONNE FAMILLE TUE SON PROPRE PÈRE CHEZ LUI et DATE FIXÉE POUR LE PROCÈS DU MEURTRE DU MANOIR.

« Il y en a des kilomètres », murmure Jacob, effaré. Il referme son téléphone, se lève. « On s'en va. Il faut appeler la police. Je me fiche du reste. »

Mais dehors, sur la route, on entend une voiture approcher et le crissement du sable sous des roues bloquées par un coup de frein trop brusque. Le faisceau de phares balaye le mur près de la tête de Jacob, dont le haut du crâne prend un ton de cire. Lorsqu'une portière s'ouvre et se referme en claquant, il se plante devant moi. Suivent un bruit de pas, un battement de tongs, la démarche lourde d'une personne athlétique gravissant précipitamment les marches menant au bar.

30

Stevie

Jacob est debout, les mains sur les hanches, comme un bandit prêt à tirer. Le faisceau des phares est toujours braqué sur son visage, illuminant ses yeux brillants de stress. Derrière lui, je m'éloigne de la porte.

Il y a un mouvement vif, une silhouette dans l'embrasure, puis un corps qui la franchit prestement et Titus déboule dans le bar en jetant des regards inquiets à droite et à gauche. Quand il nous aperçoit, il s'élance en avant, bras écartés.

« Jonesy, tu vas bien, dit-il.

— Je vais bien. » Jacob s'avance vers lui d'un pas mal assuré. « Duran... » continue-t-il, et son visage se plisse à nouveau.

— Je sais. J'allais m'occuper du bateau et Leo était là, en train de traîner... » Lui non plus ne parvient pas à finir sa phrase. « C'est vraiment un sale type. Je me suis dit *Titus, tu devrais lui régler son compte,* mais il est fou à lier. Alors je suis retourné au camp et nous sommes venus tous les deux pour voir si...

— Tous les deux ? je demande.

— ... pour voir si vous étiez sains et saufs », dit une voix depuis le pas de la porte et Tamsin surgit derrière Titus, pâle et échevelée, ouvrant de grands yeux ronds, paraissant toute menue comme je ne l'ai jamais vue. Un son m'échappe dont je sais qu'il a toutes les tonalités de l'amour, mais c'est plus fort que moi. Bousculant Jacob, je me jette dans ses bras, chassant de nos poitrines à toutes les deux tout l'air de nos poumons. Mon soulagement est tel que mes genoux cèdent sous moi.

« Hé, je vais bien. » Elle s'écarte en nous regardant tous les uns après les autres. « C'est terrifiant, cela dit – ça semble irréel. Je ne sais pas qui sera le prochain.

— Moi oui, dit Jacob.

— Tu t'es enfuie de la plage pour échapper à Leo ? je demande. Je pensais que Duran t'était venu en aide…

— Non, je ne sais pas ce qui s'est passé. J'ai séché la surveillance du bateau. » Elle accompagne son aveu d'une crispation de la bouche. « Je suis retournée au camp par la mangrove et je n'ai pas vu Leo.

— Titus, intervient Jacob en tournant le dos à Tamsin. Il faut appeler la police. Leo est un danger majeur. Il faut que nous fichions tous le camp d'ici.

— Les flics sont déjà au camp. Nous les avons appelés. Vous ne pouvez pas partir. » Titus bloque la porte. Si nous cherchions à passer, il nous en empêcherait.

« Nous allons devoir témoigner, explique Tamsin. D'ailleurs, ils ont annulé tous les bateaux allant à Rafiki ou en repartant. Leo est quelque part sur l'île. Sans doute en train d'essayer de la quitter lui aussi.

— Oh, mon dieu. » Jacob semble à nouveau pris de nausées. « Personne ne sait où il se trouve ? »

Nous sommes en cercle, tous muets. Je sens une aigreur dans mon estomac qui gargouille.

« Nous restons ensemble, en groupe, déclare Titus. Venez avec nous. C'est ce qu'il y a de plus sûr. »

Jacob se penche lentement pour reprendre son sac. « Vous êtes certains que la police est là-bas ? »

Titus hoche la tête et nous sortons du bar dans la nuit veloutée. Tandis que nous marchons vers le van de Titus, j'entends une voix d'homme s'élever du bois qui se trouve à une cinquantaine de mètres. « *Hé,* répète la voix. *Stevie !* » Je sursaute et me blottis contre Tamsin.

Une tête blonde ébouriffée s'agite dans notre direction et Ted apparaît, souriant. « Salut, les gars ! Vous êtes tous là ? Nous dormons là-bas, sous les palmiers. Le bateau n'est jamais arrivé – pouh – C.C.A. » Il soupire, ravi de l'aventure.

« Ted ! » Je me précipite vers lui pour l'étreindre. Il lâche une exclamation de surprise, mais l'absolue terreur qui imprègne la nuit m'incite à prendre tout le monde dans mes bras. « Il faut revenir au camp. Toi et Greta – où est-elle ?

— Là-bas », dit-il en pointant le doigt. Nous distinguons vaguement une forme sous le dôme des palmiers. « Mais elle n'ira nulle part. Elle tient dur comme fer à partir d'ici. Elle ne veut pas dire pourquoi.

— Il n'y a plus de bateau. » Les mains de Jacob sont crispées sur ses hanches. « Il est arrivé quelque chose.

— Ils sont en grève ? » Au lieu de lui répondre, Jacob lui pose la main sur l'épaule et l'entraîne vers les palmiers qui abritent Greta. Ils l'emmènent avec toutes leurs affaires.

Tamsin, Titus et moi rejoignons le van où Crusoé attend patiemment à l'arrière. Sa queue bat contre la jante en métal à notre approche. Je lui caresse la tête en le regardant dans les yeux. *Si tu es pote avec Crusoé, tu es pote avec moi,* m'a dit Duran quand nous nous sommes rencontrés pour la première fois. Je suis prise tout à coup d'une folle envie de pleurer.

« Nous ne retournons *pas* au camp. » Greta traîne les pieds derrière nous en avançant d'un pas raide et heurté.

« Très bien. Reste ici et attends Leo, lui dit Jacob. Je suis sûr qu'il sera là dans une minute.

— Ça va, Greta ? lui demande Tamsin d'un ton plein de gentillesse. Ne t'inquiète pas ; on ne va plus plonger. Mais tu es vulnérable. Tu pourrais facilement te faire agresser. »

Greta respire par saccades. Je ne sais pas si elle va crier comme une furie ou s'évanouir.

« Viens, elle a raison. C'est sérieux. Jacob dit que l'union fait la force. » Ted grimpe à l'arrière du van et s'assied sous les coups de langue de Crusoé. « Je sais que tu veux quitter l'Afrique. Mais nous devons nous montrer raisonnables. »

Greta l'écoute la tête basse. Un instant plus tard, elle monte à son tour et s'assied en serrant les genoux.

« Qu'est-ce que tu sous-entendais ce matin à propos de Leo ? » Je me tourne vers elle sous la lune. « Quand tu as dit *encore une fois,* tu parlais du safari ? »

Greta me regarde comme si j'étais une parfaite inconnue. « Je ne sous-entendais rien. Ce n'est pas ce que j'ai dit, d'ailleurs. »

Je fronce les sourcils, mais je n'insiste pas. Aucun de nous n'arrive à encaisser, loin de là, mais Greta doit être à peine remise de sa dernière frayeur. Titus se glisse derrière le volant, Jacob s'installe sur le siège passager à côté de lui. Tamsin et moi prenons place derrière eux comme des gamines déconcertées qu'on a laissées veiller trop tard et j'avance doucement mon petit doigt jusqu'à ce qu'il effleure le sien. Elle me prend la main, nos doigts s'enlacent en secret et nous restons ainsi pendant tout le trajet cahotant jusqu'au camp, terrifiées, frêles, en nous tenant fermement.

31

Stevie

Le feu autour duquel nous sommes assis est gris de cendres. L'atmosphère est lugubre, une veillée funèbre. Il est presque quatre heures du matin, toutes les recrues sont regroupées sur des bancs autour du foyer, silencieuses. On dirait que Manu et les Français venaient à peine de s'endormir quand on les a réveillés. Axel ronge l'ongle de son pouce. Le fourgon du coroner est là, ainsi que tout un détachement de la police de l'île – six hommes discutant debout, en rond, avec Titus et Jacob en haut de l'escalier de la plage.

« Nom de dieu, pourquoi ont-ils amené des chiens ? s'énerve Tamsin en donnant des coups de pied dans la terre. Leo n'a pas pu aller bien loin. L'île est minuscule. Ce ne doit pas être si difficile ! »

Je lui prends la main et la garde dans la mienne. Pendant toute une heure, comme on nous avait dit d'attendre, nous avons épilogué à voix basse sur les raisons qui avaient amené Leo à tuer Duran. C'était sans doute à cause de quelque chose que Duran avait découvert – *Les titres de la presse ?* ai-je dit et Tamsin a pâli car elle ne les avait pas vus – ou alors parce que Duran l'empêchait d'arriver à ses fins.

« C'est ça, a dit Tamsin. C'est forcément ça. Nous savons toutes les deux ce que veut Leo. Son but ultime. » Je l'ai dévisagée ; un frisson de peur rampait sur ma nuque comme une plante grimpante. « C'est toi qu'il veut, Stevie. Et il éliminera tous ceux qui se dresseront en travers de son chemin. »

C'était vrai. Effroyable et vrai. Et voilà où nous en sommes, sans aucune idée de l'endroit où peut bien se trouver Leo et donc incapables de lui échapper.

« On aurait dû partir plus tôt. » Je jette un regard à Greta ; elle a sûrement eu plus d'intuition que nous. Depuis leur retour au camp, elle n'a adressé la parole à personne à part Ted. « Greta, sais-tu des choses sur Leo que nous ignorons ? Il voulait te chasser du camp, c'est donc que tu sais quelque chose.

— Où peut-il bien se cacher ? » s'interroge Manu.

Greta dodeline de la tête en se serrant contre son frère.

« C'est tout le problème. » Tamsin continue à shooter dans le foyer. « Il est doué pour ça. Depuis le début, il se cache. »

Je repense à la façon dont elle l'avait décrit quand nous bavardions sur les chaises longues à Diani Beach. Il avait l'air tellement romantique dans cette version de l'histoire. *Il m'a suivie d'hôtel en hôtel.* Le personnage semble nettement moins chevaleresque, maintenant.

« Oh mon dieu, c'est moi, s'exclame soudain Tamsin. Cette femme, c'est moi.

— Quelle femme ? je demande en la sentant frémir près de moi.

— Celle du documentaire. L'épouse. Qui dormait dans le lit sous lequel son mari planquait ses trophées.

— Mais tu ne pouvais pas savoir. » Pendant que je serre sa main moite, je surprends le regard de Greta. *Greta savait.* Nous savions toutes les deux. Et tout à coup, comme si une infime lueur s'allumait dans ma tête, je prends conscience de la voix qui, en moi, dit la vérité. Pendant toutes ces années, Nattie m'a obligée à la faire taire. M'a seriné que le mariage était une épreuve d'endurance et l'amour une ligne droite, un sentiment pérenne et feutré comme un murmure. En réalité, il est bien plus compliqué que ça. Et moi aussi. En tenant la main de Tamsin, c'est comme si je me tenais la main à moi-même.

« Ça y est », dit Ted en voyant un jeune officier de police traverser le camp pour venir vers nous. Il est tout mince dans son uniforme dont la ceinture est serrée au premier cran. Il nous dévisage tous tour à tour.

« Je vais avoir besoin de vos passeports, s'il vous plaît, dit-il.

— Quoi ? » Tamsin s'agite sur le banc tandis que Ted ouvre sa pochette et tend son passeport au policier. « Ted ! Tu ne peux pas le lui donner comme ça ! C'est une atteinte à… »

Mais elle se tait à l'apparition du coroner qui pousse devant lui la civière sur laquelle repose le corps de Duran. À défaut de sac mortuaire, ils l'ont enveloppé dans une fine couverture. Lorsque la roue du brancard heurte une ornière, le bras de Duran glisse et se balance devant nous tandis qu'on l'emmène vers le fourgon. Je vois sa main, la légère courbure des doigts, l'or éraflé de son alliance. *Sa pauvre femme*, me dis-je. Apollonia. La jeune fille qu'il a suivie sur son île.

« *Bordel de merde** », souffle Manu en se couvrant les yeux des deux mains.

Tamsin se lève, les larmes aux yeux, toute tremblante. « Les autres passeports sont tous dans le coffre, monsieur l'agent. Je vais les chercher.

— Attends ! » Je me lève à mon tour. « Je viens avec toi. Il faut demander le code à Jacob. »

Nous nous dirigeons vers l'escalier de la plage. Jacob est maintenant assis seul avec Crusoé, le regard perdu sur le récif. La nuit scintille de toutes ses étoiles, mais quand il se tourne et lève les yeux vers nous, il est hagard, gris. Il sourit, d'un sourire qui laisserait volontiers la place aux pleurs.

« Jacob. » Je m'assieds à côté de lui, le serre dans mes bras, mais sa main continue à caresser les oreilles de Crusoé. « Ça va ? »

Il me regarde d'un air ahuri, comme si j'avais posé une question ridicule, puis ses yeux se déplacent vers Tamsin.

« Nous avons besoin de la combinaison du coffre », lui dit-elle. Elle marque une pause. « Désolée. »

Il me l'indique – 0-0-7, 0-0-7 – et j'esquisse un sourire à cause du clin d'œil aux aspirations héroïques de Duran. « Tu veux que je reste avec toi ? »

Il hausse un sourcil. « Toi, tu veux ? »

Je n'avais pas l'intention de donner un sens aussi large à ma question, mais c'est ainsi qu'il l'a prise. Il y a tant de choses dont il faut que je lui parle, tant de choses à dire, mais Tamsin est juste derrière nous et nous sommes tous épuisés et apeurés.

« On se retrouve tout à l'heure », dit-il en se levant et en se dirigeant vers le foyer.

Tamsin et moi partons vers le bureau. Je m'arrête sur les marches pour observer les six policiers réunis autour du fourgon du coroner et Titus en train de parler avec Manu et Axel. On est presque au lendemain d'un terrible événement, avec le traumatisme qui s'ensuit, et aucun de nous ne s'en est encore remis. Leo est toujours là. Quelque part. Je sens sa présence dans toutes les fibres de mon être. Il n'aura pas quitté le camp parce qu'il ne veut pas *me* quitter. Or Duran n'était qu'un parmi tous ceux qui peuvent contrecarrer son projet.

Le stress me râpe la gorge. J'ouvre mon sac à la recherche de ma gourde. Tamsin attend devant la porte sombre.

« Prête ? dit-elle. Finissons-en. Mon dieu, la dernière fois que nous sommes venues ici ensemble, c'était autrement plus drôle. »

C'est en remettant ma gourde dans mon sac que je vois le coin d'une feuille blanche dépasser de mon journal comme un marque-page que je n'y ai pas mis. Je tire dessus, la déplie. C'est une lettre, rédigée d'une écriture soignée et fluide. *Chère Stevie*, je cligne des yeux en lisant la première ligne, avec un début de cognement sourd dans la tête. *Je regrette tout ce que j'ai fait. En Angleterre surtout, mais ici aussi.*

« Tamsin ! » Je me tourne, tenant à la main la lettre comme un objet radioactif, quand j'entrevois par la fenêtre du bureau le balancement d'une lampe à pétrole. « Arrête ! je crie. Non ! »

Trop tard, elle a déjà abaissé la poignée.

32

Leo

J'ai attendu une éternité dans la mangrove, caché pendant des heures, souvent perché dans un arbre, en me déplaçant pendant qu'ils me cherchaient. C'est mon père qui m'a appris ça. *Fuis et survis.* C'est étonnant le nombre de choses que j'ai pu apprendre.

Mais quand ils ont interrompu leurs recherches et que je suis resté seul avec mes pensées, je me suis dit qu'il fallait que je trouve une issue. Qu'est-ce qui avait bien pu pousser Duran à aller sur la plage ? Qu'avait-il découvert quand il avait rebranché l'internet ? Il fallait absolument que je sache à quoi j'avais affaire ; j'ai donc sauté de l'arbre et commencé à regagner le camp sur la pointe des pieds à travers la forêt.

Quand j'atteins la clairière, il est près de quatre heures du matin, des bruits inhabituels ont remplacé ceux du cœur spectral de la nuit. Parfois, je trébuche sur une racine, tous mes instincts aussitôt en éveil. Je ne dois pas me faire prendre. On m'enfermerait pendant des mois comme quand on a trouvé papa mort sur le sol de son bureau. Pendant que j'attendais mon jugement, des avocats venaient me voir, les gardiens se méfiaient de moi et personne ne répondait à mes lettres. Je me baisse au maximum, tapi dans une trouée d'arbres noueux d'où je n'entrevois qu'un pan du réfectoire, le foyer et toutes les recrues hébétées alignées en rang, attendant comme des vaches allant à l'abattoir. Comme je ne vois pas Stevie, je ne me montre pas. Au lieu de cela, je fais le tour, sors du couvert des arbres au-delà de la butte, me faufile derrière le dortoir et m'arrête près des marches qui mènent au bureau de Duran.

Tout est toujours dans le timing. J'attends qu'ils aient emporté le corps de Duran, un peu ennuyé de constater qu'ils l'ont déjà exhumé. Pourtant, j'avais soigné son enterrement. J'avais même dit une prière. J'en avais fait autant pour mon père. Cela a d'ailleurs compté par la suite. Quand j'ai traîné Duran sur la plage, ça a été horrible : je n'ai pas aimé la proximité de la partie moite, labourée, au dos de son crâne et j'ai mis longtemps à gommer ses traits sous des pelletées de sable. Pendant que je le trimbalais, j'étais sûr qu'il allait se réveiller, se libérer de ma poigne et se venger de toute cette injustice. Je le redoutais et l'espérais tout autant.

Personne ne me voit m'introduire dans le bureau et fermer la porte. J'attends, recroquevillé à côté de la table, prêt pour le guet-apens qui ne va sûrement pas tarder. Mais il ne se passe rien. Les gens poursuivent leur chemin indéfiniment dans le monde en faisant ce qu'ils veulent sans que personne ne les arrête. Pourtant, accroupi tout seul dans une pièce plongée dans le noir – à des milliers de kilomètres de mon pays –, je trouve soudain ma situation pitoyable. Je m'appuie de tout mon poids contre le mur en me laissant glisser pendant toute une minute.

Il y a tant de choses que j'aurais dû faire différemment. Quand j'y repense, il me semble que tout a commencé quand j'ai mis le feu à la bibliothèque de mon père – ou était-ce plus tard ? Peut-être le jour où je l'ai revu alors qu'il était malade, où il a menti au sujet de la trahison de ma mère et où je l'ai frappé violemment au creux de sa poitrine décharnée. Je regrette de ne pas être parti à ce moment-là. Il a été projeté en arrière et dans sa chute, ses hanches ont heurté l'acajou de son bureau.

« Leopold, a-t-il dit dans un souffle en remettant en place ses mèches gominées. Il faut que tu m'écoutes.

— Pourquoi, papa ? Pourquoi t'écouterais-je ? Tu me détestes, tu m'as fait venir pour me dire que je ne suis rien – pour *personne* – et que tu me rayes de ton testament. Si tu cherches à me faire mal, tu aurais pu te contenter de me laisser…

— J'ai besoin de ton aide. » Il respirait avec peine, par à-coups, en me fixant de ses yeux perçants. « Je sais que nous n'avons pas les canaux de communication qui conviennent pour ça. Nous avons été trop longtemps silencieux. »

J'ai fait un pas vers la porte.

« Mais tu es mon fils. Et tu es le seul à qui je puisse m'adresser.

— Quoi ? » Je me suis retourné, les bras grands ouverts. « Qu'est-ce que tu veux ? Qu'est-ce que tu as encore trouvé pour me saper le moral ?

— J'ai besoin de tes compétences médicales. » Il tripotait le briquet à cigares posé sur son bureau.

« Mes quoi ?

— De tes connaissances scientifiques, mon garçon. Ton savoir-faire. » Je ne me souvenais pas de l'avoir jamais entendu parler d'une voix aussi douce. « Je ne vais pas m'en sortir vivant.

— Personne, papa. » *Ne sois pas désolé pour lui,* me suis-je dit. *Il recommence. Ne le laisse pas faire.*

« Je me meurs, Leopold. Mais je ne veux pas me dégrader à petit feu. Je m'y refuse. Nietzsche a dit que nous devons choisir notre mort. Au bon moment, avec courage. Nous ne devons pas trahir nos âmes. *En vérité, je ne veux pas ressembler aux cordiers : ils tirent leurs fils en longueur et vont eux-mêmes toujours en arrière.* »

Je me tenais, les bras ballants, près de la porte. Qu'est-ce qui lui prenait tout à coup de citer Nietzsche ? Le monde était sens dessus dessous, on nageait dans la folie.

« Tu comprends ce que j'essaye de te dire, fils ?

— Non. Pas du tout.

— Mais si. » Il a croisé les bras. « Tiens-toi droit. Tu comprends très bien. »

J'ai cogné la porte avec le talon de ma chaussure. « Je ne le ferai pas. Je ne vais pas t'aider pour ça.

— Je ne t'ai jamais rien demandé, a-t-il protesté. Pas une fois. Tu as toujours pris le parti de ta mère alors qu'elle t'élevait pour faire de toi son adorateur. Et regarde-toi ! Abandonné pour tou…

— Ça suffit ! Tu n'arrêtes pas de me demander des choses, tu ne fais que ça, mais en silence, de loin, éternellement accro à l'inévitable déception…

— Leo…

— Non, je ne le ferai pas.

— Le suicide assisté n'est pas condamnable. C'est une fin digne, maîtrisée, qu'à travers l'histoire, de grands hommes ont…

— C'est illégal au Royaume-Uni, papa ! Et c'est… c'est dingue ! Tu es complètement dingue.

— Je suis parfaitement sensé. On peut organiser ça de façon à ce qu'on n'ait rien à te reprocher une fois que je serai parti. Nous ne laisserons pas de traces. Tu vois, c'est pour cette raison que je ne *peux* pas te mettre sur mon testament. »

Je le considère bouche bée. « C'est pour ça en fait que tu m'as fait venir ? Pour me demander de te tuer ?

— Te demander de m'aider. »

Appuyé à son bureau, il paraissait si faible, décharné et rongé par la souffrance, attendant de moi que je le délivre des jours à venir qui ne feraient qu'empirer.

« J'ai envie de vomir, ai-je dit. Je rentre chez moi. »

Et je suis parti, sans demander mon reste, mais une semaine plus tard, je suis revenu. Il savait que je reviendrais. Et petit à petit, il a réussi à me persuader.

Dans le bureau de Duran, je me relève, me passe la main dans les cheveux et me décale prudemment de l'autre côté de la table. Sa lampe à pétrole continue à éclairer faiblement ; elle brûle depuis des heures, sans doute depuis qu'il est allé sur internet. Elle est penchée, comme s'il était soudain parti précipitamment. Je la redresse. Son ordinateur est de travers, capot ouvert. Quel peut être son mot de passe ? J'en essaye plusieurs, en m'interrompant après chaque tentative pour examiner les photos collées au mur. Tout le monde choisit des mots de passe en rapport avec les moments bénis de leur vie. *Apollonia,* je tape, mais l'entrée m'est refusée. *Plongée. Océan. Rafiki. Crusoé* – et bingo, ça marche.

Un message est affiché dans sa boîte de réception. Après l'avoir parcouru deux fois de suite, je vais sur Google, scrute la page, ouvre tout grand la bouche en découvrant ce que Duran a lu et appris, les unes de tabloïds que je n'avais jamais vues et qui l'ont amené à foncer sur la plage dans un élan inconsidéré, au prix de sa vie. Sa fureur est compréhensible. Mais il n'était pas le mâle alpha du camp finalement, ce n'était pas lui le tenant du titre et cette révélation a allumé une dernière étincelle dans son regard quand il est mort.

Au moment où je referme l'ordinateur, j'entends des voix provenant du perron. Celle de Stevie, reconnaissable entre toutes. Dans ma hâte, j'accroche la lampe à pétrole, qui manque de tomber, avant d'aller me poster à pas de loup à côté de la porte. La tête inclinée, l'oreille tendue, je crois entendre Stevie murmurer quelque chose, mais la personne la plus proche a déjà la tête tout près de la mienne et comme moi, les mains à plat sur le panneau de bois. Enlevez la porte et nous aurions pu danser la valse.

J'attends, un frémissement d'angoisse court sous ma peau quand je vois miroiter la poignée en train de tourner. La porte s'ouvre. Instinctivement, je recule d'un pas. *Tiens-toi prêt, Leo. C'est le moment ou jamais de te montrer à la hauteur.*

Tamsin, quand je la vois, a un visage innocent. Pâle. Jeune. J'apprécie un instant la plastique de son anatomie – comme je l'ai fait la première fois que je l'ai rencontrée –, les superbes yeux verts, la perfection brouillonne de son petit chignon caractéristique. Elle ne parle pas ; elle ne respire pas. Mais quand je me jette sur elle en montrant les dents, les traits tordus par toute la haine qu'elle m'inspire, elle hurle, se tourne et s'accroche à Stevie. Elles dégringolent les marches du perron et s'élancent vers la plage, fuyant mes mains prêtes à les agriffer.

33

Stevie

Je dévale les marches derrière Tamsin ; la lanière d'une de mes tongs lâche en se prenant dans le sable. Je l'abandonne et continue à courir, poursuivie par le martèlement d'un pas lourd qui se rapproche, se rapproche. Nous filons à toutes jambes, disparaissons derrière la crête de la butte en direction de la plage. Nous en sommes à deux pas quand Leo arrive sur nous, jette Tamsin à terre et, me saisissant par le poignet, m'entraîne à l'écart. Je tourne les yeux vers l'escalier. Personne. Jacob lui-même ne s'est pas aperçu de notre absence.

Leo me tire sur plusieurs mètres, tel un gosse traînant son cerf-volant ; je suis secouée et ballotée sur le sable. Il ne songe qu'à tracer, à me séparer de Tamsin, et j'ai beau me débattre, ce n'est qu'après le premier coude du sentier menant à la crique que j'arrive à me dégager.

« Non ! » s'écrie-t-il, les lèvres plaquées contre ses incisives, en se jetant sur moi pour la deuxième fois. Mais levant le genou, je lui assène un coup à l'entrejambe. Il se plie en deux.

Tamsin me rejoint en courant et nous voilà reparties, toutes les deux ensemble, pieds nus ; un sifflement fiévreux s'échappe de ma gorge. Nous bifurquons en trombe vers la plage du Chien mort, remontons jusqu'aux rochers, nous précipitons, flageolantes, vers le couvert des arbres. Faut-il nous enfoncer dans la mangrove, retourner au camp en la contournant ? Tamsin s'arrête, flottante, indécise, paniquée à l'idée de pénétrer dans cet antre obscur avec Leo à nos trousses.

« Qu'y a-t-il plus loin sur la plage ? je demande, hors d'haleine.

— Il nous rattrapera, il est trop rapide. Nous devons nous cacher – vite – là… » Et nous fonçons dans le bois, en espérant que les arbres nous dissimuleront. Nous sommes déjà bien engagées sur le chemin tortueux quand soudain, nous nous figeons sur place. Leo a fait le tour par l'intérieur, trouvé un sentier et il est là, debout dans l'ombre, à trois mètres de nous.

« Ça va aller. » Il s'avance lentement vers nous, mains tendues, comme si c'était nous, les bêtes sauvages. « On va respirer un grand coup et se poser une seconde. »

Tamsin agrippe ma main. Nous repartons à reculons vers la plage, toujours face à Leo, nos corps greffés ensemble, aux épaules, aux hanches, aux cuisses, comme deux sœurs scellées dans une terrible étreinte.

« Stevie, viens, dit Leo en nous suivant pas à pas jusqu'à la sortie de la mangrove. Je ne te ferai aucun mal. Viens plus près.

— Tu es fou ! je crie, inondant mon menton de postillons. Tu es un assassin ! Ne t'approche pas de moi ! »

Tamsin serre ma main plus fort. « Elle ne veut pas de toi, Leo. Tu as commis une erreur.

— Je sais. » Il continue à avancer, nous acculant contre les rochers près du puits. « J'admets. Une erreur fatidique. J'ai enfreint les règles. »

Il est dingue, complètement dingue. Il faut fuir, mais Tamsin se cale devant moi en me tenant fermement.

« La règle numéro *un*, Leo », poursuit-elle et je me dis oui, oui, le commandement le plus important de la Bible. *Tu ne tueras point.* À cet instant, je m'aperçois qu'elle tient quelque chose dans son autre main. Un objet en métal. Il scintille contre son short.

« Oui, tu as raison, reconnaît Leo, les mains toujours levées. Absolument raison. Règle numéro un : *Défense de tomber amoureux de l'un des joueurs.* » Je le regarde avec de grands yeux, la tête infestée de grésillements, parce qu'il est en train de se passer quelque chose que je ne comprends pas. Comme dans un tourniquet pris de folie, je me demande qui tente vraiment de désamorcer la situation. « C'était censé être un jeu pour rire, non ? Sans conséquences. Juste entre toi et moi.

— Tu l'as gâché. À cause de toi, il a cessé d'être amusant. »

Amusant ? Qu'est-ce que c'est que cette conversation et pourquoi Tamsin y prend part ? Des gouttes de sueur me tombent dans les yeux, je les essuie. « Hé », j'appelle, mais elle ne me regarde pas. Nous sommes prises au piège, Leo s'approche centimètre par centimètre.

« Mais il ne s'agit pas du jeu, hein, en fait, Tamsin ? » Leo n'est plus qu'à un mètre de nous. « J'ai vu le mail que Laurence Sloane a envoyé à Duran. Lui demandant de reprendre son job chez lui pour lui permettre de se mettre en retrait pour pleurer la perte de sa fille.

— Tais-toi, dit Tamsin.

— Minta Sloane. L'une des jeunes femmes les plus en vue du pays, même si elle passait son temps à s'envoyer des gins au Ruin. Elle t'a invitée dans son hôtel particulier de Notting Hill. Pour faire la fête. La nuit même où elle est morte.

— La ferme, j'ai dit. Je n'ai rien fait. Ce n'était pas ma faute.

— De quoi parlez-vous ? » je demande. Leo et Tamsin se tournent vers moi comme s'ils avaient complètement oublié mon existence. Leo me fait les gros yeux, mais je suis en train de vivre un mauvais rêve dans lequel les visages se métamorphosent sous mon regard et où les gens ne sont plus ce qu'ils étaient au départ.

« Alors tu lui as tout raconté. » Tamsin écarte le bras de sa cuisse, le couteau de plongée brille dans sa main. L'avait-elle depuis le début dans son sac ? « Tu lui as déballé toute l'histoire de Minta dans ta pauvre petite *lettre.* Qu'elle s'était prise de passion pour moi, que ça sautait aux yeux, qu'elle venait quatre jours par semaine au Ruin pour me faire du gringue. C'était rigolo au début – elle était désinvolte, Leo, et exubérante, là où tu es incroyablement *coincé.* Mais mes parents sont rigides, tu le sais, et impitoyablement hétéronormatifs. Qu'est-ce que je devais faire ? Je ne pouvais pas la laisser foutre en l'air mon fonds de placement.

— Je n'ai parlé à personne de Minta, répond tranquillement Leo. J'ignorais tout de cette affaire. Tu nous as fait quitter l'Angleterre tellement vite ! »

L'Angleterre ?! Mais je croyais qu'ils s'étaient rencontrés au Zimbabwe ! Je tente de m'éloigner de Tamsin, mais sa main collante de sueur est verrouillée sur mon poignet.

« Ne me juge pas, Leo. Je ne supporte pas quand on monte sur ses grands chevaux. Toi aussi, tu es un tueur, rappelle-toi – et elle aussi. » Elle me désigne de la tête en ricanant. « Nous formons un sympathique petit club. Pourtant, Duran. Qui aurait pu prévoir ? Avec tous les camps de plongée qui existent dans le monde entier. Il m'a dit qu'il n'était plus en contact avec Sloane – quasiment plus. Quasiment plus, mon cul. Et quelle arrogance ! Enfin, il a vraiment cru qu'il pouvait simplement envoyer une petite note à Interpol ? *Salut, les gars, je l'ai trouvée, elle est ici.* Et que je serais d'accord ?

— Il faut que ça cesse, dit Leo. Tout ça. Les jeux, la dissimulation, les mensonges…

– Vraiment ? » Elle pointe sa lame sur Leo, puis sur moi. Elle l'agite vers nous d'avant en arrière. Les rouages de mon cerveau moulinent désespérément toutes ces nouvelles données. C'est *Tamsin* qui a agressé Duran ? C'est comme un flash info qui clignote en rouge vif, m'empêchant de me concentrer sur autre chose. « Tous ces gens qui prétendent savoir qui je suis. Mon père, Duran et maintenant, toi. » Le couteau s'immobilise. « Eh bien, ce n'est à aucun de vous d'en décider. »

Quand elle s'élance, c'est Leo qu'elle vise en premier, mais il s'y est préparé. Il bondit sur le côté et la repousse violemment, la projetant contre les rochers.

« COURS ! » me crie-t-il en essayant de retenir Tamsin qui se débat, mais de sa main restée libre, elle lève le couteau, l'abat brutalement et la lame entière disparaît dans le dos de Leo. Je crie à pleins poumons tandis que Leo pousse un hurlement et cherche son souffle, et aussitôt ils tombent à terre tous les deux et s'éloignent de moi en roulant et se contorsionnant, laissant une trace brune imprégner le sable.

34

Leo

La plus insupportable de toutes mes douleurs provient d'une entaille qui semble s'étendre comme un liquide chaud le long de ma colonne vertébrale. Pendant que je lutte sur la plage avec Tamsin et que nous roulons sur le sable, cloués l'un à l'autre comme deux crocodiles luttant à mort, mon corps s'échauffe de plus en plus.

La douleur irradie maintenant dans mon bras. Je lâche Tamsin. Elle se relève péniblement. Elle tient à la main un couteau de plongée dont la pointe est enrobée d'une matière écarlate. Je vois à travers une brume, mais je ne peux pas dire si c'est moi ou le ciel. Je crois apercevoir Stevie, mais c'est surtout une silhouette.

« Non, dis-je d'une voix plus lointaine qu'elle ne devrait. Ne lui fais pas de… » Mais Tamsin se penche sur moi, les cheveux emmêlés là où ils sont imbibés de sang. Mon sang. Qui se répand sous moi comme une cape de velours.

« Quel beau héros tu fais, se moque Tamsin, barbouillant son visage d'un revers de la main. Quel noble chevalier blanc. Ta mère serait super fière de toi, Leo. Même si elle ne pouvait pas te supporter et a fini par partir. » Elle plonge le couteau dans mon genou en crachant le dernier mot. Je hurle, roule sur le côté. « Regarde-toi, toujours en train de te faufiler partout, de fureter à droite, à gauche, de chercher à tout prix à aider ceux qui ne veulent pas de toi. Tout en toi est pathétique. Même ta façon de mourir. » Elle lève à nouveau le couteau. Derrière son dos, je vois bouger Stevie. Et d'autres silhouettes en train de courir, mais elles sont floues, leurs contours bavent les uns sur les autres, et elles s'arrêtent sur le côté. « Tu auras été faible jusqu'à la fin. Quelle déception. Minta et Duran se sont battus, eux, au moins. »

« Stevie », dis-je d'une voix râpeuse à l'ombre qui se dessine derrière la tête de Tamsin. « Cours ! »

Alors Tamsin se tourne, le couteau haut brandi, et au même instant Stevie lui envoie une pleine poignée de sable dans les yeux. Il en retombe une partie sur mon menton et mes épaules. Tamsin chancelle en braillant, se rue sur Stevie. Dans un dernier effort, je tente de me relever, d'arrêter Tamsin, mais je retombe à quatre pattes, la tête basse. Deux paires de mains m'empoignent pour m'aider. En me tournant, je vois la tête de Jacob tout près de la mienne.

« Je voulais aider, je lui dis, je voulais être le meilleur… » Mais je n'ai plus de force dans les bras, ma vision se replie vers l'intérieur comme un éventail en papier crêpe. Au moment où je m'effondre sur le sable, j'entends le cri d'une femme, qui se répète, déchirant. Jacob me lâche et le monde sombre dans le noir.

35

Stevie

Je me réveille dans une pièce aux murs blancs avec, au plafond, un ventilateur en bambou qui tourne paresseusement. De grandes fenêtres, pas de rideaux, pas de volets. Une chaise près de la porte. Jacob y est assis, profondément endormi, les mains galbées comme des feuilles d'été.

Quand j'essaye de bouger, quelque chose tire au niveau de mon bassin. Je remarque un gros sachet de liquide qui pend au crochet d'une tige à roulettes. On m'hydrate ? On me perfuse ? Qui ? Depuis quand ? Ma main droite est bandée jusqu'au coude. Je fronce les sourcils. La peau me tiraille au-dessus de l'œil gauche.

« Jacob », j'appelle. Il se redresse. Il est hagard, il a l'air d'avoir vieilli de vingt ans. « Nous sommes toujours sur l'île ?

— Oui, tu es à l'hôpital. Tu as perdu du sang. Attention, tu as des points de suture sur la paupière, là. » Il est debout près de mon lit, il me parle gentiment, mais il ne se penche pas pour m'embrasser. Il se contente de me tapoter le bras, comme Nattie quand j'avais la grippe.

« Qu'est-ce que j'ai fait ? » je demande, mais le temps qu'il me réponde, tout me revient en se déversant dans ma tête comme du ciment frais. *Tamsin.* Oh, mon dieu, c'est encore cet été avant l'entrée en première : j'ai aveuglé quelqu'un et provoqué une mort horrible. J'étouffe un sanglot et les larmes coulent le long de mes joues et viennent me chatouiller le cou.

Jacob soutient mon regard. « Arrête, Stevie. Elle a essayé de te tuer. Elle a tué Duran. Et elle s'est jetée sur toi avec un couteau.

— Mais c'était moi ! C'est moi. C'était ma faute. » Je me tortille, avec une folle envie d'arracher tous les fils qui font bip auxquels on m'a attachée.

« Il ne faut pas que tu bouges ! Regarde autour de toi : tu n'as rien à craindre. Personne ne garde ta porte ni ne vient t'arrêter. Tout le monde sait ce qui s'est passé. »

Mais je ne veux pas l'entendre. D'un coup, je me retrouve, à seize ans, dans le cottage avec Nattie, au retour du commissariat de police après l'accident de voiture. *Elle est morte à cause de moi. C'est moi.* Mais Nattie ne voulait pas m'écouter. *Arrête ça, mets un couvercle sur cette histoire. C'est la faute de ces garçons qui vous ont emmenées là-bas. Cassia a toujours eu une mauvaise influence sur toi. Ce n'est qu'un terrible accident. Tout le monde sait ce qui s'est passé.* Et voilà que mon cerveau se met à batailler, à tirer sur le bout d'un fil nauséabond et exhumer des ténèbres une image, enfouie depuis si longtemps qu'elle goutte et pend lamentablement, m'arrachant un hoquet d'horreur. J'ai les mains sur un volant. La stéréo de la voiture beugle à plein volume. Assise à côté de moi sur le siège passager, Cassia me crie de ralentir.

Je secoue la tête, non, non, et dans un dernier crissement de rouille, mon esprit s'ouvre enfin. J'ai bouché les yeux de Josh, mais il a écarté mes mains en riant et a continué à conduire jusqu'en haut de la colline. Quand les garçons sont sortis, j'ai sauté derrière le volant en criant à Cassia de venir s'asseoir près de moi. *On va se marrer, on va leur jouer un tour, on va leur montrer.* Nous avons démarré en trombe, laissant les garçons échoués au sommet de la colline. Je le vois maintenant, le coup de fouet des arbres courbés quand nous avons dévalé la route à toute allure. J'ai conduit de plus en plus vite et Cassia s'est mise à me supplier de la laisser descendre. Mais je n'en ai rien fait parce que – pourquoi ? Parce que j'étais furieuse contre elle.

La vérité me frappe comme à l'arrêt brutal d'un engrenage. Elle n'avait pas voulu de mon baiser, n'en avait eu ni envie ni besoin. Non, et elle en *avait ri,* comme si tout cela faisait partie des réjouissances de la nuit. Elle s'était rangée du côté des garçons. *Arrête, Stevie ! Arrête !* criait-elle, mais j'avais le cœur brisé et les dents serrées. J'ai gardé le pied au plancher. Je ne conduisais pas bien, je venais à peine d'obtenir mon permis. Et quand nous avons perdu le contrôle et que nous nous sommes retournées, Cassia a volé au-dessus de moi et son crâne a heurté le pare-brise. Elle a agonisé, couchée sur moi, pendant un temps infini. *Stevie, aide-moi,* a-t-elle dit dans un dernier souffle et je me suis dégagée vaille que vaille, raide de panique, et me suis allongée à côté de la voiture déchiquetée.

Je ferme les yeux sur mon oreiller, assaillie par les bruits de cette nuit d'été qui résonnent à nouveau à mes oreilles.

« Ce n'était pas Josh Hollander qui conduisait au moment de l'accident, Jacob. C'était moi. »

Il jette un coup d'œil à la porte, se demandant sans doute s'il doit appeler quelqu'un. « Je sais, dit-il, le front plissé. Pourquoi crois-tu… »

Je lève les yeux vers lui. « Je crois que Nattie… Je crois qu'elle m'a raconté une histoire différente, encore et encore, et je… » J'ai la tête qui tourne, embrumée, mais je me rappelle l'expression de Nattie quand je lui ai avoué le rôle que j'avais joué dans l'accident. Ses traits s'étaient imperceptiblement affaissés – signe qu'elle reconnaissait pourtant l'héritage génétique dont elle avait si durement essayé de me délivrer. Mais elle n'allait pas le laisser gagner, pas cette fois. Elle tenait tellement à écraser ce démon – celui-là et tous les autres – qu'elle a enfoui la vérité au plus profond de moi, l'a modifiée, jusqu'à ce que tout le monde croie au même mensonge.

« Nattie m'a dit d'oublier et c'est ce que j'ai fait. C'était plus facile que de me demander ce que cela signifiait, ce que cela disait de moi. Nattie ne voulait pas entendre les vraies questions et j'avais moi-même trop peur d'y répondre. J'ai caché mes traits les plus vulnérables, ainsi que la vérité, sous ce couvercle pour m'absoudre. Mais c'était moi ! C'était ma faute. »

Les épaules de Jacob se voûtent. « Nattie m'a dit que cela t'aiderait si je n'évoquais jamais l'accident. Josh et Cody étaient déjà partis à l'université et avaient ensuite trouvé du travail en ville. J'ai suivi son conseil parce qu'elle te connaissait mieux que personne. Et je voulais t'aider. D'ailleurs, toi, tu ne me parlais que de tes rêves et il n'était jamais question des garçons. »

Je prends une longue respiration tremblante. « Nattie ne me connaissait pas. Je ne suis pas aussi claire qu'elle le croyait. Elle n'a fait qu'enterrer une bombe à retardement. »

Jacob m'observe comme s'il me voyait disparaître lentement. « Stevie, l'accident n'était que ça, un accident. Ils n'ont pas conclu que tu conduisais trop vite, seulement que Cassia n'avait pas de ceinture de sécurité. C'était elle, la responsable, pas toi. »

Je tourne la tête sur l'oreiller ; je sens couler un flot de larmes chaudes qui inondent la taie. « Oui, mais j'étais amoureuse de Cassia. Je l'aimais, de toutes mes forces. Et cette nuit-là, elle m'a rejetée et je lui en voulais.

— Tu… C'est… Tu es…

— J'ai conduit trop vite exprès. Je voulais lui faire mal, Jacob. Pas la tuer, mais la faire souffrir. Je ne suis pas différente de Tamsin, quand elle s'est jetée sur moi à la plage…

— C'est… Ça devient n'importe quoi. J'appelle une infirmière. » Il tourne les talons, mais je lui attrape le bras. Il regarde ma main comme s'il la voyait pour la première fois. Quand il relève la tête, je lis la peur dans ses yeux.

« Je ne suis pas celle que tu crois.

— Si ! crie-t-il d'une voix étranglée, désespérée. Tu es Stevie Erickson d'Anchorite Bay et je te connais depuis la première. Je me fiche de tous ces détails, de la vitesse à laquelle tu as pris le virage, de qui a fait du mal à qui. C'était un accident ! Tu es en état de choc. Il faut qu'on te donne un calmant.

— Jacob…

— Non ! » Il se passe la main sur le visage d'un air las. Qui essaye-t-il de sauver ? Lui ou moi ? « Je ne vais pas te laisser tirer des conclusions absurdes. Tu n'es pas Tamsin ! Tu n'arrêtes pas de dire que ceci et cela a été enfoui, mais c'était il y a huit ans et la vérité reste la vérité ! Tu. N'es. Pas. Une. Meurtrière. »

Je le regarde, mais lui ne me voit pas. Il a toujours les yeux fixés sur le couvercle.

« Tamsin a tué volontairement. » Il prend ma main et la serre dans les siennes. « Et en ce qui te concerne, elle jouait seulement un…

— Non. Ne le dis pas. » Tamsin me connaissait. Elle voyait en moi. Elle m'a embrassée avec tendresse quand nous étions sur le quai. Pourtant, sur la plage du Chien mort, elle s'est précipitée sur moi en brandissant son couteau de plongée, amoureuse au cœur en feu, décidée à infliger de la douleur. Elle était les deux à la fois, tout comme moi.

Jacob lâche ma main. « Elle t'a blessée, Stevie, et… et si tu ne t'étais pas baissée… » Il se tait car nous la revoyons chanceler sur le sable, basculer par-dessus la margelle basse du puits, nous nous rappelons le bruit de sa chute répercuté dans le noir. J'ai essayé de saisir sa jambe, mais c'était trop tard, tout son corps magnifique tombait, tombait jusqu'à ce qu'elle s'écrase au fond et se fracasse. Tout est devenu silence. Tout le monde s'est figé. Et puis tout s'est déchaîné.

« Elle n'était pas très claire non plus. Et c'est pareil pour Leo.

— Où est-il ?

— En haut. Il a été opéré en urgence. Mais il vaut mieux rester à l'écart, même s'il te demande. Je suis sérieux. La police est encore en train d'essayer d'éclaircir son rôle dans cette affaire. » Jacob me tapote le genou, reprenant un air plus assuré, retour à son état naturel, stabilité et fiabilité. « Tu te sens bien ? » *Tout va bien.* C'est cela qu'il dit. *Allons de l'avant.*

Mais c'est là que nos chemins divergent. Je ne peux pas l'accompagner aussi facilement qu'avant. Pendant des années, nous avons été hantés par la mort de Cassia. Mais le jour où les choses se dénouent, où la lumière se fait, il reste encore tant de vérités à éclaircir. Des gens à percer à jour, des moments à clarifier, des torts à redresser, des premiers pas à faire vers le pardon. Cassia était innocente. Tamsin, Leo et moi étions trois membres malheureux d'un club auquel nous ne voulions pas appartenir. Tous les trois cachotiers, obsessionnels, mais n'est-ce pas le vrai visage de l'amour ? Dans sa forme la plus pure, *c'est* une drogue. Nous consommons celles et ceux auxquels nous tenons le plus. Parfois à notre insu, mais toujours en prétendant le contraire et peu importe la souffrance que nous semons.

Jacob attend une réponse. Ses mains vont et viennent, incertaines de ce qu'elles doivent faire.

« Je ne vais pas bien, dis-je. Mais ça viendra. »

Il hoche doucement la tête. « Je reviens dans un moment. Il faut que je les prévienne que tu es réveillée. » Il tend la main vers moi, son pouce se pose sur ma pommette, essuie mon ruisseau de larmes. Au lieu de lui rendre son regard, je me concentre sur la blancheur amidonnée de la couverture qui enveloppe mes jambes. Quand Jacob quitte la pièce en refermant doucement la porte derrière lui, je pousse un grand soupir.

Là-haut dans l'hôpital, il y a un autre coffre à ouvrir.

36

Leo

Les murs de ma chambre d'hôpital sont aussi blancs qu'un écran de cinéma. Je reste des heures à le contempler, à repasser dans ma tête comme dans un film le jour où j'ai vu ma mère pour la dernière fois, celui où j'ai croisé le chemin de Tamsin et ce moment à l'auberge de Nairobi où Stevie m'est apparue pour la première fois. Toutes ces histoires se confondent en une seule, comme les épisodes d'un scénario hyper alambiqué, une suite tarabiscotée d'intrigues qui m'ont amené là où je suis.

J'ai rencontré Tamsin à l'école. C'était pendant ma première semaine à Ridings, le collège militaire où l'on m'avait exilé. J'assistais à un cours de secourisme au milieu d'une douzaine de réfractaires qui écoutions le sous-directeur – un homme à la mèche rabattue sur son crâne chauve – nous parler de long en large de la réanimation cardiopulmonaire et des avantages de la position latérale de sécurité.

« Quelle est la première chose que vous faites si vous tombez sur une personne allongée inconsciente sur le sol ? a demandé monsieur Berger, les mains sur les hanches, un sifflet suspendu à son cou.

— On lui pique son portefeuille ? » a suggéré une fille à ma gauche. Elle était belle. Un ricanement a parcouru la classe.

« Vous n'êtes pas drôle, vous savez. » Monsieur Berger a tiré sur le haut de son survêtement en nylon. « Ça n'amuse personne. »

La fille a haussé les épaules. Ses cheveux, qui pendaient en longues baguettes raides sur ses épaules, étaient incroyablement brillants. « Pour vérifier son identité, monsieur. Quoi – qu'est-ce que vous avez cru ? »

Monsieur Berger a repris dans un souffle, d'une voix égale, mesurée. « Avez-vous un partenaire, Tamsin ?

— C'est une question très personnelle, monsieur. Je n'ai que quinze ans. Oh, vous voulez dire *ici*. Pour la position de sécurité. Oui, je suis avec lui. » Elle a pointé le doigt sur moi. J'ai souri en penchant la tête.

À la fin du cours, monsieur Berger nous a chargés, Tamsin et moi, de ranger les mannequins. Nous en avons transporté un ensemble vers le placard comme deux complices se débarrassant d'un corps.

« Tu es une fauteuse de trouble, lui ai-je dit sur un ton vibrant d'un espoir mal dissimulé.

— Toi, tu es Leopold Cavendish. S'il y a un fauteur de trouble, c'est toi. » Elle a calé le demi-torse en haut d'une pile de tapis de sol et s'est retournée pour en prendre un autre.

« D'après qui ? ai-je demandé, planté devant la porte. Et il faut m'appeler Leo.

— Tout le monde sait que tu as mis le feu à la maison de tes parents cet été.

— Non, j'ai…

— Et c'est un titre de gloire. » Elle m'a écarté d'un geste de la main. « Oh la la, j'aurais *adoré* mettre le feu à la maison de mes parents. Ou même simplement à mes parents. Je regrette de ne pas y avoir pensé.

— Pourquoi es-tu ici ? » Je l'ai suivie sur le sol de ciment de la salle de sport. « Qu'est-ce que tu as fait ?

— Coupé les cheveux de ma sœur, a-t-elle répondu d'un ton léger. Elle l'avait bien cherché. Je ne peux pas la supporter. Mon père m'a envoyée ici parce qu'il "me connaît". » Elle a dessiné des guillemets en prononçant les mots. « Par mesure de "prévoyance". Prévois ça, salaud. » Elle a dressé son médium et j'ai souri, mais pas longtemps.

« Mon père ne me connaît pas du tout. »

Elle a ramassé un autre corps en caoutchouc. « Eh ben, c'est donnant-donnant, Leopold. Tu n'as pas encore compris ça ?

— Oh zut, ai-je grommelé. C'est exactement ce qu'il aurait dit.

— Non. » Tamsin m'a collé le mannequin dans les bras pour me le faire porter. « Tu n'écoutes pas. Ça veut dire que tu leur donnes ce qu'ils veulent. Et pendant ce temps-là, tu prends tout. Tu finiras par piger. Tu verras. »

Je m'agite sous le coton rêche du drap. Quand est-ce que ça a dégénéré ? Au début, Tamsin semblait être une alliée déterminée, indignée qu'on m'ait abandonné, mais quand j'y repense maintenant, peut-être qu'elle ne faisait que jeter de l'huile sur le feu. À Ridings, maman m'a écrit une lettre en contournant les dispositifs de sécurité de papa ; en fait, elle l'avait déjà quitté et pouvait plus facilement échapper à son contrôle. Elle envoyait des pages et des pages, écrites à l'encre légère, délavée, dans un style fleuri ; je les ai lues avec Tamsin dans le noir sur le toit du bâtiment de géographie en partageant une cigarette avec elle.

« Elle vit en Écosse, sur une île, a annoncé Tamsin, penchée sur les feuilles, en recrachant sa fumée en un long jet de biais. Plutôt glauque. Rien que du vent et des moutons.

— Bien, ai-je dit, alors que j'avais en réalité l'impression d'avoir la gorge cautérisée à l'intérieur.

— *Mon chéri,* a lu Tamsin à haute voix. *Je suis affreusement triste de ce qui arrive.* Vraiment ? Ils n'ont pas de voitures en Écosse ? Elle pourrait venir te chercher quand elle veut. »

J'ai pris la cigarette qu'elle me tendait, malgré le filtre mouillé, sucé, à moins qu'au contraire je ne l'aie savouré. J'ai inhalé longuement. « Oui, elle sait où me trouver.

— *Il y a deux petites filles ici, mon chéri, mes belles-filles. Je ne leur ai pas encore parlé de toi, mais je devrais ?* » Tamsin a lâché un rire sarcastique. « Foutu chantage. *Je devrais ?* Réponds-lui, sinon elle ne parlera jamais de toi à ses rejetons de rechange. Incroyable ! » Elle a continué à lire.

« Qui est le type avec qui elle est ? j'ai demandé.

— Un comte, un aristo quelconque. Il possède presque toute l'île. »

Elle a levé les yeux. « Comment a-t-elle pu le rencontrer ?

— Va savoir. À l'aquagym, sans doute. »

Tamsin a éclaté de rire et m'a repris la cigarette, dont elle a appliqué le bout incandescent en haut de la lettre, pile à l'endroit où était notée l'adresse.

« Attends, ai-je protesté. Ne…

— Tu n'as pas besoin d'elle. » Alors les pages de la lettre ont pris feu en se tordant, léchées par les flammes bleues. « Elle ne représente qu'une autre série de barrières. Elle ne te mérite pas.

— Exact, ai-je admis en regardant la lettre disparaître. C'est vrai, je sais. »

Elle a jeté du toit les débris de papier. Le lendemain, à un moment où j'étais seul, je suis retourné en catimini au bâtiment de géographie pour les ramasser, mais la pluie de la nuit avait détruit le peu qu'il en restait.

J'essaye de me redresser dans mon lit, mais le moindre mouvement me fait mal. Mon cœur est endolori, comme si on l'avait piétiné, et mon épaule gauche disparaît entièrement sous les bandages. C'est épuisant de rameuter ainsi des souvenirs qui semblent s'être tous transformés pendant qu'ils étaient remisés dans ma mémoire. Je croyais que nous avions quitté l'Angleterre pour échapper aux suites de la mort de mon père. C'était moi qui avais besoin de fuir, pas Tamsin. Quel merveilleux bouclier je lui ai offert, traqué par les médias, humilié par les tribunaux, quoi de mieux pour détourner l'attention. Pendant ce temps, Minta Sloane s'étouffait dans son vomi dans son hôtel particulier de Notting Hill et était laissée pour morte. De l'argent et des bijoux avaient été volés sur les lieux et la police recherchait « une deuxième personne, toujours en liberté, qui se serait trouvée dans la maison avec elle ». Le lendemain de la mort de Minta, avant même qu'on ait découvert son corps, Tamsin suggérait de quitter le pays.

« Nous avons oublié ce que c'est que de prendre du bon temps, Leo, m'a-t-elle dit en sifflant un jus d'orange directement dans le carton comme quelqu'un qui ne se serait pas couché de la nuit. Il est temps de te rafraîchir la mémoire. »

Quand nous sommes arrivés en Afrique, le jeu qu'elle nous a inventé n'avait que cette finalité. Nous amuser un peu sur le parcours touristique. Pour rire. Elle l'a appelé "Plan à quatre". Nous devions choisir un couple qui nous plaisait et nous immiscer dans sa vie.

« Regarde ces deux-là, me disait-elle en lorgnant un jeune couple dans le hall des arrivées d'un aéroport, ou en train de prendre leur premier café sur un nouveau continent.

Qui sont-ils, à ton avis ? Quelle nationalité ? Comment s'appellent-ils ? Allons les cuisiner un peu. »

Elle choisissait de beaux couples. Qui avaient l'air heureux. Plus ils semblaient proches, plus elle les harcelait, comme si elle prenait leur amour pour un affront personnel. J'ai joué le jeu au début parce que j'étais en colère et en exil, léchant mes blessures et me demandant si j'étais le monstre qu'on prétendait. Je n'avais pas perdu mon sens moral ; je crois que Tamsin en a toujours été dépourvue. Et puis j'ai vu Stevie à Nairobi, avec son air de chien battu et ses yeux de scandinave, d'une clarté improbable. Elle m'a réveillé de ma stupeur, m'a rappelé d'où je venais, un lieu où je m'étais senti à l'abri autrefois et qui n'existait que pour moi. En un éclair, j'ai su que je suivrais ce cap pour elle – ferais n'importe quoi, serais n'importe qui – et que nous étions à jamais liés l'un à l'autre. Stevie m'a redonné un but. Un défi. Toute la nature du jeu a changé.

Je regarde le ciel virer au rose par la fenêtre quand la porte s'ouvre. Un policier trapu entre dans ma chambre d'hôpital. Il est accompagné de Titus, qui se plante près de mon lit, bras croisés comme un videur de boîte de nuit.

« Leo, me dit-il, cet homme est mon beau-frère, Kgosi. Nous avons rapporté les affaires de Tamsin… » Sa voix s'étiole. Il déglutit. « Pour que tu les gardes. » Kgosi pose un sac en plastique blanc sur ma table de chevet. « Il a besoin que tu lui racontes ce que tu as vu quand monsieur Duran… quand tu étais sur la plage.

— Bien sûr. Tout ce que vous voudrez. » Dans certaines limites. J'attends que Kgosi ait activé l'enregistreur sur son téléphone.

« Quand je suis arrivé sur la plage, Tamsin était assise au bord de l'eau. Elle surveillait le bateau. Je venais rompre avec elle – j'en avais assez – et je croyais qu'elle était seule. » Je m'interromps. Kgosi et Titus hochent la tête. « Mais en approchant, j'ai vu que Duran était avec elle. Dans le noir, leurs silhouettes étaient devenues indistinctes. J'ai entendu Duran dire qu'il savait ce qu'elle avait fait, que Greta lui avait parlé, qu'ils avaient contacté Sloane. Pendant qu'il parlait, Tamsin s'emparait tranquillement de la ceinture de plongée de Ted – elle avait dû la trouver abandonnée sur la plage. Elle a dit : *Vous avez raison. Il est temps d'avouer la vérité. Oh, c'est presque un soulagement : tout ça a été très éprouvant.* Elle s'est levée, en essuyant son short, la ceinture cachée derrière sa jambe. Duran a dû penser qu'elle capitulait. Mais elle l'a frappé avec la ceinture derrière le crâne en la faisant tournoyer et ça a fait un bruit … » C'est moi, cette fois, qui n'arrive pas à finir ma phrase. Titus esquisse une grimace et Kgosi arrête l'enregistrement.

« Vous pouvez continuer ? » demande-t-il.

Titus me tend un verre d'eau. Je coince la paille entre mes lèvres et je bois.

« J'étais stupéfait. Je n'en croyais pas mes yeux. Je me suis élancé et j'ai poussé Tamsin, qui est tombée dans le sable. J'ai examiné Duran, mais elle lui avait asséné trop de coups. Son corps était… inerte. Il ne bougeait plus.

— Pourquoi n'avez-vous prévenu personne ? Pourquoi êtes-vous resté pour enterrer monsieur Duran ? demande Kgosi.

— Je ne pouvais pas. » *Attention maintenant, Leo. Prudence.* « Elle m'a menacé et j'avais peur d'elle. C'est la vérité vraie. J'avais besoin d'aide pour lui échapper. » C'est effectivement la vérité. Mais pas *toute* la vérité.

J'avais crié sur Tamsin, l'avais engueulée pendant que j'essayais d'appuyer sur la tête de Duran, les mains enlisées dans la chair molle de son crâne, même si je savais que c'était inutile.

Tamsin s'est léché les lèvres, essuyé le menton avec son bras maculé de rouge vif. Elle avait des éclaboussures de sang sur tout le visage et un côté du cou. « Arrange ça. Nettoie. Fais ça proprement.

— Tu as perdu la tête ? Tu l'as tué, Tamsin ! Il est mort. »

Elle s'est rincé le visage et les mains dans l'eau. « Tu vas m'aider à faire disparaître le corps, parce que sinon, je dis à tout le monde que tu as assassiné ton père. Je montrerai à la police la photocopie de la lettre que tu lui as écrite. Et les petites ampoules que tu m'as demandé de jeter dans les poubelles de mon bar, là où on ne pourrait pas les retrouver. »

Elle s'était montrée favorable au suicide assisté. *Ce n'est pas condamnable, Leo. Tu ne dois pas avoir honte. Tu le fais par amour, non ? Donc la question ne se pose pas.* Sous un semblant d'empathie, cachait-elle le reflet d'autre chose ? Déjà à cette époque, sa réaction était inhabituelle – elle parlait rarement d'amour. Mais sur la plage, j'ai pris conscience d'un fait que j'avais toujours pressenti : on peut faire par amour bien des choses dont beaucoup sont condamnables. Mon estomac s'est noué. Est-ce qu'elle bluffait à propos de la lettre et des substances chimiques ?

« Il faut toujours avoir un plan de rechange, a-t-elle déclaré en continuant à ôter le sable de sous ses ongles. C'est une chose que j'ai apprise grâce à mon père.

— Tu mens…

— Tu crois ça ? On ne peut pas être jugé deux fois pour un suicide assisté, mais le meurtre, c'est une autre histoire. Et d'après ce que je sais, le séjour en prison est beaucoup plus long. »

Elle savait taper là où ça fait mal. Parce que c'était vrai. Je n'avais pas aidé mon père, je l'avais tué et – pour être honnête – j'avais voulu qu'il meure assez lentement pour s'en rendre compte.

Près de mon lit, Kgosi exhibe une feuille de papier blanc froissé. « Une dernière chose et nous partirons. » Je sursaute en reconnaissant la lettre que j'ai écrite à Stevie. Elle l'a donnée à la police ? « Pourquoi avez-vous écrit ce mot à mademoiselle Erickson ? » Il hausse la voix pour l'enregistreur. « Qu'est-ce que ça veut dire ?

— Rien. C'est personnel. » Je m'agite dans le lit, en réprimant une grimace. « Stevie est-elle à l'hôpital en ce moment ?

— Vous avez été jugé pour suicide assisté dans votre pays, insiste Kgosi d'un ton de voix toujours égal. Vous avez été déclaré innocent.

— Oui. Merci. Je l'étais.

— Alors quelles sont ces "choses que vous avez faites" ? » La feuille flotte dans sa main tandis qu'il accroche mon regard. Si Tamsin détenait des preuves comme elle le prétendait – des photos de la lettre de papa et des ampoules de médicament –, elles auraient été sur son téléphone, en sa possession. Kgosi m'arrêterait sur-le-champ.

« J'essayais de prévenir Stevie », j'explique. « De la mettre en garde contre Tamsin. Elle jouait avec elle, pour s'amuser, et je m'excusais de n'être pas intervenu plus tôt. » Rien que la vérité. Mais pas dans sa totalité.

Kgosi éteint l'enregistreur vocal de son téléphone. « Merci, monsieur Cavendish. Nous vous laissons vous reposer. Nous nous reverrons. »

Il adresse un signe de tête à Titus, qui reste en arrière.

« Elle volait du matériel au camp et allait le revendre au village », dit-il en me regardant fixement pour tenter de percer tous les secrets profondément enfouis. *Les yeux sont les fenêtres de l'âme,* disait ma mère. *Veille à bien fermer les volets et les protéger.* « Greta a voulu nous alerter, et Tamsin a vidé sa bouteille en guise d'avertissement. Nous avons toujours cru que c'était toi. »

Je l'assure que ce n'est pas grave. Tout le monde se méprend à mon sujet. Même Stevie, quoiqu'elle a dû revenir à la raison maintenant. Je l'ai sauvée. C'est grâce à moi. C'était le défi. Titus s'en va et je me retrouve seul à nouveau. Dehors, le ciel est rose bébé et pur, tout comme ce jour à Nairobi où Stevie et moi étions allongés côte à côte à l'auberge de jeunesse. Ce jour où le destin nous a réunis. Quand nous étions voués l'un à l'autre et que tout était nouveau.

37

Stevie

Nous sommes assis en rang sur le mur du front de mer, face à l'océan, muets. Sept d'entre nous ont des sacs prêts à leurs pieds. Le bateau est attendu vers deux heures. Il est important qu'il soit à l'heure aujourd'hui. J'ai besoin de mettre à exécution les décisions que j'ai prises.

« On fait des provisions ? Quelques sodas pour le voyage ? » demande un Ted au visage cramoisi en promenant son regard de gauche à droite sur la rangée. Personne ne répond. Pas même Greta. Des enfants passent en bande bruyante. Personne ne les regarde. Manu se lève, ramasse un galet et le jette dans l'eau, accentuant l'amplitude de la houle. Nous l'observons en silence. À notre gauche, sous les arbres, Crusoé lève la tête mais ne court pas après la pierre. Le temps n'est pas à la chasse.

Nous avons dû patienter deux semaines avant de pouvoir quitter l'île. Tout d'abord, il a fallu attendre que la police tanzanienne en termine avec la paperasse, blanchisse nos noms, permette à ceux d'entre nous qui voulaient partir de le faire. Il y a eu des reconstitutions et, après ma sortie de l'hôpital, la cérémonie que nous avons organisée pour Duran.

Nous avons allumé un grand feu sur la plage du Chien mort et nous sommes assis autour pendant que Manu grattait sa guitare. Ensuite, nous avons lâché des lanternes en papier dans le ciel de minuit. Presque tous les habitants de l'île étaient présents. Il n'y avait qu'une seule personne dans tout Rafiki pour vouloir du mal à Duran, qui n'avait rien fait pour susciter tant de violence.

« Tu devrais rester au camp. » Apollonia s'est assise à côté de moi sous les étoiles, presque la version féminine de Duran : une silhouette robuste, un regard tourmenté. « Mon mari ne parlait pas beaucoup de son travail, ni du camp. Mais il a dit qu'il vous aimait bien, Jacob et toi. Et quand il disait quelque chose, il le pensait.

— Je sais. Moi aussi, je l'aimais beaucoup. » Vraiment ? Pendant longtemps, j'avais vu en lui un obstacle, un prof borné, un parent inconsistant. J'étais hypnotisée par Tamsin, elle me menait par le bout du nez, à tel point que j'avalais tout ce qu'elle disait. Assise près d'Apollonia, je me sentais ruisselante de larmes, déchirée, à demi noyée, un chat abandonné qui vient seulement de retrouver le chemin de sa maison.

« Reste, a répété Apollonia en me posant la main sur l'épaule. Tu dirigeras le camp avec Jacob. C'est ce que Duran aurait voulu. »

J'ai souri, hoché la tête, sans répondre.

Greta pousse un soupir d'exaspération. « Le bateau est en retard.

— C.C.A. », je murmure. Jacob esquisse un sourire. Greta est une personne difficile à aimer. Elle n'a parlé de Tamsin que sur l'air de *Je vous l'avais dit,* mais elle ne nous a rien dit. Certes, elle a prévenu Duran que Tamsin volait du matériel, jouait avec les gens, avec des intentions louches, mais cela ne reposait sur rien à ce moment-là et Duran n'était pas du genre à prêter attention aux racontars.

Alors que nous étions assis autour du feu hier, au camp, Greta s'est soudain révélée la plus bavarde du groupe, nous livrant un torrent d'informations au moment où nous n'en avions plus aucun besoin. « J'ai même raconté à Duran le safari en canoë au Zim. Comment elle a incliné le bateau et fait tomber mon frère dans l'eau infestée de crocodiles.

— Elle a fait quoi ? s'est insurgé Jacob.

— C'est ce que croit Greta. » Ted s'est attaqué à la croûte d'une piqûre de moustique grattée à son coude. « Elles s'étaient disputées ce matin-là à l'auberge...

— Ce n'était pas une dispute, Ted. Je l'ai surprise en train de fouiller dans ton sac, d'y prendre des choses. Elle avait carrément ton portefeuille à la main.

— Mais tu n'es pas *sûre* qu'elle a incliné le bateau, a marmonné Ted. C'est une conclusion hâtive. Je l'ai toujours dit, tu extrapoles, c'est dingue. »

J'ai contemplé la danse des flammes sans rien dire. Tamsin avait renversé le canoë. Je n'avais aucun doute.

« Est-ce qu'elle est tombée, Ted ? a continué Greta. Non. Et est-ce que ça n'a pas fait qu'empirer par la suite ? Bon sang – tout le monde n'est pas gentil ! Je n'arrête pas de te le répéter depuis que tu as douze ans. Personne ne m'écoute, même pas toi. » Elle s'est retournée en pointant sur moi son index boudiné.

« Moi ?

— Je t'ai dit qu'elle avait vidé ma bouteille. Qu'elle avait déjà mis des gens en danger.

— Mais tu n'as pas été claire ! » Je me suis levée. « Il faut parfois dire les choses haut et fort, Greta, peu importe qui se trouve à proximité. Les dire à haute voix et sans équivoque. Arrête de mettre des couvercles sur tout. Arrête de dissimuler. »

Jacob a fait la moue en me voyant partir en direction du dortoir, mais il m'a laissée faire. Pour la première fois depuis que nous étions en Afrique, j'avais envie d'être seule.

Ted revient avec trois bouteilles de coca en verre. « Quelqu'un en veut ? » Greta, Jacob et moi secouons la tête. Il en dépose deux dans le sable à ses pieds. « J'ai aussi acheté cette carte postale. Regardez… » Il l'extrait de la poche de son short. « Des palmiers et la plage. Je me suis dit qu'on pourrait écrire un mot à Leo avant de partir. »

Nous l'avons dévisagé tous les trois.

« On l'a quand même un peu abandonné, non ? Ça me chagrine qu'on le laisse tout seul ici en attendant qu'il guérisse. J'aurais détesté. Pas vous ? J'aurais voulu avoir mon lit, Netflix et maman. »

Greta roule les yeux et va jeter des pierres dans l'eau avec Manu.

« Envoie-lui la carte, toi, dis-je à Ted. C'est gentil. Cela dit, Leo va bientôt partir lui aussi. On le renvoie chez lui en Angleterre pour subir une chirurgie du genou. »

Ted jette un regard perplexe à Jacob, l'air de dire *Hé, comment elle sait tout ça ?* La vérité, c'est que je suis allée voir Leo quand j'étais à l'hôpital, malgré l'interdiction de Jacob. L'adjoint du haut commissaire britannique était arrivé de Dar es Salaam et est sorti de sa chambre alors que je piétinais derrière la porte d'où j'avais entendu tout l'itinéraire prévu pour le retour de Leo en Grande-Bretagne. Il était encore relié à toute une série de tuyaux et il était émacié, avec des yeux trop grands pour son visage.

Dès qu'il m'a vue après le départ du commissaire, il s'est redressé dans son lit en se tortillant. « Stevie, j'espérais que tu viendrais. Je n'ai pas arrêté de te réclamer.

— J'ai lu ta lettre. » Je suis restée à la porte en nouant et dénouant le cordon de ma robe de chambre.

« Bien. Pourquoi l'as-tu donnée à la police ? »

J'ai haussé les épaules. « Pour en finir avec tous les secrets. »

Pendant un instant, il s'est contenté de me contempler comme une apparition qu'il aurait eue à l'église. « Viens, a-t-il dit enfin. Il y a des choses que je veux te montrer. Au nom de la transparence. »

J'ai avancé de quelques pas dans la chambre et la porte s'est refermée derrière moi. Il a tapoté son drap, mais je suis restée hors de son atteinte.

« Tu as peur de moi, a-t-il dit, dépité. C'est compréhensible. Mais Stevie, notre rencontre était plus qu'un heureux hasard, c'était une volonté du destin. Je n'aurais pas pu te sauver si nos chemins ne s'étaient pas…

— Je n'ai pas besoin d'être sauvée.

— Si, tu en avais besoin ! » Sa mâchoire s'est crispée sur l'oreiller. « Écoute, je sais que la frontière est mince entre le sentiment d'être relié à une personne et…

— La traquer.

— J'allais dire le désir de s'en rapprocher. » Il s'est tu, s'est mordillé la lèvre. « Tamsin t'a prise pour cible. Elle détectait la vulnérabilité à des kilomètres – elle t'avait déjà repérée à Nairobi, quand elle t'a suivie dans les toilettes de l'auberge de jeunesse. Tu ne méritais pas ça. Mais plus j'essayais de la contrecarrer, moins tu me faisais confiance. Plus j'essayais de te mettre en garde, moins tu m'écoutais. »

Depuis des jours, j'essayais de concilier les deux versions de Tamsin que j'avais connues, celle qui m'aimait et celle qui avait voulu me découper au couteau. Dans la mesure où je comprenais cette dualité, je pouvais encore l'expliquer.

Elle était acculée sur la plage, affolée, et c'était une erreur. La frénésie du moment. Elle n'en avait sûrement pas l'intention. Mais l'intuition qui pianotait avant comme des doigts légers dans ma tête ne cessait plus de tambouriner. À la vérité, Tamsin et moi partagions peut-être des similitudes, mais nous n'étions pas pareilles. Elle était plus vicieuse. Plus calculatrice. Plus capable de tout un éventail de vilenies. C'était peut-être la première étape pour commencer à me pardonner à moi-même ce que j'avais fait à Cassia. Entrevoir l'abîme vers lequel je ne voulais pas continuer à sombrer.

« Tu étais au courant de tout ce qu'elle avait fait ? ai-je demandé à Leo.

— Non. Pas même de l'histoire des crocodiles.

— Tu savais qu'elle allait s'en prendre à Duran ?

— Pas du tout. C'est arrivé au moment où j'étais sur place. » Il a allongé la main vers un sac en plastique blanc posé sur sa table de chevet.

« Pourquoi n'as-tu pas appelé la police ?

— Elle me faisait chanter. » Son regard était d'un bleu affligé, comme ceux des enfants perdus dans les films. « Ne me demande pas comment. »

Le procès, ai-je pensé, *Tamsin était au courant.* Mais était-ce un meurtre ? J'avais lu une vingtaine d'articles sur mon lit d'hôpital et tout ce que j'en retirais, c'était que le passé de Leo était une zone bien plus grise que ce que j'avais cru au premier abord. Comme tout, d'ailleurs.

« Tiens. » Leo m'a tendu le sac. « Regarde à l'intérieur. Il y a deux choses qu'il faut que tu voies. »

Ma respiration s'est arrêtée quand j'ai sorti l'album de photos à la lumière. « Elle m'a dit qu'il t'appartenait. Un tableau de chasse.

— Il n'est pas à moi. »

J'ai posé le sac et ouvert l'album, submergée par une vague d'angoisse. Bien sûr, c'était à elle qu'il appartenait. Il y avait un mot écrit en majuscules à l'intérieur de la première pochette. PLAN À QUATRE. Une phrase que j'avais souvent entendue dans sa bouche. C'était comme si elle avait voulu brouiller les pistes, ravie de voir les indices m'échapper. J'ai feuilleté les pages qui se froissaient sous mes doigts, le cerveau en feu en découvrant l'une après l'autre les photos de jeunes hommes et femmes, paisibles, purs, à la peau lisse sous le flash de la caméra. Il y avait au moins dix visages, tous endormis. En arrivant à la dernière image de la collection, ma salive a répandu un goût amer dans ma bouche. Là, dans la pochette, vêtue d'un T-shirt que j'ai reconnu, se trouvait une photo de moi endormie dans le lit du bungalow de Diani Beach. Je distinguais même le bord de la chaise en paille cassée tirée tout près du lit.

Écœurée, j'ai laissé tomber l'album sur le lit de Leo. Il l'a pris et en a sorti une photo volante qu'il m'a passée.

« À ton avis, pourquoi avait-elle cette photo ? a-t-il demandé. Tu crois qu'ils étaient les prochains sur sa liste ? » C'était celle que Tamsin avait volée dans le bureau de Duran, un cliché de lui avec Apollonia devant le bateau de croisière Red Sea.

« Ou peut-être qu'elle s'armait. Pour connaître son ennemie. Apollonia était un lien avec Sloane. »

Leo n'avait pas fini ; il sortait un autre objet du sac d'épicerie. Une boîte en fer-blanc. Qui a fait du bruit quand il me l'a mise dans les mains ; dans un nouveau sursaut d'horreur, j'ai cru qu'elle serait pleine de dents. En soulevant le couvercle, j'ai vu à l'intérieur des bracelets d'amitié – tout un paquet –, tous attachés à une clé. La clé du bungalow 8 était accrochée à celui qui correspondait au mien, suspendue comme une médaille en or.

Je me suis sentie vaciller et me suis retenue à la barre du lit. Mon poignet s'est mis soudain à me démanger et j'ai tiré sur mon bracelet, l'ai déchiré avec mes doigts et mes dents jusqu'à ce qu'il cède et je l'ai lâché dans la boîte.

« Tu savais qu'elle était venue dans ma chambre à Diani Beach ? » ai-je demandé.

Il a secoué la tête. « On a trouvé ton journal dans le train par hasard, quoique je pense maintenant que ce n'en était pas un. Quand elle l'a remis dans ton sac, elle a dû subtiliser la clé en même temps. Mais je ne savais pas. Je te promets. J'ai vraiment cru que c'était le singe qui l'avait emportée. »

J'ai gardé les yeux fixés sur mes pantoufles.

« Si ça peut te consoler, a dit Leo, je crois que pour elle aussi, à la fin, ce n'était plus un jeu. »

Non. Peut-être avait-il encore foi en la magie, moi j'avais fini d'admirer les tours des illusionnistes.

J'ai repris mes esprits et me suis dirigée vers la porte.

« Je veux dire que tu étais spéciale, a-t-il lancé, les tendons du cou saillant sous son effort pour se redresser. Tu as toujours été spéciale. Attends, est-ce que je pourrai te revoir ? Toi et moi, Stevie, avons été fondus dans le même…

— Non, je l'interromps en me retournant vivement. Nous ne sommes pas pareils. » Je devais m'accrocher à cette idée, à défaut de mieux. C'était la seule chose qui pouvait me sauver.

Son visage s'est affaissé quand la porte s'est refermée derrière moi.

En le regardant subrepticement par le judas, je l'ai vu prendre ma photo dans l'album et la glisser sous son oreiller. J'ai attendu quelques secondes avant de rentrer à nouveau.

Il m'a regardée, plein d'espoir, m'approcher de son lit, comme si je revenais l'embrasser avant de partir. J'ai récupéré la photo, l'ai déchirée en trois morceaux pendant qu'il m'observait, la mâchoire contractée. Et je suis ressortie en emportant les morceaux de papier déchiquetés.

Assis près de moi sur le mur, Jacob me donne un coup de genou. « Tu m'appelleras quand tu seras arrivée ? Tu m'enverras un texto ? Un message ? »

J'acquiesce. Il laisse son regard se perdre sur l'horizon en cognant ses jointures avec le pouce de son autre main. L'attente est pénible. Il ne peut pas s'en aller sans passer pour un malotru.

Au cours des derniers jours, il a lu mon journal mot pour mot, d'un bout à l'autre, à ma demande parce que je ne voulais plus de dissociation entre le passé et le présent. J'avais même ajouté une note pour qu'il sache que pour moi, l'amour n'est pas une constante, il n'est pas immuable. *C'est de la chimie, ça fait ce que ça veut,* ai-je écrit. Je sais que ce sont les mots de Tamsin, mais je ne les en chéris pas moins. J'en ai le droit. Parce qu'elle n'est pas contenue dans les opinions qu'elle formulait. Elle tenait de beaux discours mais je ne suis pas sûre qu'elle savait de quoi elle parlait. Pour elle et pour Leo, l'amour n'est qu'un besoin de contrôle frénétique, maniaque, égoïste, inébranlable. Je ne le vois pas ainsi, mais je n'adhère pas non plus à la vision de Nattie et Jacob, qui croient que l'amour peut être évalué, quantifié, à l'instar du son, par exemple. On peut retourner la question dans tous les sens. Aucun d'eux n'a jamais admis l'obsession, l'addiction, l'intense désir – et pourtant Jacob a dessiné des centaines de portraits de moi au lycée. Jamais ils ne le reconnaîtront, mais quand l'amour frappe, c'est un cataclysme. Sans bouton « arrêt ». Si mes sentiments pour Jacob sont aussi maîtrisables, c'est le signe que je dois m'en aller. Car pour moi, l'amour est l'occasion d'accepter de nous trouver à la merci de forces qui nous dépassent. Nous ne sommes jamais vraiment à la barre. C'est ce que je suis en train d'apprendre.

Il est deux heures et demie quand Louis aperçoit le bateau, un point sur l'horizon, qui semble pourtant avancer avec tant d'assurance que nous poussons un soupir de soulagement. Axel se lève, étire ses bras grêles, époussette son short.

« Ça y est, dit-il en s'en allant avec Greta et Ted rejoindre les Français au bord de l'eau. Dans une demi-heure, on est partis. »

Jacob se tourne vers moi. « Tu es sûre que tu ne veux pas rester ?

— Je ne peux pas. » J'ai besoin de voyager seule, de naviguer par moi-même, en ma seule compagnie. Je ne retournerai pas à Anchorite Bay, pas tout de suite, peut-être jamais. Toutes les souffrances que je portais en arrivant – le chagrin de la mort de Nattie, les complications de son absence de testament, la perte du pub – paraissent moindres désormais. Je ne suis même pas certaine d'avoir encore envie d'habiter au-dessus du pub. Ce n'est pas que ma grand-mère me manque moins, mais il y a des choses qu'on peut emporter avec soi où qu'on aille. De façon positive, pas seulement négative. Et la vie est vraiment plus vaste que la ville où j'habitais. Nattie avait tort de le nier. Je comprends pourquoi, mais elle avait trop de jugements sur trop de choses. Maintenant, je peux choisir mes propres opinions.

« Je reviendrai dès que je pourrai, Jacob. Et je t'aime.

— Ouaip. C'est ce que tu disais. » Il baisse les yeux sur ses pouces. « Pourtant, tu as eu pour ces filles des sentiments que tu n'as jamais eus pour moi. »

Ces filles. Je regarde son visage, ses cheveux tondus, la cicatrice à l'oreille, souvenir du coup asséné par Leo lors de leur terrible bagarre sur la plage. « Et si j'avais pour toi des sentiments que je n'ai jamais eus pour elles ?

— D'accord, soupire-t-il. D'accord. »

Nous restons un moment assis côte à côte en silence, en essayant de savourer la simplicité de l'eau, du sable, des palmiers. Je trouve qu'il faut que nous fassions cela au moins une fois avant mon départ. Le bateau entre dans la baie quand il pose sa main sur la mienne. « J'espère que tu dormiras bien maintenant. *Lala salama.* Finis les mauvais rêves.

— Ils commencent déjà à perdre des couleurs. Ils sont moins intenses. Ma mémoire se purge pendant le sommeil.

— Bien. C'est bien. » Tant d'empathie sur son visage.

Mon étreinte est sincère, mais ni lui ni moi ne la prolongeons. Il me tend mon sac, m'embrasse sur le haut de la tête. Pendant que je fais la queue avec les autres sur la passerelle, je me retourne. Crusoé est assis au pied de Jacob, la tête levée vers lui. Jacob lui caresse les oreilles.

Sur le boutre, Hugues, Louis et Manu s'installent à la poupe avec Axel. Ils sortent des cartes et des cigarettes. Greta se pose à côté de Ted à la proue, bâille et incline la tête sur l'épaule de son frère qui mange placidement des chips. Je m'assieds à l'écart, mon journal sur les genoux. Aux yeux des autres voyageurs, nous pourrions être des étrangers, n'ayant pour seul lien entre nous que ce trajet, effectué par hasard sur le même bateau. Mais je connais ces passagers. Je les ai observés là-bas, jour après jour, étudié tous leurs tics et leurs habitudes. Nous avons été jetés dans le même sac de façon totalement arbitraire et nous voilà tous ensemble avec nos vies fragmentées. Je sens un sourire se former et je serre mon journal contre moi, comme pour l'étreindre. Cabossée, brinquebalée, j'ai perdu quelques fragments de moi-même dans la bagarre. Pourtant, au moment où je quitte l'île, je ne suis pas une personne différente de celle qui y est arrivée. Mais je me suis retrouvée.

REMERCIEMENTS

Si j'ai le sentiment aujourd'hui que ce livre est devenu mon meilleur ami, je le dois à toutes celles et tous ceux qui m'ont aidée pendant ce voyage – car l'écriture d'un livre est *toujours* un voyage – et m'ont remise sur le droit chemin quand je m'engageais dans la mauvaise direction. Merci à Sarah St. Pierre et Nita Pronovost, géniales éditrices de Simon & Schuster Canada, à qui je dois tant. Cela a été un vrai plaisir de travailler avec toute l'équipe – Felicia Quon, Kevin Hanson, Adria Iawasutiak, Rita Sheridan, Morgan Hart, et la bande qui a rassemblé toutes les pièces.

Merci à mon agent, Joe Veltre, et à Tori Eskue – ma nouvelle complice chez Gersh.

Tout écrivain a besoin d'un cercle intime de premiers lecteurs de confiance. Le mien est incroyable. Merci à Chevy Stevens qui a remis en forme le premier manuscrit de ce livre avec autant de poigne que s'il s'agissait d'un camp de survie dans une émission de télé-réalité ; ses annotations en marge étaient tellement hilarantes que c'était toujours drôle de se faire rudoyer. Chevy, je t'adore et je t'adorerai toujours, même si tu prétends que ce n'est pas réciproque. Merci également à Robyn Harding, autre prétendu adversaire des réseaux sociaux, que j'aime de tout mon cœur. Merci pour tout ce que tu as fait et continues à faire pour moi, merci de m'appeler tous les jours quand j'écris et de m'apporter ton soutien quand j'essaye d'allumer le poêle à bois. Un grand merci à la très brillante Sioux Browning qui a appris à cette petite brouillonne à construire une intrigue. Merci aussi aux adorables Samantha Bailey et Hannah Mary pour leurs premières lectures, leur soutien et leur générosité, et à Jo Histed, Bertrand Pirel et Carolyn Forde pour leurs contributions si précieuses.

Je suis infiniment reconnaissante à la communauté des écrivains, libraires, lecteurs, gourous des réseaux sociaux et blogueurs qui lisent les livres, les recommandent, en font la promotion et envoient des messages ou postent des articles tellement encourageants les jours où on se sent un peu perdus. C'était étrange de s'adonner à un travail créatif quand l'espace mental de tous était chargé d'inquiétude. En un sens, ce livre a été le meilleur des refuges, mais il est dérangeant de penser qu'une histoire de meurtre sur une île isolée peut être préférable à ce qui arrive réellement dans la vraie vie. Pourtant la communauté du livre continue à répondre présente et je lui en suis redevable. Espérons des temps plus heureux, des gens plus libres et la possibilité d'aller de l'avant et d'être meilleurs.

À ma famille au Royaume-Uni, qui me manque terriblement, merci de continuer à demander des nouvelles de mes livres lors de nos conversations vidéo chaotiques. Papa et maman, ceci est pour vous. Merci de lire tout ce que j'écris même si certaines scènes vous laissent pantois (Fiction ! C'est de la fiction !). Vous m'avez donné un esprit d'aventure qui m'a permis de sortir vivante de ce camp de plongée (moins la violence) tout en construisant pour moi un foyer si merveilleux que j'y reviendrai toujours en courant. À mes sœurs, Jo et Sal, merci de toujours m'encourager, et d'être toujours prêtes à enfiler le maillot de notre équipe.

Enfin, comme toujours, merci à ma petite famille des montagnes de Nelson en Colombie-Britannique, qui a vécu une pandémie avec moi dans notre maison au fond des bois, cloîtrée et obligée de se trouver de tout nouveaux sanctuaires. Clint, Cash et Rue, merci de m'avoir permis de m'échapper dans le mien, de m'avoir aidée sur certains points de l'intrigue et de m'avoir laissé tout le wifi à l'heure des Zoom. Voici un autre livre, avec toute mon affection.

COLLECTION HUGO THRILLER

FABRICE BARBEAU
Itinéraire d'une mort annoncée

DARCEY BELL
L'ombre d'Emily (Disparue)

ROY BRAVERMAN
Hunter
Crow
Freeman
Manhattan Sunset
Le cas Chakkamuk

TOM CHATFIELD
Bienvenue à Gomorrhe

ANGÉLINA DELCROIX
L'île des damnés

SANDRINE DESTOMBES
Les jumeaux de Piolenc
Le prieuré de Crest
Madame B
Le dernier procès de Victor Melki

SÉBASTIEN DIDIER
Ce qu'il nous reste de Julie

FRANCESCO DIMITRI
Le livre des choses cachées

C.J. FARRINGTON
Mort sur le Transsibérien

LAURIE ELIZABETH FLYNN
Nous étions les reines

GHISLAIN GILBERTI
L'Évangile de la colère

LEE MATTHEW GOLDBERG
Mentor

ELLY GRIFFITHS
Le journal de Claire Cassidy
Mortelle dédicace

BEAR GRYLLS
Le tombeau d'acier
Les anges de feu

VICTOR GUILBERT
Douve
Terra nullius

VINCENT HAUUY
Le tricycle rouge
Le brasier
Dans la toile
Survivre

JENNIFER HILLIER
Wonderland

MARTIN HOLMEN
Corps-à-corps
Compte à rebours

COLLEEN HOOVER
Verity

OLIVIA KIERNAN
Irrespirable
Les liens du sang

MICKAËL KOUDERO
La faim et la soif

CHRISTINA KOVAC
La journaliste

LUDOVIC LANCIEN
La caste des ténèbres

ISMAËL LEMONNIER
Enfers

AMY LLOYD
Innocente

ELLERY LLOYD
Suivie

T.M. LOGAN
Holiday
Ne faites confiance à personne

LAURENT LOISON
Cyanure

JOHN MARRS
Âmes sœurs
Les passagers

ROZ NAY
Notre petit secret
La sentinelle
Plongée

B.A. PARIS
Derrière les portes
Défaillances
Dix petites poupées
Le dilemme
Le cercle de Finsbury

JACQUES PONS
Organigramme

HUGO TOSI
Affaires spéciales :
Le dossier lo

ADRIAN J WALKER
The End of the World Running Club

DENIS ZOTT
Maudite

COLLECTION HUGO POCHE SUSPENSE

ALEXIS AUBENQUE
La fille de la plage
La fille de l'océan
Halloween Night : Le manoir

ROY BRAVERMAN
Pasakukoo

MARION CABROL
La lionne rouge

KATIA CAMPAGNE
American Witches

TOM CHATFIELD
Bienvenue à Gomorrhe

COLLECTIF
Storia 2021
Storia 2022

ANGÉLINA DELCROIX
Synopsix
Qui meurt à Noël ?

SANDRINE DESTOMBES
La faiseuse d'anges
L'Arlequin
Ainsi sera-t-il

SÉBASTIEN DIDIER
Je ne t'oublie pas
Les yeux bleus

LEE MATTHEW GOLDBERG
Mentor

LOÏC HENRY
Lame sur les lèvres

OLIVIA KIERNAN
Irrespirable
Les liens du sang

LUDOVIC LANCIEN
Le singe d'Harlow
Les oubliés de Dieu

ELLERY LLOYD
Suivie

T.M. LOGAN
Holiday

JOHN MARRS
Les passagers

ROZ NAY
Notre petit secret
La sentinelle

CLAIRE PLANTEVIN
Plus que deux morts et c'est Noël

FRANÇOIS RABES
Les racines des ombres

VINCENT RADUREAU
Le dernier match de River Williams
L'ombre d'un géant
Le sang de Manchester

DENIS ZOTT
La dame blanche